Addiction sensuelle

www.florence-cochet.com

Florence Cochet

Addiction sensuelle

Roman

© 2025 Florence Cochet
Édition : BoD · Books on Demand,
31 avenue Saint-Rémy, 57600 Forbach, bod@bod.fr
Impression : Libri Plureos GmbH, Friedensallee 273,
22763 Hamburg (Allemagne)
Conception graphique : © Art&Dream – Fleur Erbeia

ISBN : 978-2-3225-4086-0
Dépôt légal : Octobre 2021
Existe au format numérique

Édition revue et augmentée du roman *La Domination des Sens*.

Ce texte est une œuvre de fiction. Les noms, les personnages, les lieux et les faits décrits sont issus de l'imagination de l'auteure ou utilisés de façon fictive.

Tout droit réservé. Aucune partie de ce livre ne peut être reproduite ou transférée d'aucune façon que ce soit ni par aucun moyen, électronique ou physique, sans la permission écrite de l'auteure ou de l'éditeur, sauf dans les endroits où la loi le permet. Cela inclut la photocopie, les enregistrements et tout système de stockage et de retrait d'information.

J'aime, j'aime
Tes yeux, j'aime ton odeur
Tous tes gestes en douceur
Lentement dirigés
Sensualité

Axelle RED
Ta sensualité

CHAPITRE 1

Genève, dimanche 20 mars

Il était vingt-trois heures et le calme régnait dans l'hôtel, à peine troublé par le gazouillement de la fontaine intérieure. Debout derrière le comptoir de la réception, Elsa regardait les reflets des lumières de la ville danser sur les eaux sombres du lac Léman. Loin sur la droite, les arbres de l'île Rousseau dressaient leurs branches encore nues vers les étoiles. De jour comme de nuit, la rade de Genève offrait un spectacle fascinant dont elle ne se lassait pas.

Du coin de l'œil, elle aperçut Michel, le bagagiste, descendre les trois marches du perron d'un pas vif pour aller ouvrir la portière d'une limousine à l'arrêt. Une longue silhouette se déploya. Elle consulta le registre des arrivées et retint un soupir d'agacement : Adam Garamont.

Ce type la mettait mal à l'aise, avec son regard inflexible et sa bouche qui arborait un continuel demi-sourire narquois. C'était toujours elle qui se le coltinait. Arrivée le dimanche, de préférence à la fin de son service, quand ses pieds lui hurlaient qu'il était temps de rentrer se coucher, départ le vendredi en soirée, alors qu'elle avait ingurgité un après-midi de cours de littérature médiévale. Que du bonheur !

Elle se redressa, plaqua son plus charmant sourire sur son visage rond et patienta. Enfin, les portes automatiques s'ouvrirent, et elle ne put qu'admirer les épaules larges, accentuées par un pardessus noir, la démarche souple, assurée. Garamont franchit les quelques mètres de mosaïque bleutée qui le séparaient du comptoir sans jeter un regard au somptueux décor de style colonial français.

Il s'accouda au marbre d'un geste nonchalant et braqua ses yeux vert jade dans les siens. Sa mâchoire carrée, ombrée d'une barbe naissante, mettait en valeur le dessin de sa bouche. Ses cheveux brun foncé, un peu trop longs, frôlaient son col. Il était beau et il le savait.

— Bonsoir, Elsa.

Même sa voix était sexy. Elle injecta une touche de froideur dans la sienne pour répondre :

— Bonsoir, monsieur Garamont. Votre suite est prête.

Elle lui tendit le discret étui cartonné qui contenait la carte magnétique. Pas besoin de remplir quoi que ce soit ou de le faire patienter. VIP un jour, VIP toujours. Il s'en saisit et leurs doigts s'effleurèrent. Elle aurait juré qu'il l'avait fait exprès, comme à chaque fois. Ce type jouait avec ses nerfs depuis plus d'une année. Il n'avait donc que ça à faire ? La cent vingtième fortune de Suisse, trente-deux ans au compteur et président du conseil d'administration de la banque privée Garamont & Cie, s'amusait aux dépens de la réceptionniste un peu trop enveloppée du Belle-Rive.

Parfois, quand elle regardait passer les hommes d'affaires arrogants ou les riches touristes du Golfe couvés par leurs gardes du corps, il lui prenait l'envie de laisser tomber. De cesser de trimer à l'hôtel jusqu'à des heures indues pour poursuivre ses études de lettres. De vendre sa vieille baraque impossible à chauffer, liquider ses souvenirs et partir. Mais elle savait qu'une fois l'hypothèque remboursée, il lui resterait à peine de quoi survivre quelques mois, et elle n'était pas prête à brader les murs qui avaient entendu ses rires d'enfant et protégé son sommeil des monstres. Les murs entre lesquels elle avait été vraiment heureuse, avant.

— ... sushis à proximité ?

Elle regarda Garamont sans comprendre. Il attendait visiblement une réponse.

— Veuillez m'excuser, monsieur, pouvez-vous répéter ?

Les joues d'Elsa se teintèrent d'écarlate. Elle se serait giflée. Il haussa un sourcil arrogant et recommença en détachant ses mots avec soin, comme s'il parlait à une demeurée :

— J'ai dit : j'ai envie de sushis. Est-ce qu'il y a un bon restaurant près de l'hôtel ?

— À cette heure-là, vous ne trouverez plus rien d'ouvert. Mais le room service pourra sans doute vous en préparer.

— Parfait. Je monte dans ma chambre, tenez-moi informé. En personne.

— Je m'en occupe, monsieur.

Dès qu'il eut tourné les talons, elle leva les yeux au ciel. Pour qui se prenait-il ?

Réponse évidente : pour ce qu'il était, un homme riche pouvant exiger ce qu'il voulait de l'insignifiante réceptionniste qui avait pour instruction « d'être aux petits soins avec monsieur Garamont ». Elle consulta sa montre. Vingt-trois heures dix. Dans cinquante minutes, son service s'achèverait. À condition qu'elle gère cette histoire de sushis.

Un coup de fil à la cuisine plus tard, elle grommelait. Qu'est-ce qu'elle en savait, s'il souhaitait des nigiris, des makis ou des californiens ? Et à quoi ? Retour à l'envoyeur, puisque Garamont avait été clair : elle devait l'aviser en personne du suivi de son dîner.

Il décrocha à la quatrième sonnerie :

— Garamont.

— C'est Elsa, de la réception, monsieur. J'ai le plaisir de vous informer que notre chef peut vous préparer des sushis. Que désirez-vous exactement ?

— Je vais plutôt prendre une omelette, ce sera plus rapide. Trois œufs avec du jambon et du gruyère.

Elle manqua de s'étrangler et répondit de sa voix la plus sucrée :

— Comme vous préférez, monsieur. Je préviens le room service. Avez-vous besoin d'autre chose ?

— Ce sera tout.

Il raccrocha sans un merci. Crétin arrogant pourri par l'argent.

ஜ · ௸

Adam passa sur la terrasse qui dominait la rue et le lac. Dans la fraîcheur de ce mois de mars, les eaux moirées chatoyaient sous le velours émaillé d'étoiles. Depuis l'intérieur de sa suite, les harmoniques de la quarantième symphonie de Mozart se déroulaient, lancinantes. Il s'appuya contre la rambarde, se versa un verre de whisky, un Yamazaki vieux de vingt-cinq ans offert par l'hôtel. Le liquide ambré libéra des notes de poire et d'agrumes, enrobées d'une touche de miel. Il les huma longuement avant de porter le verre à ses lèvres. Le whisky tapissa sa bouche. Toujours le fruit frais en premier, puis compoté. Une texture équilibrée, d'une grande douceur. Enfin, la finale à peine amère, sur le cacao torréfié. Un délice aussi rare que précieux.

L'infini plaisir des sens.

Pourtant, ce soir, il n'atteignait pas la félicité que lui procuraient d'ordinaire la musique et l'alcool. À cause d'elle. Ses doigts se resserrèrent sur le cristal lisse, fragile, pur, qu'il pourrait briser sans effort. Comme Elsa.

Mais il allait remédier à son problème. Il achetait ce qu'il désirait, il suffisait d'y mettre le prix. Cette fille ne ferait pas exception.

Pourquoi cette blonde plantureuse l'obnubilait-elle ainsi ? Son visage rond, harmonieux, n'avait rien de remarquable : ni ses yeux gris-bleu cachés derrière des lunettes à monture d'acier ni sa silhouette replète. Il ne se lassait pourtant pas de la regarder, debout derrière son comptoir ou marchant devant lui quand il lui demandait de le mener à une salle de conférences dont il connaissait parfaitement l'emplacement. Même si sa bouche large arborait un pli sévère dès qu'elle lui parlait, sa voix de contralto, basse, vibrante, avait le pouvoir d'irradier jusque dans ses reins. Son parfum fleuri lui donnait envie de la respirer, de la déguster. De sa peau, il ne connaissait que la pulpe de ses doigts, à peine frôlés ou serrés en poignée de main décidée, et il en désirait davantage, au point d'en avoir mal.

Elle l'obsédait, le tenait par tous ses sens. Cela devait cesser.

Une voiture grise s'arrêta devant l'hôtel ; un homme bedonnant s'en extirpa, chargé d'une serviette. Adam consulta sa montre. Minuit moins dix, comme convenu.

Elsa ne rentrerait pas à l'heure ce soir.

೫ · ೬

Elsa s'assurait de n'avoir rien laissé en suspens lorsque son collègue Luis arriva. Le cinquantenaire hispanique, à la bonne humeur contagieuse, l'embrassa comme d'habitude sur les deux joues après avoir vérifié que nul client ne hantait le hall.

— Rien à signaler ? demanda-t-il avec bonhomie en introduisant son mot de passe dans le système.

— Juste un problème de télévision dans la 32. J'ai envoyé la maintenance à vingt-deux heures, c'est a priori réglé.

Luis griffonna dans le minuscule carnet en moleskine qui ne le quittait jamais.

— Autre chose ?

— Monseigneur Garamont a fait des caprices pour le dîner, mais tu ne devrais plus en entendre parler.

Quand Luis dissimula son sourire derrière un toussotement, elle devina ses pensées : le millionnaire s'en était encore pris à son seul et unique souffre-douleur, nommé Elsa Carazzone. Il se complaisait à la solliciter pour mille et une broutilles, alors qu'il faisait partie des clients les plus appréciés du personnel quand elle n'était pas de service. Quelle plaie !

— Allez, file, tu as école demain, lui lança son collègue en désignant le couloir de service.

— Oui, papa ! Bonne nuit, papa ! plaisanta-t-elle.

Alors qu'elle contournait le comptoir, un type mal rasé, engoncé dans un manteau marine dont les boutons menaçaient de céder sous la pression de son ventre rebondi, s'engouffra dans le hall. Il serrait une serviette en cuir noir contre son cœur. Elle le salua d'un hochement de tête et continua son chemin.

— Mademoiselle, attendez !

Flûte ! Elle s'immobilisa. Luis intervint aussitôt :

— Que puis-je faire pour vous, monsieur ?

— Vous, rien. C'est à la demoiselle que je dois parler !

Elsa patienta, dans l'expectative. Il lui tendit la serviette dont elle se saisit par réflexe.

— Vous devez l'apporter à monsieur Garamont.

Elle eut un geste de dénégation ; elle avait assez subi les lubies du millionnaire pour ce soir.

— J'ai terminé mon service, monsieur. Mon collègue va s'en charger.

— Ce n'est pas minuit. Alors c'est à vous de l'apporter, en personne.

Ces mots ! Encore un coup de Garamont. Ce type avait été envoyé à la dernière minute, juste pour l'agacer. Mission accomplie.

— Il vous attend, insista l'homme voyant qu'elle ne bougeait pas.

Sans blague. Luis s'avança. Elle l'arrêta d'un signe de la main. Ce que Garamont voulait, Garamont l'obtenait.

— J'y vais, j'y vais, grommela-t-elle d'un ton indigne d'un cinq étoiles.

Une fois dans l'ascenseur, Elsa évita de regarder dans le miroir. Elle savait pertinemment ce qu'elle y verrait. Son mètre soixante souffrait d'un surpoids contre lequel elle luttait en vain depuis son adolescence. Quelques mèches blondes échappées de son chignon frisottaient autour de son visage rond, accentuant sa douceur quasi enfantine, à peine contrebalancée par ses lunettes sévères. Personne ne la prenait au sérieux quand elle se fâchait, jusqu'au moment où elle virait à l'hystérie, arborait la teinte d'une tomate trop mûre et se tournait en ridicule.

En bref, elle ne correspondait en rien à ces mannequins aux jambes interminables et à la crinière disciplinée qui se collaient à Garamont sur les photos des magazines people. Alors que lui voulait-il ?

L'ascenseur s'immobilisa au cinquième étage. Elle s'engagea sur la moquette crème qui étouffait les sons. Un léger parfum de cèdre et de vanille flottait dans le couloir. Çà et là, des consoles

Louis XV surmontées de miroirs anciens soutenaient des vases débordant de bouquets colorés.

Au bout du couloir, la porte de la suite prestige numéro 56 la narguait. Minuit moins deux. Presque l'heure du crime. Dommage, elle avait oublié son revolver.

Elle frappa à la porte. Garamont ouvrit sans attendre, alors qu'elle avait encore le poing levé. Elle lui tendit aussitôt la serviette en disant :

— Un homme m'a demandé de vous l'apporter *en personne*.

Le visage neutre, il s'écarta sans faire mine de s'en saisir. À quoi jouait-il ?

— Entrez donc, Elsa.

— Je vous remercie, mais mon service est terminé et je souhaiterais rentrer chez moi.

— Au chemin de l'Étang, sur votre vélo.

Elle se raidit, les yeux écarquillés telle une biche prise dans la lumière des phares.

— Entrez, répéta-t-il. Je désire vous parler.

— De quoi ?

— J'ai un travail à vous proposer.

— J'en ai déjà un, que je n'aimerais pas perdre.

— Alors, entrez. Vous n'aimeriez pas que je me plaigne de vous à la direction.

— Pour quel motif ? Je n'ai rien fait.

— En êtes-vous certaine ? Je pourrais évoquer les pourboires, peut-être. Ou le sac à main.

Elsa pâlit. Il lui fit de nouveau signe d'avancer. Elle céda.

Cet homme était le diable ! Comment savait-il tout cela ? Elle pariait sur le type bedonnant aux allures de chien de chasse. Un détective privé, sans doute.

Ses pensées tourbillonnaient dans son crâne tandis qu'elle franchissait le seuil. Elle n'avait lésé personne ni enfreint aucune loi. Juste respecté la règle tacite des réceptionnistes : cinquante pour cent du pourboire pour soi, cinquante pour cent dans la cagnotte du service. Même si le règlement que nul ne respectait exigeait d'y déposer l'intégralité. Cela arrondissait les fins de mois et permettait de varier les menus.

Quant au fameux sac, accepter des cadeaux était certes interdit. Mais repoussait-on un Vuitton patiné par les ans offert par une cliente âgée ? Surtout quand celle-ci menaçait de le jeter à la poubelle en cas de refus. Elsa le sortait pour les grandes occasions, ravie de ce luxe qu'elle doutait de pouvoir se permettre un jour.

Après avoir refermé la porte derrière elle, Garamont lui désigna un fauteuil de cuir blanc. Elle s'y laissa tomber, vaincue.

— Prenez le dossier dans la serviette, ordonna-t-il.

Elle obéit et le déposa sur la table basse. Son nom s'étalait sur la couverture cartonnée, tracé au feutre noir. Un frisson désagréable courut dans son dos.

— Vous avez un dossier sur moi ? demanda-t-elle en le fixant, sidérée.

Il s'assit en face d'elle et se passa la main dans les cheveux. Pour la première fois, elle le sentait embarrassé. Elle ouvrit la chemise d'un geste brusque. Des pages et des pages couvertes de données, des dizaines de photos d'elle. Elle la referma comme si elle s'était brûlée. Ce type était un grand malade, et elle était seule avec lui dans sa suite insonorisée. Les délicates boiseries se refermèrent soudain sur elle. Elle se redressa, prête à bondir.

— Je ne vous veux aucun mal, Elsa, affirma-t-il d'un ton tranquille. Je vous l'ai dit, j'ai un travail à vous proposer.

— Vraiment ? dit-elle, sceptique. Pourquoi moi ?

— Vous m'obsédez, annonça-t-il comme il aurait indiqué l'heure à quelqu'un.

— Qu'est-ce que vous voulez que ça me fasse ?

— À vous, rien. Mais ça doit cesser.

— Pour le coup, je suis d'accord. Comme je devine que vous ne changerez pas d'hôtel, que proposez-vous ?

— Quelque chose d'un peu particulier.

Son petit doigt lui hurlait qu'elle n'allait pas apprécier. Une profonde lassitude l'envahit soudain.

— Je vous écoute.

Chapitre 2

Juchée sur son vieux vélo, Elsa pédalait comme si elle avait le diable aux trousses, ce qui n'était pas totalement faux. Le vent qui s'engouffrait dans ses cheveux ne lui apportait pas l'habituelle sensation de liberté. En fait, elle ne le sentait même pas. La proposition de Garamont tournoyait sans fin dans sa tête.

Il était fou à lier. Obsédé. Pervers. Débauché, dépravé, déviant, et sûr de lui. Sur un caprice de sa part, elle serait virée en un clin d'œil.

Elle avalait l'interminable ruban d'asphalte, presque désert à cette heure tardive, à une vitesse qu'elle ne se savait pas capable d'atteindre. Elle rêvait d'une seule chose : retrouver son foyer et Châtaigne – surnommée la Teigne –, sa vieille chatte dodue et arthritique. Le plus grand centre commercial de la ville, illuminé, se dessina dans la nuit. Elle le dépassa et franchit sans y penser la double ligne blanche au centre de l'avenue bordée de tours aussi laides que surpeuplées, pour s'engouffrer dans le chemin de l'Étang.

Comme à chaque fois, elle eut l'impression de basculer dans un autre monde après la grisaille de la périphérie avec ses barres d'immeubles décrépits. Des maisonnettes colorées se serraient les unes contre les autres, entourées de jardinets arborés. Elle passa devant chez les Thomen, le gentil couple de retraités qui la dépannait quand elle manquait de lait ou d'œufs, puis devant chez les Hublon, dont le bouledogue aboyait des heures durant malgré les plaintes du voisinage, et enfin devant chez les Husseini. La fenêtre de la chambre de bébé Karim était illuminée. Sans doute le garnement refusait-il une nouvelle fois de dormir. Elle le gardait de temps à autre lorsque ses parents exténués avaient besoin de souffler.

Sa rue, son univers.

Le portail grinça légèrement derrière elle, les gravillons de l'allée crissèrent sous les semelles de ses baskets. Autant de sons familiers qui l'accueillaient. Déjà, Châtaigne miaulait à s'en briser les cordes vocales de l'autre côté de la porte. La clé tourna avec peine dans la serrure qui attendait d'être graissée depuis l'hiver dernier. Dès qu'Elsa ouvrit le battant, une tornade rousse se jeta dans ses jambes et s'y frotta, dos rond, queue dressée. Sans ôter sa veste, elle s'agenouilla pour prodiguer son content de caresses à la chatte qui lui offrait impudiquement son ventre dodu dans un concert de ronronnements.

Quand la pendule sonna deux coups, Elsa frémit en pensant aux cours du lendemain. Elle se déshabilla, expédia sa toilette, sauta dans son pyjama orné de licornes et se glissa sous la couette. La Teigne se lova à ses pieds et s'endormit aussitôt. La maison était silencieuse. Les lumières des réverbères insinuaient leurs doigts jaunâtres par les interstices des volets et dessinaient des ombres fantasmagoriques sur les murs. Elle ferma les paupières, tenta de se détendre. Impossible.

Elle se revoyait, enfoncée dans le fauteuil, sentait encore le parfum épicé de Garamont, entendait sa voix grave, mélodieuse, et la plainte des violons en trame de fond.

Ses mots la hantaient.

Sa proposition consistait en cinq week-ends en sa compagnie, du vendredi au dimanche, afin de se débarrasser de son obsession, sens après sens. Le terme exact qu'il avait utilisé était « désintoxication ». Comme si elle était une drogue.

Puis il avait embrayé sur les « modalités de leur collaboration », et le cœur d'Elsa avait manqué un battement à la mention de son salaire : trente mille francs à chaque rencontre.

Trente mille francs suisses. Plus que ce qu'elle gagnait en une année. Le chiffre tournait en boucle dans sa tête. Changer la chaudière, réparer le toit, détartrer le bouilleur… Alléger ses horaires à l'hôtel pour se concentrer sur son mémoire de master. Cesser de sécher certains cours à cause de la fatigue.

Trente mille francs. Le tarif d'une escort girl haut de gamme. Parce qu'il était évident que pour cette somme, il ne se contenterait pas d'une promenade romantique main dans la main. Adam Garamont était un homme d'affaires qui en voudrait pour son argent.

Son projet, tordu mais pas absurde au demeurant, était de saturer chacun de ses sens de sa présence, jusqu'à ne plus la supporter. Cela pouvait fonctionner : après tout, certains émergent bien d'une cuite magistrale dégoûtés à vie de l'alcool.

Cependant, saturer les sens d'un homme impliquait des rapports intimes très éloignés d'une beuverie effrénée. Le week-end consacré à la vue ne l'inquiétait pas trop. Les autres, en revanche… Des images à peine censurées dansaient devant ses yeux, sans qu'elle ressente de véritable répulsion. Garamont transpirait la séduction.

Il lui avait certifié qu'il ne lui proposerait rien de dégradant et qu'elle pourrait à tout moment donner son veto, ce qui romprait immédiatement le contrat. Elle devait se décider avant vendredi.

Combien valait son âme ? Et son corps ?

Un sommeil tourmenté l'emporta sans qu'elle trouve de réponse à ses questions.

ঔ · ৫

Genève, le lendemain

Jérôme Varnier manqua de s'étouffer avec une langoustine de Saint-Guénolé. Il avala tant bien que mal le crustacé à demi-mâché, le fit descendre d'une gorgée d'un excellent chablis et se tamponna la bouche pour reprendre contenance. Adam fixait son avocat et ami d'un œil narquois.

— Je pensais que plus rien ne te choquait de ma part, se moqua-t-il.

— Tu ne m'avais pas encore demandé de rédiger un contrat proche de la prostitution.

— Tout de suite les grands mots. Vois-le plutôt comme un moyen de me débarrasser de mon obsession, en toute légalité.

— Je te trouve bien sûr de toi.

— Tu m'as déjà vu échouer dans mes projets ?

Jérôme secoua la tête.

— Jamais. Si je résume tes intentions, tu veux baiser cette fille jusqu'à t'en lasser, sans qu'elle puisse ensuite te faire chanter.

Adam se raidit. Jérôme était le seul qui se permettait de lui parler aussi crûment. Mais là.

— Je ne veux pas « la baiser » ! Je veux…

Il s'interrompit. Au fond, que voulait-il ? L'écouter, la contempler, la sentir, la goûter, parcourir la moindre parcelle de sa peau. Jusqu'à l'écœurement. Pas la baiser, non. Le terme lui répugnait lorsqu'il pensait à Elsa. Il avait baisé des starlettes en manque de reconnaissance, des apprenties mannequins, des aventurières à la recherche d'un mari fortuné, et il avait adoré ça. Elsa, il ne la baiserait pas.

Jérôme brisa le silence :

— Tu es vraiment atteint !

— Peut-être, concéda Adam avec un haussement d'épaules. Tu t'en occupes ?

— Tu as l'air bien sûr de son accord.

Un sourire prédateur étira les lèvres d'Adam.

— Crois-moi, elle ne pourra pas refuser.

Chapitre 3

Elsa avait l'impression d'être passée dans un lave-linge en mode essorage intensif. Mardi, on avait volé la selle de son vélo pour la troisième fois depuis le début du semestre ; mercredi, elle avait planché pendant des heures sur une dissertation littéraire ; jeudi, sa chaudière avait rendu le dernier soupir malgré les soins assidus prodigués par le réparateur. Depuis, elle vivait en pull polaire, se douchait à l'eau glacée et jonglait avec son budget pour dégager la somme nécessaire au remplacement de la trépassée. Sans compter les nuits blanches à réfléchir à la proposition de Garamont.

Dans une fiction romantique, elle aurait refusé son offre pour ne pas compromettre son âme. Il lui aurait alors avoué que son infâme proposition ne visait qu'à s'assurer de sa droiture et de son désintéressement, puis l'aurait demandée en mariage, un genou à terre.

Dans la réalité, Garamont épouserait une riche héritière pendant qu'elle crèverait de pneumonie, de malnutrition ou d'épuisement, seule dans sa baraque décrépite.

Comme elle se refusait à parler à qui que ce soit de son éventuelle – et brève – future carrière d'escort girl, pas même à Marion, sa meilleure amie, elle avait listé les « pour » et les « contre ». Et franchement, le déséquilibre entre les deux colonnes sautait aux yeux. À part « ça ne se fait pas », « c'est un grand malade », « je ne suis pas une prostituée » et « je ne céderai pas au chantage », elle était à court d'idées pour remplir la partie des « contre ». En revanche, celle des « pour » débordait, avec sa chaudière en première position.

Garamont savourait sans doute en ce moment même les affres dans lesquelles il l'avait plongée.

Après s'être trituré les méninges durant une éternité, elle était arrivée à la conclusion qu'elle n'avait rien à perdre sauf son temps et sa pudeur. Sa virginité, cela faisait longtemps qu'elle l'avait jetée aux orties avec un gentil garçon bien plus laid que le millionnaire.

De longues heures de recherches sur Internet l'avaient persuadée qu'il n'était ni un détraqué ni un tueur en série, et puis elle pourrait abréger leur « collaboration » quand elle le voudrait.

Advienne que pourra.

*

— Elsa, tu as une tête à faire peur ! Semaine difficile ? l'accueillit Robert, le chef de réception, alors qu'elle prenait son service le vendredi, en fin d'après-midi.

Si elle répondait que tout allait bien, il lui casserait les pieds jusqu'à ce qu'elle admette le contraire. Autant gagner du temps :

— Un peu. Les examens approchent.

Elle espérait que cela lui suffirait, parce qu'elle ne comptait pas évoquer Garamont.

— Tu me raconteras pendant la pause. Tiens, monsieur Garamont a laissé ça pour toi.

Raté ! Elle fixa l'enveloppe blanche qu'il lui tendait comme si celle-ci pouvait la mordre.

— Il est déjà parti ? s'étonna-t-elle.

— En fin de matinée.

Étrange. D'habitude, il s'arrangeait pour qu'elle s'occupe de son *check out* et en profitait pour le faire durer. Elle se saisit de l'enveloppe, la retourna. Juste son prénom, tracé à l'encre noire d'une écriture nerveuse et penchée.

— Tu ne l'ouvres pas ?

Robert le fouineur s'intéressait à tous les potins, qu'ils concernent collègues ou clients, et elle ne tenait pas à entendre son nom chuchoté à l'heure de la pause. Heureusement, une distraction s'annonçait, sous la forme de trois couples souriants chargés de valises taille cabine et de housses de vêtements, un peu gauches, un peu mal à l'aise, les yeux brillants.

— Je m'en occuperai plus tard, murmura-t-elle en désignant discrètement les arrivants. Je te parie que ce sont les premiers invités du mariage de demain.

Elle glissa l'enveloppe dans sa poche et se para de son plus beau sourire. Le week-end s'annonçait chargé, avec les noces extravagantes d'un couple anglo-italien résidant à Genève.

À vingt et une heures, elle put enfin prendre une pause bien méritée. Par chance, Robert resta à son poste, car Luis était en retard. Le petit salon réservé aux employés était désert. Elle se versa une tasse de thé, s'installa à une table et ouvrit l'enveloppe qui ne contenait qu'une carte de visite au nom de maître Jérôme Varnier, de l'étude d'avocats Varnier & Sinclert. La même écriture que sur l'enveloppe, presque illisible, courait au verso.

Chère Elsa,
Mon avocat vous attend lundi à dix-sept heures. Soyez ponctuelle.
Au plaisir de vous revoir prochainement,
Adam

Elle faillit s'étouffer. Ce type ne manquait pas d'assurance ! Il était persuadé qu'elle accepterait son offre. Et il avait probablement raison.

— Alors, que te voulait monsieur Garamont ?

La voix de Robert la fit tressaillir. Le thé éclaboussa ses mains et l'encre se délita en traînées noires. Elle retourna le bristol à la vitesse de la lumière, au risque de se tacher. Inspiration, au secours ! Elle bafouilla :

— Il m'a juste laissé un pourboire.

Elle en serait quitte pour glisser un billet de dix francs dans la cagnotte commune, mais tant pis. Robert se pencha alors sur la carte de visite et s'exclama :

— Un avocat ! Tu as des ennuis ?

Encore heureux qu'il n'ait vu que le côté pile. Une idée, vite !

— Non, c'est à cause d'un héritage, bredouilla-t-elle.

— Quelqu'un est mort ?

Qui pouvait-elle assassiner sans risque ?

— Une… une tante éloignée.

— En Italie ?

— C'est ça.

— Oh, Elsa, je suis désolé. Si tu me l'avais dit, je t'aurais donné congé !

Elle se retint de détourner les yeux, mal à l'aise. La graine du mensonge était semée. Comment limiter les dégâts collatéraux ?

— Je la connaissais à peine, marmonna-t-elle.

— Et elle te lègue quelque chose ? Tu as de la chance.

Nom d'une pipe ! Allez, allez, sors-toi de là, et presto.

— Heu… Elle n'avait pas d'enfant. Elle vivait toute seule. On descendait parfois la voir avec mes parents quand j'étais toute petite, puis on s'est perdus de vue… (Elle jeta un regard à sa montre.) Oh ! ma pause est terminée. Je te laisse.

Elle s'enfuit avant qu'il ne pose de nouvelles questions embarrassantes à propos de la défunte qui n'avait encore ni nom ni âge. Le week-end serait long, très long.

*

Ce qui devait arriver arriva. Le samedi, un bouquet de fleurs l'attendait devant son casier, dans les vestiaires, offert par la direction. Un autre, de la part de ses collègues, trônait dans la salle de pause, ceint d'un ruban de velours noir du plus bel effet. Robert lui serina que, bien sûr, elle pouvait prendre congé si nécessaire. Elle traîna donc son mensonge en bafouillant une réponse inintelligible à chaque mot de « sincères condoléances ». Pour compenser son malaise, elle se gava des croissants au beurre apportés par Luis. Avantage non négligeable : la bouche pleine, elle ne pouvait pas parler.

Se rendrait-elle à l'enterrement de cette pauvre tante Chiara – elle lui avait enfin inventé un prénom ? Malheureusement pas, à cause des examens qui approchaient. Oh ! comme c'était triste !

Bref. Si le détective privé – ou plutôt le basset artésien – de Garamont la surveillait encore, il devait bien s'amuser du sac de nœuds dans lequel elle s'empêtrait avec ses piètres talents de mythomane. Heureusement, l'histoire de l'héritage semblait oubliée.

Quand elle rentra dans sa maison enténébrée, épuisée, les bras chargés des bouquets qui faisaient grise mine après leur balade dans son porte-bagages, elle se laissa glisser sur le sol dans un nuage de pétales et de velours noir. La Teigne s'y roula avec bonheur, ronronnante, rassurante. D'un coup, Elsa fut secouée d'un fou rire nerveux qui lui fit venir les larmes aux yeux. Pauvre,

pauvre tante Chiara, morte d'une crise cardiaque dans son sommeil.

*

Dimanche matin, le départ du troupeau de noceurs qui arboraient les stigmates de leurs excès – teint verdâtre, cernes, haleine chargée – occupa les esprits et les corps.

Quand la dernière chambre fut libérée en retard, la faute à une nuit difficile, le calme retomba sur l'hôtel, une torpeur poussiéreuse qui l'agaçait alors qu'en temps normal, elle la trouvait apaisante. Elle comptait les heures qui la séparaient du lendemain en maudissant Garamont à intervalles réguliers.

Bien plus tard, tandis qu'elle tapotait l'extrémité de son stylobille sur un bloc de feuilles, Luis hasarda :

— Tu as l'air nerveuse.

— Ce n'est rien, un travail à terminer pour demain en anglais.

Le mensonge était sorti sans mal, cette fois. À moins que… Son commentaire de texte ! Le sang se retira de son visage. Catastrophe ! Elle avait oublié Lord Byron quelque part au cœur de sa semaine dantesque.

— Tu veux rentrer ? proposa Luis. Robert comprendra.

— Volontiers, répondit-elle sans hésiter. Mais tu es sûr que ça ira ?

— On n'a que six arrivées, alors ne t'inquiète pas.

— Merci Luis, tu es adorable.

Elle plaqua un baiser sur sa joue lisse qui fleurait bon l'après-rasage et se précipita dans les vestiaires.

À peine chez elle, elle fondit sur son ordinateur et parcourut son premier jet. Pitoyable. Un manque d'analyse et de profondeur crasse. Au boulot.

De frénétiques miaulements affamés la tirèrent de sa transe rédactionnelle peu après minuit. Elle planta le point final d'un doigt décidé, sauvegarda son travail et l'imprima. Tant pis pour la relecture.

Après avoir rempli le bol de la Teigne d'une pâtée puant le thon pas frais, elle se prépara une omelette au jambon, ce qui lui rappela le caprice de Garamont, joua avec et finit par la déposer devant le museau de la chatte qui l'engloutit en trois coups de mâchoire. Au temps pour le régime prescrit par la véto !

Une question la tourmentait : comment s'habillait-on pour un rendez-vous avec un avocat ? Au naturel : jean et T-shirt ? Façon entretien d'embauche : jupe et chemisier ? Non, incompatible avec le vélo. Elle terminerait à seize heures trente à l'université. Pas le temps de traverser la ville pour rentrer se changer. Mais elle voulait tout de même faire bonne impression. Allez, pantalon noir et pull rose à peine décolleté. Parfait.

Avait-elle oublié quelque chose ? Non… Si ! Elle se précipita sous la douche, se lava les cheveux, se rasa les jambes et les aisselles. À une heure du matin.

Elle était complètement folle, mais l'avocat demanderait peut-être à inspecter la marchandise.

Chapitre 4

Genève, lundi 30 mars

L'orage creva soudain, déversant des trombes d'eau sur les passants. Debout derrière la fenêtre, Jérôme Varnier sourit lorsqu'une voiture éclaboussa un type en costume-cravate qui s'abritait tant bien que mal sous sa serviette en cuir.

Au même instant, l'horloge placée sur son bureau carillonna. *Elle* ne tarderait plus. Il se réjouissait de découvrir la femme qui perturbait son ami au point qu'il lui demande de rédiger cet invraisemblable contrat de travail.

La sonnerie du téléphone retentit. Le numéro de la réception clignotait sur l'écran. Pile à l'heure. Un point pour elle. Il décrocha.

— Votre rendez-vous est arrivé, monsieur, annonça une voix féminine.

— Faites-la monter.

Il rejoignait le palier au moment où les portes de l'ascenseur libéraient une étonnante créature. Petite, ronde, des cheveux ruisselants et des yeux soulignés de traînées de mascara, abrités derrière des lunettes semées de perles d'eau. Pas du tout ce à quoi il s'attendait. Elle se figea en le découvrant. Il lui tendit la main d'un geste vif.

— Mademoiselle Carazzone ? Je suis maître Varnier.

Jérôme retint une grimace quand les doigts humides de la jeune femme se refermèrent sur les siens.

— Enchantée, marmonna-t-elle.
— Peut-être désirez-vous vous sécher ?
— Volontiers.

Il la guida jusqu'aux toilettes.

— Je vous attends là, prenez votre temps.
— Merci.

Jérôme la regarda disparaître dans la pièce en s'essuyant la main avec un mouchoir immaculé. Qu'est-ce qu'Adam pouvait bien lui trouver ? En sus d'un physique quelconque, elle était incapable d'aligner deux mots.

ஐ · ଔ

Elsa s'adossa au battant, les jambes flageolantes. Ce n'était qu'un rendez-vous avec un avocat ! Bon, d'accord, pas un simple avocat : un ténor du barreau séduisant à souhait, avec ses allures de statue grecque, ses yeux aigue-marine et ses boucles châtain. À croire que le millionnaire ne s'entourait que de peaux lisses et de regards frangés de longs cils. Le sien, de regard, lui fit lâcher un juron. Un vrai panda ! Et ses cheveux ! Entre le casque de cycliste et la pluie, pour la bonne impression, elle repasserait. Elle comprenait à présent l'air médusé de la réceptionniste qui avait déposé ses affaires trempées au vestiaire.

Des coups légers la tirèrent de ses considérations.

— Tout va bien, mademoiselle ?

Il était sérieux, là ? Elle s'apprêtait à signer un contrat indécent en ayant l'air de s'être enfuie d'un asile pendant un ouragan. Rien n'allait.

— Oui, oui, s'écria-t-elle. J'ai juste besoin d'une minute.

D'une heure, plutôt. Elle dévalisa la pile d'essuie-mains en tissu éponge qui jouxtait le distributeur de savon pour frotter les taches noires autour de ses yeux, et sécher ses lunettes et ses cheveux. Elle disciplina ensuite tant bien que mal ses mèches humides. Son reflet la fit grimacer : une écolière au sortir de la douche. Et puis zut. Elle n'était pas ici pour séduire.

Quand elle émergea des toilettes, Varnier n'avait pas bougé d'un cil. Ce type devait avoir la patience d'un ange ou d'un prédateur à l'affût. Sans doute en fallait-il pour supporter les excentricités de ses clients, et en particulier celles de Garamont.

Il la conduisit jusqu'à une salle de réunion, dont il ouvrit la porte, avant de se décaler pour la laisser entrer la première. Le cœur tambourinant, elle s'avança. Des baies vitrées donnaient sur le lac agité, dont la couleur ardoise reflétait celle du ciel. La pluie avait cessé. De l'autre côté de la rade se dressaient les lignes épurées de l'hôtel Belle-Rive. La gorge d'Elsa se serra. Que fabriquait-elle ici, avec cet Apollon au service d'un millionnaire corrupteur ? Elle n'avait rien d'une escort girl : ni le physique ni la force mentale.

Elle pila net.

ஜ · ಐ

La tension de la jeune femme alerta Jérôme. Elle s'apprêtait à battre en retraite. Tiens, il y avait donc un cerveau sous cette tignasse blonde ? Il reconsidéra son jugement initial et s'approcha prudemment, comme on aborde un animal rétif. Dès qu'il le put, il la saisit par le coude et ferma la porte pour l'empêcher de s'enfuir.

— Venez vous asseoir, la journée a dû être longue, dit-il d'une voix apaisante.

Elle se laissa guider jusqu'à l'un des fauteuils qui cernaient la table massive et s'y assit. Lorsque Jérôme fut certain qu'elle ne se relèverait pas, il s'installa face à elle. Débarrassé des traces noires, son visage pâle et doux rappelait celui des femmes peintes par Ingres. Dommage que les sévères lunettes gâchent le portrait.

— Puis-je vous offrir à boire ? proposa-t-il en désignant les bouteilles d'eau et les verres disposés au centre du plateau.

Elle secoua la tête.

— Non merci, j'ai eu ma dose d'humidité pour la journée.

Au moins, elle ne manquait pas d'humour. Restait à voir si elle le conserverait longtemps.

— Dans ce cas, je vous propose de prendre connaissance des termes du contrat, annonça-t-il en poussant une chemise cartonnée vers elle.

Elle ne bougea pas.

— Mademoiselle Carazzone, quelque chose ne va pas ?

— Tout va pour le mieux dans le meilleur des mondes pervers possibles, marmonna-t-elle en tirant le dossier à elle.

Contenant son sourire, il fit mine de n'avoir rien entendu.

— Prenez votre temps, je suis là pour répondre à vos questions.

Et sans doute fort bien payé pour ça ! songea Elsa en se penchant sur le contrat, curieuse de découvrir comment l'avocat l'avait rédigé pour qu'il ressemble à n'importe quel autre.

« Domaine d'activité et fonction : assistante à domicile. »

Intéressante formulation.

« Date d'entrée en fonction : vendredi 17 avril. » Soit dans deux semaines et demie. La gorge d'Elsa se serra.

« Salaire : trente mille francs nets par week-end. Période d'essai : du 17 au 19 avril. »

Elle releva la tête.

— Que se passera-t-il si je ne conviens pas pour le poste ?

— Le premier week-end sera rémunéré. Pour le reste, monsieur Garamont tient à sa sérénité et ses séjours au Belle-Rive y contribuent. Vous serez donc mutée ailleurs.

— Mutée ? s'étrangla-t-elle.

Varnier sourit, d'un sourire condescendant qu'elle eut envie d'arracher à coups de griffes.

— Dans un hôtel de même catégorie, cela va sans dire.

Elle ouvrit la bouche pour lui dire ce qu'elle pensait de leur charité et des abus permis par leur statut, puis la referma. Mieux valait éviter de se mettre Apollon à dos. Au terme de l'aventure, elle aurait tout loisir de lui révéler le fond de sa pensée. Avec des mots choisis, mûris.

Elle reprit sa lecture. Les feuilles frémissaient entre ses doigts.

« Durée et horaire du travail : cinq week-ends, du vendredi dix-neuf heures au dimanche dix-neuf heures. »

Suivaient les dates précises, toutes les deux semaines.

Leur ultime rencontre aurait lieu du 12 au 14 juin, juste après ses examens finaux. Elle aurait ainsi l'esprit libre et serait tout à Garamont pour le grand final. Bien pensé. La suite, à présent.

Rien d'inhabituel dans les prestations sociales.

« Secret de fonction : l'employée respectera un secret professionnel absolu pour tout ce dont elle aurait eu connaissance dans l'exercice de ses fonctions. »

Sans blague ? Il n'avait pas envie qu'elle écrive un best-seller sur sa perversion ?

Cette obligation lui interdisait aussi de mentionner cette expérience professionnelle dans son CV ou de demander à Garamont de la recommander. Elle roula des yeux à cette absurdité. Comme si elle en avait eu l'intention.

Jusque-là, rien d'extraordinaire. Elle tourna la page.

Maladie, accident. D'accord…

Ensuite, la véritable nature de ses activités se dévoilait en filigrane, sans jamais être explicitement nommée. Si elle signait, elle rencontrerait une certaine doctoresse Duvivier, afin de réaliser un bilan de santé complet.

Et lui ? Qu'est-ce qui lui assurait qu'il ne souffrait pas d'une saleté contractée auprès d'une de ses bimbos ?

— Monsieur Garamont vous présentera les mêmes garanties, souffla Varnier, comme s'il avait lu dans ses pensées.

— J'y compte bien, répliqua-t-elle d'un ton sec.

Par ailleurs, le contrat mentionnait l'obligation d'une contraception, ainsi que la prise des mesures adéquates « le cas échéant ». Apollon n'avait pas osé écrire « avortement » en toutes lettres. La sensation d'avoir une arête coincée dans la gorge la fit tousser. L'aspect sexuel de sa mission transparaissait aussi dans l'article suivant : en cas d'indisposition ou de maladie, le week-end serait reporté et le calendrier décalé.

— Indisposition ? articula-t-elle avec peine.

— Menstruations, dit-il en plantant son regard dans le sien. Désirez-vous que cela apparaisse explicitement ?

Il se payait sa tête !

— Ça ira, grommela-t-elle.

Allez, presque fini.

« Instructions particulières : celles-ci parviendront à l'employée une semaine avant chaque week-end. Leur non-respect sera considéré comme un juste motif de résiliation anticipée. »

Elle releva le nez pour demander :

— En quoi consisteront ces instructions ?

— Des livres à lire et des cours à prendre, déclara-t-il d'un ton désinvolte. Rien de compliqué et toujours en dehors de vos heures à l'université.

Que du bonheur ! Garamont était décidément un grand malade, qu'elle doutait de soigner. Allez, dernier article.

« Résiliation anticipée. » Enfin la porte de sortie !

« L'employeur et l'employée peuvent résilier immédiatement le contrat en tout temps pour de justes motifs ; seront considérés comme tels le refus d'accéder aux demandes de l'employeur, ainsi que toutes les circonstances qui, selon les règles de la bonne foi, ne permettent pas la continuation des rapports de travail. »

Classique charabia juridique. Si elle comprenait bien, un simple « non » et tout s'arrêterait. Alors pourquoi cette amertume sur sa langue ?

D'ailleurs en parlant de résiliation…

— Qu'avez-vous prévu pour mon emploi actuel ?

— Vous serez en congé à partir du 1er avril et pourrez reprendre votre poste au Belle-Rive dès le 1er juillet. Si tel est votre désir, et si vous avez donné satisfaction, bien sûr.

Son ton sous-entendait qu'il en doutait fortement. Elle inspira profondément pour contenir la réplique acerbe qui lui montait aux lèvres, puis déclara d'une voix égale :

— Vous avez pensé à tout, n'est-ce pas ?

— Je suis payé pour cela. Dans le cas improbable où quelque chose m'aurait échappé, je rédigerai un avenant au contrat, que vous signerez sans rechigner.

Ils se mesurèrent du regard, puis Varnier embraya :

— Si vous n'avez plus de questions, vous pouvez parapher chaque page et signer la dernière. Dès que monsieur Garamont en aura fait de même, vous recevrez votre exemplaire.

Elle le dévisagea. Il ne baissa pas les yeux, un agaçant sourire aux lèvres.

— Souhaitez-vous que je signe avec mon sang ? lâcha-t-elle finalement.

— Ce ne sera pas nécessaire, dit-il en lui tendant un stylo plume au bec en or.

Lassée de cet affrontement inutile, elle s'en empara, inscrivit la date et la mention « lu et approuvé » d'une écriture rageuse, parapha et signa.

Il récupéra le contrat d'un geste preste et le rangea hors de portée. Surprise, elle réalisa qu'il avait douté jusqu'au dernier instant. Chaque sourire, chaque mot de sa part n'avait eu pour but que de la pousser à accepter. Il l'avait menée par le bout du nez.

— Très bien, mademoiselle Carazzone, nous en avons terminé, annonça-t-il d'un ton neutre. Je reste à votre disposition pour toute question éventuelle.

Quelques minutes plus tard, elle retrouvait son vélo, avec le sentiment dérangeant d'avoir non seulement vendu son corps à Garamont, mais aussi son âme.

Chapitre 5

Genève, mardi 31 mars

La sonnette retentit alors qu'elle enfilait son manteau pour partir. Qui pouvait bien passer la voir si tôt ? Un homme en bleu de travail, un dossier entre les mains, patientait sur le perron. Elle fronça les sourcils.

— Je peux vous aider ?
— Je cherche madame Carazzone. C'est vous ?
— En chair et en os. Vous êtes ?
— Entreprise Mauder. Je viens changer votre chaudière.
— Pardon ?

Il fronça les sourcils.

— Vous êtes bien Elsa Carazzone, chemin de l'Étang 18 ?
— Oui.
— Alors j'ai une chaudière neuve à installer chez vous.
— Mais je n'ai rien commandé !

Elle soupçonnait un nouveau coup du basset artésien de Garamont. Perplexe, l'ouvrier consulta ses papiers. Son visage s'éclaira.

— C'est un cadeau de votre cousin, Jérôme Varnier.

Elle hésita entre se mettre à hurler ou éclater d'un rire hystérique. Apollon ne manquait pas d'air. Accepter le coûteux présent ou le refuser ? Laisser Garamont s'immiscer dans sa vie privée ou continuer de se doucher à l'eau froide ? Elle frissonna. Autant considérer cela comme une avance sur salaire et le rembourser plus tard. Vendu.

— Entrez, je vais vous montrer le local. Vous en avez pour combien de temps ?

— Un jour. Deux si votre installation est trop vétuste.

Il risquait d'être servi ! Elle réfléchit à toute vitesse. Impossible de négliger autant de cours avec les examens qui approchaient, et de toute façon, il n'y avait plus rien à voler chez elle depuis longtemps.

— Tirez la porte derrière vous quand vous aurez terminé et ne laissez pas sortir le chat.

— Bien m'dame.

À chaque coup de pédale, ses pensées revenaient à Garamont. Il déboulait dans sa vie avec la légèreté d'un rouleau compresseur. Certes, il aplanissait les problèmes sur son passage, mais elle détestait qu'on lui force la main, même pour son bien. Elle était assez grande pour prendre soin d'elle-même. Elle n'était censée lui appartenir qu'à partir du 17, et seulement un week-end sur deux. Sur le papier, du moins, car c'était sans compter son obsession du contrôle.

Stop ! Oublier le millionnaire. Se focaliser sur la présentation de son commentaire de texte sur Sardanapale, ce roi assyrien débauché qui s'était jeté dans les flammes du bûcher avec son esclave favorite. Elle plissa le nez. Au moins, Garamont se contenterait de la muter si elle lui résistait.

Raté pour l'oubli.

À midi, son amie Marion l'attendait sur le parvis de l'université pour déjeuner. Avec ses longues jupes colorées et sa chevelure noire semée de mèches violettes, elle ne passait jamais inaperçue, surtout sur les bancs de la fac de droit. Elle était aussi dotée d'une perspicacité hors du commun concernant Elsa.

— Tu vas bien, poulette ? demanda-t-elle d'un ton inquisiteur.

— Impeccable. Ça te convient, des nouilles ?

— Si tu veux.

Sa rapide capitulation, alors qu'elle n'appréciait guère les locaux exigus du traiteur thaï, inquiéta Elsa. Le repas se transformerait sans aucun doute en interrogatoire. Restait à voir si Marion la jouerait bon flic ou mauvais flic.

Quinze minutes plus tard, lorsqu'elles furent assises autour d'une minuscule table, devant leurs assiettes débordant de pad thaï au poulet, Marion entama son interrogatoire :

— Qu'est-ce qui te tracasse ?

— Juste mes finances.

Une demi-vérité, somme toute.

— Du coup, au lieu d'acheter des sandwiches, on mange pour trois fois plus cher ?

Elsa rougit.

— Je t'accorde le point. Si je te dis que je n'ai pas envie d'en parler ?

Marion la menaça de ses baguettes.

— Je crois que je t'en voudrais.

— Beaucoup ?

— C'est compliqué à ce point-là ?

Elsa enfourna une bouchée de nouilles et mâcha avec application le temps de trouver les mots.

— Plus encore.

— Raconte, ça te fera du bien.

— Ça satisfera surtout ta curiosité.

— Aussi. Allez, j'écoute.

Sachant que Marion ne lâcherait pas son os, Elsa abdiqua. Après toutes les galères et les fous rires qu'elles avaient partagés, elle ne pouvait pas la laisser en dehors de la confidence.

— Tu te souviens de Garamont ? demanda-t-elle.

— Laisse-moi réfléchir… Ne serait-ce pas le client « insupportable » dont tu me parles chaque semaine ?

Retenant son envie de lui tirer la langue, Elsa annonça :

— Il m'a proposé un emploi.

Aussitôt, Marion posa les coudes sur la table et appuya le menton sur ses doigts joints.

— Je crois que je vais adorer ça !

— C'est bien ce que je crains.

Elsa prit une profonde inspiration, puis se lança dans le récit détaillé de l'affaire « Garamont-Apollon-basset artésien ». Dix minutes plus tard, son amie émit un long sifflement avant de s'exclamer :

— Tu es complètement tarée !

Elsa se raidit et balbutia :

— D'accepter ?

Marion secoua vigoureusement sa chevelure bicolore.

— D'hésiter. Tu peux lui dire « stop » n'importe quand. Le pire que tu risques, c'est de changer d'hôtel.

— J'aime mon travail au Belle-Rive.

— Il y a plein d'autres hôtels, poulette ! Avec ton expérience et tes trois langues, tu ne resteras pas longtemps au chômage, même sans l'aide de Garamont.

— Et pour les services… « particuliers » ?

Le mot « sexuels » avait refusé de franchir sa gorge.

Marion haussa les épaules.

— Coucher avec un millionnaire sexy que tu peux envoyer promener quand tu veux me semble infiniment plus agréable que de bosser tous les dimanches au McDo et de puer le graillon pendant deux jours.

Ce que Marion faisait depuis six mois. Sans compter les fois où elle avait dû nettoyer des vomissures et déboucher des toilettes.

— Vu sous cet angle…

— Ne te prends pas la tête, Elsa. Savoure ces week-ends, et si tu constates que tu es incapable de faire ce qu'il te demande, tu laisses tomber.

— Formulé ainsi, ça paraît si simple.

— Ça l'est.

Elle avait raison, comme d'habitude. Marion était dotée d'un pragmatisme à toute épreuve.

— Que ferais-je sans toi ?

— Tout, comme d'habitude. Tu gères ta vie sans l'aide de personne depuis la mort de tes parents. Alors, je sais que tu t'en sortiras.

Touchée, Elsa se pencha par-dessus le plateau et embrassa son amie sur le front.

— Tu te trompes, affirma-t-elle. Tu as toujours été là.

Sa sérénité perdura jusqu'au moment où elle retrouva sa maison vide. Châtaigne avait dû profiter d'un moment d'inattention de l'ouvrier pour filer. Elle l'appela pendant un bon quart d'heure avant de renoncer. La chatte reviendrait quand elle aurait faim. En espérant qu'elle ne se ferait pas écraser : les gens roulaient comme des fous sur l'avenue. Inquiète malgré tout pour sa vieille compagne, elle enclencha la bouilloire électrique.

Zut, elle avait oublié de relever le courrier. Pieds nus, elle retourna à la boîte aux lettres en boitillant sur les gravillons et y découvrit une enveloppe épaisse, de couleur crème. Pas de timbre, juste son prénom et son nom. Elle la décacheta et en tira le contrat, signé par Garamont, ainsi qu'une lettre dactylographiée sur du papier à en-tête de l'étude Varnier & Sinclert.

Sentant poindre un mal de tête, elle regagna l'intérieur, se prépara un thé et entama sa lecture.

Madame,

Vous avez rendez-vous jeudi à huit heures avec la doctoresse Duvivier, à jeun. Une voiture passera vous chercher à sept heures trente. Le chauffeur vous remettra à cette occasion des livres à lire d'ici au 17 avril.

De plus, à partir de vendredi, vous effectuerez quatre séances de sport hebdomadaires, avec M. Eduardo Novel, entraîneur. Il se présentera à votre domicile à dix-huit heures. Vous êtes priée de l'attendre en survêtement.

Il est évident que si vous veniez à refuser l'un de ces rendez-vous, le contrat serait nul et non avenu.

Veuillez agréer, Madame, mes salutations les meilleures.

Maître Jérôme Varnier

Elle se retint de déchirer la feuille en mille morceaux en hurlant. Un entraîneur sportif ? Et puis quoi encore !

Elle visualisait le sourire démoniaque de l'avocat en train de dicter la lettre à sa secrétaire. Quatre séances par semaine, en plus de l'uni ! Elle comprenait à présent les raisons de son congé sabbatique : Garamont avait tout prévu. Et il connaissait son emploi du temps par cœur, sans doute grâce au basset artésien qui lui avait apporté le dossier à l'hôtel.

Zen, respire ! Tu peux dire « stop » quand tu veux.

Un miaulement pathétique en provenance de la porte d'entrée détourna son attention. Elle ouvrit à la Teigne, qui se frotta contre ses jambes avec force ronrons et poils perdus. Un peu de normalité dans sa vie qui s'affolait.

Chapitre 6

La doctoresse Duvivier avait une cinquantaine d'années, une silhouette androgyne et de profondes pattes-d'oie au coin des yeux. Elle exerçait comme gynécologue dans une clinique haut de gamme. Son cabinet ultramoderne, à la décoration minimaliste, avait quelque chose d'effrayant.

— À quand remonte votre dernier contrôle ? demanda-t-elle après les salutations d'usage.

— Trois ans.

Devant ses sourcils froncés, Elsa se sentit l'âme d'une élève ayant oublié de faire ses devoirs.

— Mais je n'ai eu aucun rapport sexuel depuis, se justifia-t-elle.

Le rouge lui monta aux joues. Qu'est-ce qui lui prenait de déballer sa vie ?

— Vous pouvez vous déshabiller dans la cabine, annonça simplement la doctoresse.

Elle eut droit à la totale. Anamnèse. Pesée. Nouveau froncement de sourcils réprobateur. Examen de la poitrine, frottis, prise de sang et test VIH.

— Nous avons terminé. Vous pouvez vous rhabiller.

Lorsque Elsa émergea du minuscule espace et retourna s'asseoir en face de la doctoresse, celle-ci rédigeait une ordonnance.

— Je vous enverrai les résultats par courriel lundi ou mardi. Voici une prescription pour une pilule progestative, à prendre à partir du premier jour de vos prochaines règles.

Elsa se raidit. Qu'avait dit son persécuteur à ce médecin ? Elle osa poser la question qui la titillait :

— Monsieur Garamont agit souvent ainsi ?

La doctoresse lui sourit franchement, et ses pattes-d'oie se creusèrent.

— C'est la première fois qu'il me demande un tel service. Il a d'ailleurs effectué des analyses la semaine passée chez un confrère et m'a chargé de vous transmettre les résultats, dit-elle en poussant un rapport vers Elsa.

Avant même son rendez-vous avec Apollon ! Garamont avait anticipé sa capitulation. Elle s'empara des feuilles d'un geste brusque et attaqua sa lecture farcie de termes médicaux.

— Vous pouvez traduire ? bougonna-t-elle à la fin de la deuxième page.

— Monsieur Garamont est en parfaite santé et n'est porteur d'aucune infection sexuellement transmissible.

La doctoresse lui tendit alors un formulaire prérempli.

— Je ne peux cependant lui communiquer vos résultats que si vous signez cette décharge, expliqua-t-elle.

Elsa obéit sans même lire. L'impression que sa vie ne lui appartenait plus s'intensifiait jour après jour.

Mais au moins, elle se douchait à l'eau chaude.

*

Hélas, le pire restait à venir ! Eduardo Novel avait une trentaine d'années, un corps à damner une sainte et une endurance de marathonien.

Malgré ses déplacements à vélo, Elsa tira la langue après quinze malheureuses minutes de jogging lent. L'entraîneur l'encouragea, la poussa, la tracta. Jusqu'à ce qu'elle s'arrête net, pliée en deux, les mains sur les cuisses.

— Elsa ! protesta-t-il. On va jusqu'à ta maison. C'est juste au bout de la rue.

Son accent espagnol teintait chaque mot de soleil. Elle secoua la tête. Il lui semblait que son cœur allait s'échapper par sa bouche. Les mèches ébouriffées de sa queue-de-cheval lui collaient aux joues, elle soufflait comme un bœuf et transpirait tout autant. Garamont aurait dû assister à sa déconfiture : la voir dans cet état aurait suffi à le désintoxiquer.

— Stop. Je n'en peux plus, haleta-t-elle.

— Alors on marche jusque chez toi et on continue avec du gainage.

Elle eut soudain envie de l'envoyer au diable. À Garamont, en somme. Elle se retint au dernier moment. Dans le fond, reprendre le sport lui ferait du bien, pour autant qu'elle survive aux méthodes d'Eduardo.

Ce qui n'était pas gagné, songea-t-elle une heure plus tard, sous le jet brûlant de la douche. Elle avait l'impression d'être passée sous un train. À plusieurs reprises.

Chacun de ses muscles criait grâce sur un ton différent. Les courbatures s'annonçaient terribles. C'était sans doute pour cela que Garamont avait prévu sa première séance un vendredi. Ce démon dans un corps d'homme pensait à tout. Dimanche, elle pourrait à peine se déplacer. Et lundi soir, son tortionnaire en tenue moulante reviendrait. Plaisir des yeux, souffrance du corps.

— Tu verras, Elsa, la semaine prochaine, tu ne pourras plus te passer de moi, lui avait prédit Eduardo en s'en allant.

Cela restait à prouver.

*

Elsa clopinait comme une petite vieille quand Marion débarqua à l'improviste samedi en fin de matinée.

— Qu'est-ce qui t'est arrivé ? s'exclama-t-elle en se retenant de rire.

— Eduardo Novel. Entraîneur sportif spécialisé dans la torture des grosses à lunettes.

— Tu n'es pas grosse.

Sa balance et la doctoresse Duvivier ne semblaient pas de cet avis.

— Tu préfères « en surpoids » ?

— Je préfère. Et « bien dans ta peau » encore plus.

— Raté. Même ma peau me fait mal ce soir. Imagine : je ne peux même plus grimper sur mon marchepied et encore moins tendre le bras pour attraper ma réserve de chocolat.

Marion lâcha le gloussement de dinde qu'elle contenait, puis se reprit :

— Je venais te proposer une promenade au Jardin botanique, mais je crois que c'est fichu.

— Je crois aussi. Tu veux bien me faire à manger ?

Parce qu'elle ne se sentait même plus capable de soulever une casserole. Et pourtant, il fallait qu'elle soit vraiment désespérée pour demander à Marion de cuisiner. Celle-ci lui prépara le seul plat comestible dans ses cordes : des pâtes trop cuites.

Lorsque Marion la quitta en milieu d'après-midi, Elsa se souvint du carton apporté par un chauffeur-livreur le matin même. Elle l'avait rangé dans la pièce minuscule qui lui servait de débarras, puis l'y avait oublié. Elle s'y traîna et s'échina à arracher le ruban adhésif avec les ongles, démoralisée par l'idée de clopiner jusqu'à la cuisine pour en rapporter une paire de ciseaux. L'emballage céda finalement dans un déchirement aigu et elle découvrit trois livres d'art sur Vélasquez, Degas et le Titien.

Assise sur le carrelage de l'entrée, elle feuilleta le premier. Le soleil se couchait quand elle se décida à se relever pour s'installer au salon avec ses trésors.

Chapitre 7

Eduardo disait vrai : à présent que la douleur des trois premiers entraînements s'estompait, elle attendait avec impatience sa venue. Il l'encourageait, la poussait à donner le meilleur d'elle-même, et elle ne culpabilisait plus quand elle piochait dans sa réserve de sucreries.

Autre avantage : le sport l'aidait à occulter l'approche du week-end fatidique. À ce propos, elle n'avait reçu de nouvelles ni de Garamont ni d'Apollon. À croire qu'ils l'avaient oubliée.

Le mercredi, l'enveloppe crème qui dépassait de sa boîte aux lettres la nargua au retour de leur séance de jogging.

— Tu permets ? demanda-t-elle à Eduardo.

— Tu as deux minutes. Chaque seconde supplémentaire te vaudra un abdo.

Peu tentée, elle arracha le rabat et parcourut le texte en diagonale pour n'en retenir que l'essentiel : une voiture viendrait la chercher vendredi à dix-neuf heures. Aucune mention de la destination. Suivaient une liste de tenues à emporter et le bla-bla d'usage. Elle déposa le courrier sur la table de la cuisine et rejoignit Eduardo au salon. Il arrêta son chrono dès qu'elle s'assit sur son tapis de gym.

— Parfaitement dans les temps. On attaque, lança-t-il avec entrain.

Quelques minutes plus tard, à quatre pattes sur le sol, une jambe et le bras opposé relevés à l'horizontale, elle se décida à l'interroger :

— Comment as-tu connu Adam Garamont ?

— Il m'a aidé à me lancer.

— De quelle manière ?

Elle peinait à visualiser le millionnaire en philanthrope. Eduardo haussa les épaules.

— Je travaillais dans le fitness qu'il fréquentait. Quand j'ai démissionné pour me lancer en solo, il m'a proposé de m'engager comme entraîneur personnel. Je l'ai été durant deux ans. Il a parlé de moi à ses connaissances, et ma clientèle s'est développée. Ensuite, il a déménagé à Zurich pour remplacer son père à la tête du conseil d'administration de leur banque. Nous sommes restés en contact.

Aujourd'hui, il lui demandait un retour d'ascenseur. Il devait avoir une sacrée confiance en Eduardo, parce que le chantier d'amaigrissement était pharaonique.

— Tu dois me faire perdre combien de kilos ? grommela-t-elle.

Il secoua la tête, surpris.

— Ce n'est pas le but recherché, Elsa.

Mais bien sûr !

Devant son silence entendu, il précisa :

— Adam apprécie tes formes. Il ne veut surtout pas que tu les perdes. Mon job est d'améliorer ton endurance.

Elle n'osa pas lui demander ce qu'il savait des projets d'Adam la concernant. Rougissante, elle marmonna la première chose qui lui passait par la tête :

— J'espère que ça ne t'ennuie pas de t'occuper de moi.

— Pourquoi ? demanda-t-il, étonné.

Elle reposa la jambe, s'agenouilla et le dévisagea.

— Parce que je n'ai rien en commun avec ta clientèle habituelle et que tu es obligé de m'entraîner dans un salon pareil.

D'un geste ample, elle désigna le vieux canapé labouré par la Teigne, les bibliothèques en bois sombre et le papier peint jauni. Elle rêvait de murs clairs, de meubles coloniaux et de tapis moelleux.

Un jour, elle n'aurait plus honte de sa maison. Bientôt, peut-être.

— Peu m'importe où tu vis, affirma-t-il. Tu m'accueilles toujours avec le sourire, tu es motivée et tu progresses. Alors tout va bien.

Soudain, elle eut le sentiment que plus rien n'allait au contraire. Mais elle ne pouvait pas s'en ouvrir à lui ni quitter le train en marche. Ses yeux picotèrent. Elle ravala ses larmes comme elle savait si bien le faire.

Eduardo ne remarqua rien.

Après son départ, elle composa le numéro de Marion, mais raccrocha avant la première sonnerie. Inutile de la tracasser avec son émotivité. Elle plissa le nez. En même temps, les amies étaient là pour ça, non ?

Elle recommença. Marion décrocha presque aussitôt.

— Un souci ? demanda-t-elle.

— La trouille.

Soupir de soulagement dans le téléphone.

— Tu m'inquiéterais si tu ne l'avais pas, s'amusa Marion.

— Je devrais peut-être laisser tomber.

Dans le fond, ce serait tellement plus simple.

— Exclu, poulette. Pour le moment, tu fonces.

— Et s'il tente de me forcer à faire quelque chose ?

— Je t'amènerai un spray au poivre demain. Mais honnêtement, avec le contrat qu'il t'a fait signer et les moyens qu'il investit, je pense que tu ne risques rien.

Pas faux. Cela n'en calmait pas ses angoisses pour autant.

— J'ai peur, répéta Elsa.

— Je sais. Mais ça ira.

— Et s'il s'agissait d'un tueur en série ? Il a assez d'argent pour se débarrasser des corps.

— …

— Pourquoi tu ne dis rien ?

— Parce que j'hésite entre hurler de rire ou pousser de petits cris hystériques en me roulant par terre de désespoir.

— Grande nouille.

— Moi aussi, je t'aime.

Chapitre 8

Genève, vendredi 17 avril

Ça ira, ça ira, ça ira.
Elsa se répétait en boucle les paroles de Marion en préparant sa valise, les instructions de Garamont à la main. Ce maniaque du contrôle lui avait envoyé le même type de liste que sa mère utilisait à l'époque pour les départs en colonie de vacances. Elle s'assura de n'avoir rien oublié.

Trois tenues : sportive, décontractée, élégante. Check ! Pour autant qu'ils partagent la même conception de l'élégance.

Sous-vêtements coordonnés et nuisette : check ! Pour le coup, elle avait dû foncer dans une boutique de lingerie pour y acheter à prix d'or deux ensembles sobres, ainsi qu'un bout de tissu satiné qui lui couvrait à peine les fesses. Sérieusement, des femmes dormaient pour de vrai là-dedans ?

Affaires de toilette, maquillage, pilule. Gloups. Check.

Carte d'identité. Idem. Tout y était.

Restaient les mots en gras : téléphone mobile interdit. C'était la seule exigence qui avait fait tiquer Marion, peu enthousiaste de ne pas pouvoir la joindre. Mais pour trente mille francs, Garamont avait le droit de bénéficier de son attention absolue.

Elle éteignit son smartphone et le laissa en évidence sur la table de la cuisine. Ensuite, elle glissa le spray au poivre dans son sac à main. Hors de question de se retrouver désarmée en compagnie d'un illuminé adepte des thérapies expérimentales.

Ne pas réfléchir pour ne pas flancher.

Ça ira, ça ira, ça ira.

Elle prodigua une dernière caresse à la Teigne qui se roulait sur ses chaussures et sortit sur le perron. Quand un nuage cacha le soleil, elle resserra son trench-coat. Elle avait froid, soudain. Un miaulement inquiet traversa le battant. Châtaigne percevait-elle son désarroi ou redoutait-elle un régime sec en son absence ? La pensée la dérida. Son voisin, Ali Husseini, passerait la nourrir samedi et dimanche matin. Elsa partait donc le cœur léger... ou presque. Deux nuits et deux jours avec un inconnu. Elle s'en sortirait. Elle s'en était toujours sortie.

Elle verrouilla la porte d'entrée avec le sentiment troublant d'abandonner une part d'elle-même derrière elle.

Ça ira, ça ira, ça ira.

Peu avant dix-neuf heures, la même limousine noire qui l'avait menée chez la doctoresse Duvivier s'arrêta devant la maison. Un chauffeur différent — un nouvel anonyme en costume — la rejoignit pour prendre sa valise. Il la rangea dans le coffre, lui ouvrit la portière, attendit qu'elle s'installe, la referma, se remit au volant. Des gestes si ordinaires.

Il démarra et s'engagea sur l'avenue. On y était. Mais pourquoi ne disait-il rien ?

— Où va-t-on ? osa-t-elle finalement.

— À l'aéroport, madame.

Pourtant, il ne suivait pas la route habituelle. Elle se tendit.

— Vous êtes sûr de vous ?

— Bien sûr, madame.

L'affirmation un brin agacée l'inquiéta. Elle plongea la main dans son sac et saisit le spray au poivre. Son cœur accéléra, sa gorge se serra. Elle entrouvrit la fenêtre pour mieux respirer. Le chauffeur la regarda dans le rétroviseur central, sourcils froncés.

— Tout va bien, madame ?
— Oui, couina-t-elle.

Il reporta son attention sur le trafic, non sans glisser de fréquents coups d'œil vers l'arrière dans le miroir. Elsa, elle, répétait les actions à enchaîner au moment où ils s'arrêteraient : viser, vaporiser, sortir de l'habitacle, courir. Merci, Eduardo.

La limousine emprunta la route qui longeait les pistes de l'aéroport et s'engagea sur un chemin goudronné. Un panneau annonçait « Terminal T3, aviation d'affaires ». Garamont possédait un jet privé ! Se sentant un peu stupide, Elsa ôta sa main de son sac.

Une nouvelle pensée la glaça : elle échapperait à tous les radars s'il souhaitait la faire disparaître. Stop ! Assez de stupidités ! C'était un homme d'affaires, par un tueur en série ! Encore qu'on le découvrait généralement trop tard…

Après avoir immobilisé le véhicule devant un bâtiment bas, le chauffeur vint lui ouvrir la portière. Elle descendit de la voiture tandis qu'il tirait sa valise du coffre. Comme il patientait sans faire mine de la lui donner, elle lissa son manteau d'une main nerveuse et franchit les portes coulissantes d'un pas aussi assuré que possible, l'homme sur les talons. Incertaine, elle se figea sur le marbre du hall.

Le chauffeur intervint :
— Permettez, madame.

Il la précéda au comptoir et tendit une enveloppe à une hôtesse d'accueil aussi souriante que pomponnée. Après des formalités succinctes, on conduisit immédiatement Elsa à un avion de petite taille. Sa valise avait disparu dans l'intervalle, mais elle ne s'en soucia pas. Un émerveillement enfantin s'empara d'elle lorsqu'elle monta l'escalier escamotable. Une rouquine au visage avenant, un badge indiquant « Julie » épinglé sur la poitrine, l'accueillit d'un chaleureux « Bienvenue à bord, madame » et la guida dans la cabine étroite où régnait un parfum d'ambiance ambré. Deux fauteuils se faisaient face de chaque côté de l'allée, autour de tables rabattables en bois verni. Elsa hésita. Attendait-on encore quelqu'un ? L'hôtesse lui désigna un siège dirigé vers le nez de l'appareil.

— Celui-ci vous convient-il ?

Elle opina du chef et se laissa tomber sur l'assise moelleuse et enveloppante, très éloignée du confort façon « granit brut » de la classe économique.

— Nous décollerons dans quelques minutes, annonça l'hôtesse. Désirez-vous une boisson dans l'intervalle ?

— Non merci.

Elsa hésita, puis enchaîna :

— Où allons-nous ?

Sans paraître étonnée, la rouquine répondit dans un sourire :

— À Londres, madame.

Rassurée, Elsa s'enfonça dans son siège. En cas de problème, Genève n'était pas si loin. L'hôtesse s'assura qu'elle était correctement attachée et n'avait besoin de rien, puis disparut derrière une cloison. Les pensées d'Elsa vagabondèrent. Elle n'était jamais allée à Londres. Les livres sur l'art l'intriguaient. Visiteraient-ils un musée ? Même si l'idée la séduisait, elle ne comprenait pas en quoi cela contribuerait à la désintoxication de Garamont.

L'avion se mit en branle et roula pour rejoindre l'extrémité de la piste. Les moteurs gémirent, grondèrent, le fuselage trembla et le jet s'élança sur l'asphalte. Le cœur d'Elsa se décrocha à l'instant où les roues quittèrent le sol, et elle regarda Genève rapetisser dans la lumière déclinante.

CHAPITRE 9

Elsa adorait manger dans les avions. Le plateau-repas avec ses récipients qui s'emboîtaient comme des poupées russes lui donnait l'impression de jouer à la dînette. Avec le risque que les pâtes trop cuites ou le thé imbuvable atterrissent sur ses genoux.

Ici, la dînette se présentait sous forme de mini-sandwiches farcis au concombre et au saumon, à l'opposé de la nourriture de cantine qu'elle avait déjà goûtée. Elle déclina une coupe de champagne et se rabattit sur un verre d'eau pétillante. On lui servit ensuite un émincé de veau, puis un fondant au chocolat.

Comme l'avait affirmé Eduardo, Garamont semblait tenir à ses rondeurs...

Lorsqu'elle eut terminé, l'hôtesse revint avec une enveloppe crème qu'elle identifia sans mal.

— Merci, dit-elle en la saisissant d'un geste un peu trop brusque.

La jolie rouquine n'en perdit pas son sourire pour autant. Elsa la décacheta et en tira une lettre, manuscrite cette fois. Elle reconnut immédiatement l'écriture de Garamont.

Chère Elsa,
Je suis ravi que vous n'ayez pas renoncé, malgré vos craintes. Le spray au poivre me paraît cependant excessif.

Je salue au passage votre goût en matière de sous-vêtements, même si j'aurais pour ma part choisi la nuisette noire.

Le basset artésien l'avait encore suivie ! Elle serra tant les mâchoires que l'émail de ses dents grinça.

Mais venons-en à l'essentiel. Une suite vous attend au Ritz. Profitez de votre soirée pour vous reposer. Je vous rejoindrai demain matin et vous serez toute à moi.
Sincèrement vôtre,
Adam

Toute à lui ? Une profonde lassitude s'empara d'Elsa. Elle replia la feuille, la glissa dans son sac, inclina le dossier de son siège et se plongea dans la lecture d'un journal à scandale.

Quand l'hôtesse la tira de son insipide lecture pour lui annoncer l'atterrissage, des milliers de lueurs ponctuaient le sol comme autant de lucioles géantes. Londres.

Et Garamont.

Elle embarqua dans la voiture qui l'attendait à sa descente de l'avion. Le front collé contre la vitre, elle ouvrit des yeux émerveillés. Les mythiques bus rouges à deux étages roulaient dans les rues à l'envers du bon sens et une foule dense et bigarrée flânait sur les avenues illuminées.

Le véhicule s'arrêta devant une imposante façade qui arborait les enseignes « Ritz hotel », « Ritz restaurant » et « Ritz club » surmontées de visages solennels sculptés dans la pierre. Des arches ouvraient des bouches béantes sur une galerie couvrant le trottoir.

Un voiturier s'empressa d'ouvrir sa portière et de récupérer sa valise. Elle le suivit dans le lobby d'un pas paisible, foulant les tapis rouges. La décoration chargée – tentures, peintures, dorures et voûtes – contribuait à l'âme centenaire des lieux. Même si elle se trouvait aujourd'hui de l'autre côté du comptoir, elle se sentait à son aise dans l'atmosphère feutrée.

Elle s'annonça auprès d'un réceptionniste ; la vérification ne prit qu'un instant. Il appela un chasseur, auquel il remit une clé magnétique. Elle emboîta le pas au jeune homme en uniforme écarlate, savourant le charme désuet de l'hôtel. L'ascenseur les mena jusqu'au troisième étage. Lustres et meubles de style se succédaient dans le couloir ; ses semelles s'enfonçaient dans la moquette élastique. Le chasseur introduisit la carte dans la serrure électronique d'une porte massive et l'ouvrit.

— Si vous permettez, annonça-t-il en la précédant dans le vestibule, qui débouchait sur un immense salon-salle à manger.

Un canapé d'angle faisait face d'un côté à une cheminée, de l'autre à un gigantesque écran plat. Dans une alcôve, une table pouvait accueillir jusqu'à huit convives. Les suites du Belle-Rive faisaient pâle figure à côté de celle-ci.

Il la guida jusqu'à une vaste chambre décorée dans les tons orange. Des rideaux à embrasses encadraient la fenêtre. Le lit, assez grand pour trois personnes, trônait contre le mur, entre des tables de chevet marquetées. Un bureau et des chaises tarabiscotées complétaient l'ameublement. Elsa grimaça devant la pesante opulence.

Le chasseur déposa sa valise sur une banquette et lui montra la salle de bain attenante, tout en marbre blanc.

La seconde chambre qu'il lui présenta, jouxtée d'une salle de douche, se révéla plus à son goût avec sa tapisserie gris perle et ses meubles sobres. Elle glissa un billet de cinq livres sterling dans la main du chasseur lorsqu'il quitta la suite. Dès qu'elle fut seule dans cet espace presque aussi vaste que sa maison, elle changea sa valise de chambre. Premier arrivé, premier servi ! Elle s'octroya ensuite une longue douche, enfila son pyjama favori – pas question de se glisser dans la nuisette tant qu'elle n'y était pas obligée –, se brossa les dents et se coula entre les draps frais.

Elle redoutait de ne pas réussir à s'endormir, mais les émotions du voyage et le matelas moelleux eurent raison d'elle : elle sombra aussitôt dans un profond sommeil.

Des mains glissèrent de ses coudes à ses épaules, repoussèrent ses cheveux. Un souffle chatouilla son cou, puis sa mâchoire. Des lèvres frôlèrent sa tempe. Des effleurements, alors qu'elle aurait aimé des caresses. Le matelas s'affaissa dans son dos. Un bras s'enroula autour de sa taille. Des doigts se posèrent sur son ventre, s'aventurèrent plus bas, se perdirent dans sa toison, s'insinuèrent entre ses cuisses. Elle écarta les jambes, gémit. Un parfum fugace lui parvint. Agréable. Masculin.

ཙ · ༃

Peu avant l'aube, Adam entra silencieusement dans la suite. La porte de la première chambre, entrouverte, lui indiqua d'emblée qu'Elsa avait choisi la seconde, comme il l'avait prévu. Il déposa sa valise contre le mur, ôta son manteau et se déchaussa avant de remonter le couloir à pas de loup.

Avait-elle tiré le verrou ? Pour vérifier, il appuya sur la poignée ; le battant s'entrebâilla. Satisfait, il se détendit. La pièce baignait dans une semi-obscurité. Elle n'avait pas baissé le store, juste tiré les rideaux. Il savait qu'elle redoutait le noir. Il s'approcha du lit. Elle dormait, allongée sur le côté, les draps descendus jusqu'à la taille. Il grimaça à la vue de son T-shirt rose bonbon orné de licornes violettes, puis s'assit dans le fauteuil proche de la fenêtre. Son week-end commençait à peine, et déjà il se délectait de ses traits noyés d'ombres et de ses cheveux dénoués. Ses doigts le démangeaient de s'y glisser. Il la dévorait du regard, affamé. Le souffle d'Elsa s'accéléra, comme si elle pouvait sentir sa présence. Comme s'il la touchait. Elle remua, gémit dans son sommeil et ce son l'électrisa. Les mains d'Adam se crispèrent sur les accoudoirs. Interdiction de toucher.

Lentement, la lumière changeait dans la chambre. Le soleil se levait sur Londres.

Elsa remua, soupira, inspira profondément. Son nez se plissa de manière charmante et elle souleva les paupières.

ℬ · ℛ

Quand Elsa ouvrit les yeux, un hoquet étranglé lui échappa. Un homme installé dans un fauteuil la fixait. Le cœur tambourinant, elle se redressa en position assise, puis chercha ses lunettes à tâtons et les chaussa. Le monde s'éclaircit. Garamont.

— Que faites-vous là ? grogna-t-elle.

— Je vous contemple, comme prévu.

Elle lui rendit la pareille. Ses cheveux bruns repoussés en arrière dégageaient son front et accentuaient les angles de sa mâchoire ombrée de barbe. Ses yeux clairs tranchaient sur sa peau mate. Les deux boutons ouverts de sa chemise révélaient la naissance de son torse. Il se pencha en avant.

— Le spectacle vous plaît ? la provoqua-t-il.

— Assez, oui, dit-elle sans détourner le regard.

— À moi aussi. Enfilez votre tenue de sport et rejoignez-moi dans la salle à manger.

Dès qu'il eut franchi le seuil, elle quitta le lit à regret et se glissa dans son survêtement. Sa montre lui apprit qu'il était à peine six heures. Du sport aux aurores, misère ! Un coup de brosse pour discipliner ses cheveux, un élastique pour les retenir en queue-de-cheval et une dose de courage. Prête.

Il l'attendait, attablé devant un café, un verre d'eau et un yaourt. Le même sinistre petit déjeuner occupait la seconde place. Ah non. Comme elle détestait le café, elle avait droit à un thé. Le basset artésien avait bien fait son travail. Sa déconvenue s'afficha sur son visage.

— Asseyez-vous, Elsa, et ne faites pas la tête.

S'il l'appelait par son prénom, devait-elle en faire de même ? « Monsieur Garamont » lui semblait bien trop formel, vu les circonstances. Elle n'hésita pas longtemps. Après tout, au point où elle en était...

— Je ne fais pas la tête, Adam. Je m'attendais seulement à un petit déjeuner moins frugal.

Le regard qu'il lui lança trahit sa satisfaction. Elle réalisa qu'en employant son prénom, elle venait d'abolir la distance de sécurité qui existait entre eux. Trop tard pour reculer. D'un geste nerveux, elle déplia la serviette sur ses genoux.

— Je vous promets un véritable petit déjeuner après notre jogging, déclara-t-il. Nous partirons dès que vous aurez terminé.

Il entama sa collation sans la quitter des yeux. Troublée, elle se concentra sur ses gestes pour éviter un accident de yaourt.

Vingt minutes plus tard, ils couraient dans Green Park, en direction de St James's Park. Il avait insisté pour qu'elle passe devant. Les rais de lumière qui perçaient les frondaisons jetaient des zébrures d'or sur le chemin de terre. Elle inspirait et expirait en rythme et tentait de se persuader que ce n'était pas Adam qui courait avec elle, mais Eduardo. Eduardo avec ses encouragements, son regard velouté et sa silhouette à damner une sainte. Non ! Ne pas engager ses pensées sur ce terrain glissant, car en matière de silhouette, Garamont n'était pas en reste. Son T-shirt gris à manches longues moulait ses épaules larges et ses pectoraux, son pantalon de jogging mettait en valeur ses cuisses et ses mollets… qu'elle ne voyait plus vu qu'il courait derrière elle.

Lui, en revanche, avait une vue imprenable sur ses hanches trop larges, ses fesses qui se trémoussaient, ses cheveux qui se collaient à son cou transpirant. Question désintoxication, il devait être servi !

Le cheminement de ses pensées lui fit perdre le souffle et elle commença à haleter. Presque aussitôt, un point de côté déchira son flanc. Elle plaqua une paume à l'endroit de la douleur et lutta pour ne pas se courber. Elle refusait de lui montrer ses faiblesses. Avec Eduardo, elle courait trente-cinq minutes. Or ils étaient partis depuis un quart d'heure à peine. Elle se focalisa à nouveau sur sa course, sur chaque inspiration qui apportait à ses narines des parfums d'humus et d'herbe, sur l'élasticité de la terre sous ses semelles. Les oiseaux gazouillaient dans les arbres, des corbeaux croassaient et, dans le lointain, des voitures klaxonnaient.

Le point de côté s'atténua.

℘ · ℘

Adam soupira. Elsa courait comme un faon malhabile. Soit elle souffrait d'un problème de coordination qu'il n'avait jamais remarqué, soit sa présence l'ébranlait au-delà du raisonnable. Même si son ego appréciait l'idée, ce n'était pas ainsi qu'il réussirait à se sevrer d'elle. Quoique ? Peut-être parviendrait-elle à le dégoûter ? Car le spectacle qu'elle lui offrait, à demi pliée, ne la mettait guère en valeur. Il avait imaginé autre chose, mais dans le fond, seul le résultat comptait…

Il sentait les difficultés d'Elsa, ses limites. Eduardo avait-il échoué ? Pourtant, ses rapports après chaque séance indiquaient un progrès rapide. Ce qu'il peinait à constater en ce moment. Il avait presque envie d'abréger les souffrances de la jeune femme.

Alors qu'il ouvrait la bouche pour lui proposer de terminer en marchant, elle se redressa, inspira profondément et reprit une cadence acceptable. Sa course se teinta d'une grâce dont il ne l'aurait pas crue capable.

Le soleil jetait des reflets évoquant un vieux sauternes dans les cheveux d'Elsa. Il rêvait d'y plonger les mains et de les porter à ses narines et à ses lèvres pour s'assurer qu'ils n'avaient ni le parfum ni le goût du vin sucré.

À son tour, il lutta pour ne pas perdre son rythme et son souffle, et éliminer la raideur gênante qui torturait son bas-ventre.

La façade de l'hôtel qui se dessinait par intermittence entre les troncs le rassura. Elle tiendrait le coup, et lui aussi. Tant mieux, parce qu'il ne garantissait pas de se contenter de la vue si elle s'effondrait, les bras en croix dans l'herbe humide et la respiration haletante. La raideur s'intensifia à son entrejambe.

℘ · ℜ

Une boucle les ramena à l'hôtel et Elsa consulta sa montre : quarante-cinq minutes ! Un record. Visiblement, courir avec un malade derrière soi la motivait. Elle se retourna. Le malade en question la dévisageait, et l'indéfinissable lueur tapie au fond de ses prunelles la troubla. D'un côté, elle se sentait l'âme d'un homard prêt à passer à la casserole, de l'autre, elle éprouvait une certaine satisfaction. En effet, la solide poitrine d'Adam se soulevait à une cadence un peu trop rapide et ses poings serrés trahissaient une lutte intérieure.

Le regard d'Elsa effleura le reste de son anatomie. Il était en forme, ce matin.

— Quelques étirements, Adam ? susurra-t-elle.

Il s'essuya le front d'un revers de manche et répliqua :

— Volontiers, mais dans la chambre, plutôt.

La promesse contenue dans ces mots la fit frémir. La chaleur du court-bouillon s'approchait dangereusement de sa carapace. Mais elle avait son joker.

— La vue. Seulement la vue, monsieur Garamont.

Il grimaça un sourire.

Les portes de l'ascenseur se refermèrent sur eux. Malgré la surface non négligeable de la cabine, Elsa se sentait oppressée. Adam la contemplait, adossé à la paroi. Les feux jumeaux de ses iris passaient de son visage à son buste, descendaient jusqu'à ses hanches, puis remontaient en effleurant chaque courbe dissimulée par son T-shirt trop large. Elle lutta pour ne pas trahir son malaise en croisant les bras. Cet homme avait le don de lui ôter toute assurance, alors qu'elle avait géré plus d'un client difficile dans sa carrière. Elle se promit d'en parler à Marion, la reine de l'exubérance. Quelques leçons d'extraversion l'aideraient à survivre à ces week-ends.

Si elle l'avait osé, elle lui aurait rendu regard pour regard, mais la crainte de se heurter à la preuve de son désir la retenait.

— Quel est le programme ? demanda-t-elle lorsque les portes se rouvrirent enfin.

— Étirements, douche, petit déjeuner et visite de la National Gallery.

Elle rougit aux premiers mots. Partageraient-ils la salle de bain ? La regarderait-il se déshabiller ?

Ses appréhensions n'avaient pas lieu d'être : à peine entré dans la suite, il lui lança « N'oubliez aucun muscle ! » et se retira dans sa chambre. Visiblement, il avait besoin d'un moment de solitude. Elle lui cria en retour : « Vous non plus. Je vous sens un peu raide ! » en gagnant la sienne.

Chapitre 10

Quand Adam la rejoignit à la salle à manger, il respirait une sérénité retrouvée. Elle se garda bien d'imaginer quels stratagèmes il avait employés pour y parvenir. Son pull vert sombre mettait en valeur ses iris, son jean noir moulait ses cuisses, ses cheveux encore humides encadraient son visage rasé de près. Il était juste... appétissant. Elle-même se sentait plus à l'aise. De manière surprenante, le voir aussi sensible à sa présence la satisfaisait.

Le petit déjeuner qui les attendait aurait pu nourrir une famille de six personnes. Si elle apprécia à leur juste valeur les scones, fruits exotiques et mini-sandwiches arrosés de Lapsang Souchong, elle ressentit une culpabilité certaine devant le monceau de nourriture intacte.

— Comme j'ignorais ce que vous appréciez au petit déjeuner, j'ai commandé un peu de tout, déclara Adam, contrit. Je vous promets une sélection plus raisonnable demain.

— Votre basset artésien n'a pas réussi à percer le secret de mes poubelles ? le provoqua-t-elle.

— Monsieur Fradival, détective privé reconnu sur la place de Genève, sera ravi de savoir que vous le comparez à un chien de chasse, répliqua-t-il en la menaçant de sa cuillère.

— Avouez qu'il en a le regard et la babine.

Adam sourit.

— Je m'interdis de discuter de mes employés, sauf absolue nécessité.

— Donc je peux être tranquille : vous ne parlerez de moi à personne.

Il secoua la tête.

— Vous êtes un cas à part, Elsa.

— Laissez-moi deviner. Sont dans la confidence : votre avocat, Fradival le basset, Eduardo, la direction du Belle-Rive. Ça s'arrête là ?

— Presque. Sachez que tous ont signé un accord de confidentialité. Quant à vous, je devine que la clause du secret de fonction n'est pas applicable à votre amie Marion ?

— Touché, fit-elle en le saluant de sa tasse. Mais elle ne révélera rien à personne.

— J'en suis persuadé.

Il avait raison de l'être. Jamais Marion ne trahirait sa confiance, même sous la torture. La réciproque était bien sûr vraie.

Adam posa sa serviette à côté de son assiette vide et se leva.

— Nous partons dans une demi-heure. Cela vous suffit-il pour vous préparer ?

— Ça dépend de ce que vous attendez de moi. Je suis entièrement à votre service.

Il se pencha vers elle.

— Méfiez-vous, Elsa. Vous pourriez regretter vos paroles.

— Pas ce week-end. Seuls vos yeux m'approcheront. Mais je conserve votre avertissement en tête pour le prochain.

— Vous faites bien, murmura-t-il avec un sourire de loup qui la fit frissonner.

— Ce qui ne me dit pas ce que je dois porter.

Il détailla son pull en coton et son jean légèrement usé.

— Restez comme vous êtes.

❦

À dix heures trente, Trafalgar Square fourmillait déjà de touristes et de Londoniens en promenade. Mais Adam ne regardait ni les lions gigantesques entourant la colonne Nelson ni l'impressionnante façade de la National Gallery. Non. Il observait Elsa qui découvrait ces trésors architecturaux pour la première fois. Elle dévorait des yeux les moindres détails et son visage rayonnait de plaisir. Il la laissa avancer à son rythme entre les fontaines, insensible aux splendeurs de Londres qu'il côtoyait depuis trop longtemps. En revanche, il ne se lassait pas de sa blondeur.

Le constat lui tira une grimace. Il préférait la réceptionniste boulotte à la majesté des monuments. Peut-être devrait-il reprendre contact avec le psychiatre qu'il avait consulté des années auparavant ? À méditer, si sa désintoxication échouait.

C'est perdu dans la contemplation des fesses d'Elsa qui montait les marches devant lui qu'Adam franchit les portes du musée. Dans le vestibule d'où partaient trois escaliers, elle se tourna vers lui et demanda :

— Où allons-nous ?

— Je vous laisse décider.

Elle haussa les sourcils.

— Vous me surprenez.

— Pourquoi ?

— Parce que vous êtes un maniaque du contrôle et qu'au vu des livres que vous m'avez envoyés, vous voulez voir les peintures de Vélasquez, du Titien et de Degas.

Il ne releva pas son impertinence et concéda :

— C'était vrai jusqu'à ce que nous arrivions ici…

— Un nouveau mystère, monsieur Garamont ?

Il commençait à apprécier ces fameux « monsieur Garamont » dont elle ponctuait son discours pour le faire réagir.

— Aucunement, mademoiselle Carazzone. Mais j'ai déjà visité la National Gallery à de nombreuses reprises et je me rends compte que vous priver du plaisir de la découverte serait cruel.

— Il me semble pourtant que la cruauté fait partie de vos attributs.

— Prenez garde, Elsa. Vous ignorez encore ce dont je suis capable.

Sa voix de velours la troubla un instant, puis elle répliqua :

— Pourquoi ai-je l'intime conviction que je le découvrirai avant le mois de juin ?

— Peut-être avez-vous des talents de médium ?

— Ou peut-être suis-je simplement douée de logique : le loup ne fréquente pas l'agneau sans envisager de le croquer.

Le rire d'Adam se répercuta entre les colonnes. Pour un agneau, la jeune femme avait la langue sacrément bien pendue.

— Passez devant, damoiselle mérinos, dit-il en lui tendant un plan du musée.

Elsa prit le temps de l'étudier, puis partit en direction des salles consacrées au XVIe siècle. De gigantesques toiles jouxtaient des tableaux de taille plus raisonnable. Elle s'attarda devant une peinture à sujet mythologique du Titien intitulée *Bacchus et Ariane*. À la tête d'une procession de ménades et de satyres, le dieu du vin, à peine vêtu d'une étole rouge, bondissait sur Ariane, la fille du roi Minos.

Adam chuchota à son oreille :

— Après la mort du Minotaure, Thésée a abandonné Ariane sur l'île de Naxos. Bacchus l'y a découverte et en est tombé amoureux… jusqu'à l'obsession.

Comme Adam. Sauf que dans leur cas, il n'était pas question d'amour.

— Et dans l'histoire, vous êtes plutôt Bacchus ou plutôt Thésée ? répondit-elle sur le même ton.

— Thésée. Je n'aurais pas l'impudence de me comparer à un dieu.

Il l'abandonnerait donc sans remords ni regret, comme le héros grec avait délaissé la douce Ariane une fois qu'elle ne lui eut plus été utile. Mais au moins, Adam ne lui avait jamais rien promis.

Ils continuèrent leurs déambulations jusqu'à deux autres toiles disposées côte à côte : *Diane et Actéon* et *Diane et Callisto*.

La première représentait le chasseur Actéon arrivant par hasard sur le lieu de baignade de la déesse Diane. Le dynamisme, les couleurs et les jeux de lumière sur les peaux nues rendaient la scène presque vivante. La seconde figurait la déesse dévêtue, un bras accusateur tendu vers la nymphe Callisto, que des jeunes femmes maintenaient et déshabillaient afin d'exposer sa grossesse interdite. Une chaleur trouble se diffusa en Elsa devant cette exhibition de chairs voluptueuses.

— Vous souhaitiez que je voie ces tableaux, affirma-t-elle.

— C'est exact. Pourquoi, d'après vous ?

Elle haussa les épaules.

— Leur sensualité, et l'aspect mythologique, aussi.

— Poursuivez.

Elle observa longuement *Diane et Callisto* avant de répondre :

— La nymphe Callisto, malgré son vœu de chasteté, a été séduite par Jupiter déguisé en Diane. Elle est tombée enceinte et la déesse l'a bannie.

— Ce que vous interprétez par ?

— Prenez bien votre pilule sinon vous le regretterez ? le provoqua-t-elle.

Il rit, de ce rire grave qui se répandait jusqu'au fond de son ventre pour y instiller une embarrassante chaleur.

— Je pensais plutôt à « méfiez-vous des apparences », répliqua-t-il. Et pour *Diane et Actéon* ?

Elsa se mordilla les lèvres avant de lire le panneau explicatif à voix haute :

— « Furieuse d'avoir été surprise au bain par le chasseur Actéon, la déesse Diane le transformera en cerf pour qu'il soit abattu par ses propres chiens. » Peut-être faut-il établir un lien avec vos conquêtes féminines qui préféreraient vous égorger plutôt que de vous laisser repartir ?

— Je ne le voyais pas ainsi.

— Vous devriez peut-être.

Il se contenta de sourire, imperturbable. Sans insister, elle se remit en route en direction des tableaux de Vélasquez. Soudain, Adam la retint par le bras.

— Gardons-le pour la fin, voulez-vous ?

— Je n'oserais vous contrarier.

Ils gagnèrent l'étage supérieur et déambulèrent de salles étroites en vastes galeries lumineuses. Le parquet craquait parfois. Une atmosphère feutrée, à peine troublée par les discussions à mi-voix des visiteurs, régnait sur les lieux. La lumière mettait en valeur les portraits, les corps, les paysages, et la tête d'Elsa commença à lui tourner. Constatant sa fatigue, Adam annonça :

— Allons déjeuner.

— Mais nous n'avons pas encore terminé !

— J'ai réservé une table au restaurant de la galerie. Nous reviendrons ensuite.

Elle le suivit comme une automate, étourdie.

La décoration du restaurant, dans les tons bruns et noirs, alliait modernité et classicisme. La plupart des places étaient occupées et Elsa redouta de devoir s'installer entre des dizaines de convives trop bruyants après le calme du musée. Mais le serveur les conduisit à une table à l'écart, contre la baie vitrée qui dominait Trafalgar Square. Elsa s'assit, déploya sa serviette sur ses genoux et contempla la place qui grouillait de promeneurs. Le grondement de son estomac la rappela à l'ordre.

— Que me conseillez-vous ? demanda-t-elle à Adam, plongé dans la lecture du menu.

— La cuisine anglaise peut parfois être déroutante.

— Je n'ai pas traversé la Manche pour manger une fondue moitié-moitié.

— Dans ce cas, je vous suggère le *fish and chips*.

— Vendu.

Quand le serveur revint, Adam choisit une sole au citron et aux câpres, et commanda du cidre pour arroser leur repas.

— Je vous pensais plus aventurier, le taquina Elsa.

— La gastronomie ne fait malheureusement pas partie des points forts britanniques, alors autant ne pas prendre de risques excessifs.

Ils trinquèrent. Elle entama de bon appétit son cabillaud frit dans de la pâte parfumée à la bière. Adam la regardait manger, oubliant sa sole qui refroidissait.

— Ça vous plaît ? demanda-t-il.

— C'est bon. Gras, mais bon.

Elle plongea ensuite sa fourchette dans le bol empli de purée vert vif qui jouxtait son assiette et la porta à ses lèvres, méfiante. Avala. Grimaça. Arrosa sa bouchée d'une gorgée de cidre. Grimaça de nouveau.

— Vous n'appréciez pas les *mushy peas* ? s'amusa Adam.

— Je connaissais l'amour des Britanniques pour la sauce à la menthe, mais j'ignorais qu'ils en mettaient jusque dans la purée de petits pois !

— Bienvenue en Angleterre. Je vous autorise à ne pas terminer votre assiette.

— Vous êtes trop aimable.

Le reste du déjeuner les amena à évoquer leurs goûts en matière de gastronomie et d'art. Puis Elsa repoussa sa chaise.

— Vélasquez nous attend, non ?

— Vous ne prenez pas de dessert ?

— Mon goût du risque a ses limites.

Les toiles austères du peintre espagnol représentaient pour la plupart soit le roi Philippe IV à la triste mine, soit des scènes bibliques. Elsa ralentit devant *l'Immaculée Conception*, puis continua son chemin jusqu'à *Vénus à son miroir*. La déesse plantureuse, allongée sur son lit défait, de dos, nue, la fit rougir. Les traits de son visage, flous, se reflétaient dans une glace tenue par Cupidon. La pâleur nacrée de sa peau et ses courbes opulentes l'attirèrent. Elle aurait voulu être cette femme alanguie dans ses draps froissés.

— Qu'en pensez-vous ? l'interrogea Adam.

— Elle est magnifique, chuchota-t-elle avec sincérité.

— Je trouve cependant dommage que le peintre l'ait faite brune au lieu de blonde, comme dans les représentations classiques.

— Où voulez-vous en venir ?

— Demain, vous poserez pour un ami peintre et vous deviendrez *ma* Vénus.

Chapitre 11

Elsa marinait dans un bain brûlant pour digérer la fin de l'après-midi. L'annonce d'Adam l'avait perturbée au point qu'elle avait trébuché dans l'escalier et manqué de dévaler les marches tête la première. Il l'avait rattrapée *in extremis*. Se retrouver plaquée contre son torse, les jambes flageolantes et le cœur battant la chamade, l'avait remuée au-delà du raisonnable.

Pas autant toutefois que le coup de fil qu'Adam avait reçu dans le taxi qui les ramenait à l'hôtel. Après avoir déchiffré le numéro affiché sur l'écran, il avait immédiatement décroché. Les agaçants roucoulements d'une femme en mal d'amour avaient retenti dans l'habitacle. Il avait d'abord répondu par monosyllabes, en lui jetant un regard en coin, puis l'insistance de son interlocutrice l'avait forcé à développer : Oui, il était à Londres, non, il n'était pas disponible. Pourquoi pas demain soir ? Impossible pour elle ? Ce soir uniquement ? Il comprenait. Il viendrait, mais ne pourrait pas rester tard. Non, il préférait rentrer à l'hôtel ensuite. Bien sûr qu'elle lui manquait. Il avait déposé Elsa devant le Ritz comme un simple bagage avec, pour instructions, de commander à dîner et de l'attendre. Il reviendrait dès que possible.

Elle se laissa couler au fond de la baignoire, enveloppée d'une chaleur réconfortante. Elle aurait dû exiger qu'Adam éteigne son téléphone. Exiger ? Elle n'avait rien à exiger de son employeur !

Et elle devrait plutôt s'estimer heureuse : elle se retrouvait payée à ne rien faire. Alors pourquoi ce retournement de situation l'agaçait-il autant ? Sans doute parce qu'elle imaginait sans peine la créature à qui appartenaient ces roucoulades de tourterelle : une robe trop courte, une silhouette filiforme, un maquillage ultra-sophistiqué et une coiffure improbable. Tout ce qu'elle n'était pas, qu'elle ne serait jamais !

À bout de souffle, elle remonta à la surface et brancha le système de massage. L'eau pulsée détendit ses jambes fatiguées d'avoir trop marché, sans améliorer son humeur. Comment avait-il pu la déposer aussi cavalièrement devant les portes du palace ? En fait, elle était outrée qu'au terme de cette journée il lui préfère une autre, sans doute dix mille fois plus jolie et plus intéressante qu'elle.

Stop. Assez. Elle n'était ni une adolescente jalouse ni une femme délaissée par son mari. Juste une réceptionniste boulotte vexée jusqu'au trognon. Ce constat fit revenir un semblant de sourire sur ses lèvres.

Une fois séchée, crémée et enveloppée d'un peignoir de bain molletonné, elle consulta la carte du room service et opta pour une salade composée. Assez d'expériences culinaires pour la journée.

೫ · ೫

Minuit sonnait dans le lointain quand Adam réussit à prendre congé. Il avait deux mots à dire à sa secrétaire : Violetta n'aurait jamais dû savoir qu'il était à Londres ! Il détacha les bras de son hôtesse enroulés autour de son cou, lui rendit distraitement son baiser et s'enfuit dans le brouillard nocturne.

Dans la voiture, Violetta lui envoya encore deux SMS auxquels il se résigna à répondre, lui promettant de ne pas jouer les

Cendrillon la prochaine fois qu'ils dîneraient ensemble. Ensuite, il éteignit l'appareil. Assez de distractions.

Elsa était-elle encore éveillée ou avait-elle cédé aux bras de Morphée ? L'impatience le gagna alors que l'ascenseur s'élevait dans les étages.

Il glissa la carte magnétique dans la serrure et poussa la porte de leur suite. Une lumière tamisée régnait dans le salon. Elsa avait allumé la lampe de chevet située près du fauteuil. Il avança à pas de loup et la découvrit, allongée sur le canapé. Ses cheveux se répandaient en vagues lumineuses sur ses épaules. Ses lunettes avaient glissé au bout de son nez. Un livre reposait sur son ventre. *Scarlett*, d'Alexandra Ripley. « La suite passionnante d'*Autant en emporte le vent* », affirmait le bandeau rouge qui ceignait le roman.

Il tendit la main en direction de ses mèches blondes, s'arrêta juste avant de les toucher. La vue. Seulement la vue. Les pans lâches du peignoir révélaient la naissance de sa poitrine. Il rêvait de les écarter pour découvrir enfin la rondeur de ses seins. Patience, demain viendrait bien assez tôt. En attendant, il comptait bien mettre la détermination d'Elsa à l'épreuve. Parce que ce week-end ne représentait qu'une infime partie de ce qu'il exigerait d'elle par la suite.

Il déposa le roman sur la table basse, puis susurra à l'oreille de la belle endormie :

— Vous deviez m'attendre.

Les paupières d'Elsa frémirent ; elle soupira.

— Elsa…

Elle ouvrit des yeux embrumés.

— Quelle heure est-il ? demanda-t-elle d'une voix ensommeillée.

— Près d'une heure du matin.

— Alors pourquoi me réveillez-vous ?

— Parce que vous deviez m'attendre.

— Je l'ai fait. Mais Rhett Butler a eu raison de moi.

Adam sourit.

— Il n'empêche que vous n'avez pas respecté vos engagements.

Elle se redressa, resserra les pans du peignoir d'un geste machinal.

— C'est vrai. Laissez-moi deviner : je vais recevoir un blâme ?

— Je pensais plutôt exiger réparation.

— De quelle manière ?

Le sourire d'Adam s'accentua.

— Vous allez enfiler les jolis sous-vêtements et la nuisette que vous avez emportés, puis vous reviendrez.

— Vous voulez que je parade devant vous en chemise de nuit à une heure du matin ?!

— Et sans chemise, aussi.

Elle se raidit.

— Je ne suis pas une strip-teaseuse.

Il injecta une touche de provocation dans sa voix pour répondre :

— Non. Vous êtes mon employée et c'est ce que j'exige de vous. Cela vous pose-t-il problème ?

S'il avait bien compris comment Elsa fonctionnait, elle relèverait le défi. Elle se raidit en effet et affirma :

— Absolument pas, monsieur Garamont.

Elle disparut dans sa chambre avec la délicatesse d'un cyclone, sans remarquer l'amusement d'Adam.

๛ · ๏

Avec des mains tremblant de rage, Elsa enfila la culotte de dentelle blanche qui ne laissait guère de place à l'imagination et le soutien-gorge coordonné, puis s'observa dans la glace. Elle n'avait définitivement rien d'une sylphide. Sa chair pâle formait des courbes généreuses qu'elle n'assumait pas dans cette tenue.

Elle pouvait encore dire non. Cependant, en y réfléchissant, elle avait déjà fait bien pire que défiler en sous-vêtements devant un homme qui ne la toucherait pas. Certes, c'était sous l'influence de l'alcool, mais quelle différence ? Elle plissa le front. Il en existait une, et de taille : Adam découvrirait l'ampleur de son corps pour la première fois. Peut-être en ferait-il une crise cardiaque ? Y avait-il un défibrillateur dans la suite ? Elle passa la nuisette qui couvrait à peine ses fesses, repoussa ses cheveux en arrière, carra les épaules et ressortit.

— Elsa ? appela Adam depuis le salon.
— Oui ?
— N'oubliez pas les chaussures.

Les chaussures ? Quelles chaussures ? Elle les découvrit dans le couloir. De sobres escarpins noirs à la semelle rouge caractéristique, à talons aiguilles hauts d'au moins dix centimètres.

— Vous plaisantez ? s'écria-t-elle.
— Devinez.

O.K. Il voulait vraiment qu'elle se juche sur ces échasses.

— Je suis assurée, si je me casse une cheville ? grommela-t-elle.
— Vous serez admise dans la meilleure clinique de la ville.

Elle soupira en enfilant les engins de torture surélevés qui lui allaient à la perfection. Elle pariait qu'ils lui affinaient la jambe. Pour marcher, en revanche… Elle tituba sur quelques pas, s'appuya contre le mur. Ce n'étaient pas de vulgaires chaussures qui allaient la ridiculiser, tout de même ? Elle se redressa, respira un bon coup et marcha jusqu'à lui avec autant d'élégance que possible. Il la fixait sans ciller de son regard vert, sa longue silhouette détendue sur les coussins, un verre d'alcool à portée de main. Sans trahir sa gêne, elle se planta devant lui, mains sur les hanches.

— Cela vous suffit-il ?
— Tournez-vous.

Elle pivota sur elle-même, prenant bien garde à ne pas s'emmêler les pieds dans le tapis. Le regard d'Adam, insistant, pesant, brûlait sa peau. Elle lui fit de nouveau face, incertaine. Il s'était crispé, ses traits s'étaient durcis. Le décevait-elle ?

❧ · ☙

Adam luttait pour ne pas bondir sur Elsa et lui arracher le bout de tissu qui dissimulait à peine ses formes. Ses mollets pâles et galbés, arrondis par la hauteur du talon, appelaient ses mains et sa bouche. Tout comme le creux de ses genoux, ses cuisses, ses hanches, sa poitrine.

La vue ne suffisait pas. Ne suffirait jamais.

— Ôtez la nuisette, ordonna-t-il d'une voix rauque.

Elle saisit l'ourlet du vêtement.

— Non, l'arrêta-t-il. Par le haut.

Du bout des doigts, sans le quitter des yeux, elle repoussa une bretelle, puis la seconde. La nuisette tomba en corolle dans un chuchotement de soie. Un léger râle échappa à Adam à la vue de l'ensemble blanc qui épousait ses courbes aguicheuses. Son sexe se tendit.

— Et maintenant ? demanda-t-elle un ton plus bas, le regard provocateur.

Maintenant ? Il la voulait nue dans son lit, gémissante, échevelée. Mais ce n'était pas au programme.

— Allez vous coucher ! aboya-t-il.

En le fixant droit dans les yeux, elle s'accroupit, ramassa le vêtement, se releva avec grâce et disparut dans sa chambre.

Il vida son verre d'une traite.

Chapitre 12

Londres, dimanche 19 avril

Elsa avait mal dormi, hantée par des rêves sensuels. Au réveil, à neuf heures, les draps s'entortillaient autour de ses jambes telles de monstrueuses lianes et son oreiller gisait à terre, à côté des sous-vêtements, de la nuisette et des chaussures. Quant à son pyjama, il avait disparu. Elle le retrouva sous le lit. Elle avait dû s'en débarrasser durant ses ébats oniriques avec Adam. Parce qu'elle avait virtuellement passé une nuit torride avec son employeur et qu'elle était prête à recommencer. En vrai de préférence.

Une douche fraîche chassa ses fantasmes et lui remit la tête à l'endroit. Alors qu'elle s'attendait à un petit déjeuner aussi frugal que la veille, les saladiers de fruits frais et les corbeilles débordant de viennoiseries disposés sur la table l'informèrent que la course à pied n'était pas à l'ordre du jour. Tant mieux, car elle se sentait aussi gaillarde qu'une limace arthritique.

Une assiette couverte de miettes et une tasse sale lui indiquèrent qu'Adam avait déjà pris son petit déjeuner. Le silence ambiant et la porte de sa chambre, ouverte, confirmaient son absence. L'avait-elle donc tant dégoûté hier qu'il ne voulait plus partager son intimité avec elle ? Pour s'en assurer, elle alla glisser un regard dans la pièce. Sa valise trônait sur la banquette. Il était donc toujours là, en théorie. Elle regagna le séjour et prit place à table, refusant de se laisser abattre par cet étrange début de journée. Elle se servit une coupelle de fruits, tartina généreusement deux croissants de marmelade d'orange et arrosa le tout de Lapsang Souchong.

Le repas terminé, elle hésita. Que faire en l'attendant ? Pour autant qu'il réapparaisse, bien sûr. Ses doutes revinrent en force. Autant être prête à tout, songea-t-elle en rangeant ses vêtements et ses affaires de toilette dans sa valise. Dans le pire des cas, un chasseur frapperait bientôt à la porte pour l'emmener à l'aéroport et elle n'entendrait plus jamais parler d'Adam.

Quand son estomac se noua à cette pensée, elle envisagea de se donner une claque. Elle n'était là que pour le désintoxiquer. Hors de question d'éprouver quoi que ce soit pour lui. Parce que tomber amoureuse d'Adam la ferait davantage souffrir qu'une ascension de l'Everest ou une privation de chocolat.

Elsa se brossait les dents lorsqu'il l'appela depuis le salon. Manquant de s'étouffer avec le dentifrice, elle cracha un nuage de bulles baveuses et cria :

— Dans la salle de bain !

Lorsque Adam apparut dans le miroir, elle faillit se mettre à saliver. Son T-shirt humide moulait son torse, ses cheveux sombres effleuraient la serviette éponge passée autour de son cou. Il revenait visiblement d'une séance de sport intensive.

— Ça coule, déclara-t-il.

— Pardon ?

— Le dentifrice.

Elle rougit, essuya son menton d'un revers de main et se rinça la bouche.

— Vous êtes debout depuis longtemps ? demanda-t-elle.
— Depuis six heures.
— Mal dormi ?
— Autant que vous, si j'en crois les petits bruits que vous faisiez ce matin.

La rougeur d'Elsa s'accentua.

— Vous avez déjà préparé votre valise ? s'étonna-t-il.
— Heu… J'ignorais si nous repasserions par l'hôtel après notre sortie.
— Vous mentez.
— Par omission.

Il fronça les sourcils.

— Qu'est-ce qui vous est passé par la tête, Elsa ?
— Rien qui vaille la peine d'être évoqué.

Dominée par la haute silhouette d'Adam, elle luttait pour ne pas se dandiner à la manière d'un enfant ayant commis une bêtise.

— Expliquez-vous, insista-t-il.

Comprenant qu'il persévérerait jusqu'à obtenir la vérité, elle confessa :

— J'ai pensé que vous comptiez résilier mon contrat.

La surprise traversa ses yeux de jade.

— Pourquoi ?

Elle désigna ses formes.

— À cause de ça.
— Je le savais en vous engageant.
— Mais vous ne m'aviez jamais vue…

Elle ne parvint pas à prononcer les mots « presque nue ».

Adam sourit, recula hors de la salle de bain.

— Vous ne dites rien ? murmura-t-elle, confuse.
— Mon regard devrait vous suffire.

Le désir qu'elle y lut la troubla au-delà des mots. Elle se maquilla d'une main tremblante, au risque de se planter le crayon dans l'œil.

*

Le géant qui les accueillit ne correspondait en rien à l'idée qu'elle se faisait d'un peintre connu pour ses œuvres délicates. Vêtu d'un polo gris ardoise et d'un pantalon cargo, Christopher Davidsen avait tout du GI avec son menton rasé de frais et ses cheveux blond platine coupés en une brosse militaire. Ses muscles saillirent quand il échangea une accolade virile avec Adam, qu'il dépassait d'une demi-tête. Il se tourna ensuite vers elle, la scruta des cheveux jusqu'aux pieds avant de lui tendre une main tachée de couleurs diverses. Elle hésita avant de la saisir. Que savait-il d'elle et de sa relation avec Adam ? Oh, et puis zut !

— Enchanté de faire votre connaissance, Elsa, dit-il d'une voix douce qui détonnait avec sa carrure.

— De même, monsieur Davidsen, dit-elle en la serrant.

L'atelier du peintre, situé dans une bâtisse ancienne en dehors de Londres, bénéficiait d'une généreuse lumière grâce à des baies vitrées qui s'ouvraient sur un jardin exubérant. Au centre de la pièce, sur une estrade, se trouvait un lit aux draps violets, comme dans la *Vénus à son miroir*. Adam n'exagérait donc pas en affirmant qu'il voulait faire d'elle sa Vénus. L'idée de se dénuder dans cette pièce immense, devant ces deux quasi-inconnus, sembla soudain insurmontable à Elsa. Elle croisa les bras dans un geste de protection qui ne passa pas inaperçu.

— C'est la première fois que vous posez nue ? s'enquit le peintre.

— Que je pose tout court.

— Ce n'est pas très compliqué. Venez, je vais vous montrer où vous déshabiller.

Elle aurait pensé qu'il prendrait le temps de la mettre à l'aise, de discuter de la pluie et du beau temps avec elle, au lieu de l'emmener sur-le-champ dans une chambrette voisine. Il lui désigna une robe de chambre bleu pâle déposée sur le dossier d'une chaise.

— Appelez-moi quand vous serez prête, je viendrai vous coiffer.

Ce géant lui servirait aussi de coiffeur ? Bah. Elle n'en était plus à un étonnement près. Il referma la porte, la laissant seule entre quatre murs austères, dont la peinture s'écaillait vers le plafond. Ses orteils se recroquevillèrent à l'idée de se dévêtir dans cette pièce lugubre.

Allez, Elsa, tu peux le faire.

ℬ · ℛ

Adam lutta contre lui-même pour ne pas rejoindre Christopher quand il entra à nouveau dans la pièce. La simple idée des doigts de son ami plongeant dans la chevelure d'Elsa le rendait fou. Patience. Son tour viendrait.

Les minutes s'écoulèrent. Christopher ressortit enfin, suivi d'Elsa coiffée d'un chignon souple. Ses mains disparaissaient dans les manches d'une robe de chambre trop grande, ses pieds nus ne faisaient aucun bruit sur le plancher. Elle avait tout d'un fantôme tombé dans un pot de peinture bleu layette. Le peintre l'accompagna jusqu'au lit.

— Laissez-moi vous débarrasser, dit-il de sa voix douce.

Elle se figea et, l'espace d'un instant, Adam crut qu'elle allait renoncer. Puis elle dénoua la ceinture du vêtement et en écarta les pans. Christopher le récupéra comme s'il s'agissait d'un simple manteau. La voluptueuse nudité d'Elsa se découpa dans la lumière. Retenant son souffle, Adam savoura les courbes douces de ses épaules, la rondeur de ses seins aux aréoles rosées, tentatrices, son ventre souple, le buisson doré à la jonction de ses cuisses. Elle se retourna pour s'installer sur le lit, révélant ses fesses charnues, et Christopher l'arrêta :

— Non, de l'autre côté.

— Mais la Vénus au miroir tourne le dos au peintre, protesta-t-elle.

— Et il est temps de découvrir enfin tous ses charmes, intervint Adam.

Il lut la palette d'émotions qui traversa Elsa : surprise, gêne, hésitation, résolution.

— Très bien, murmura-t-elle en se retournant pour leur faire face.

Christopher plaça lui-même ses jambes dans les plis du drap avant de lui ôter ses lunettes. Elle était magnifique.

Adam se gorgea de la vue de son corps abandonné sur le satin sombre, des lignes pures de son visage, des mèches qui effleuraient son cou gracile, de sa chair qui n'attendait plus que d'être immortalisée. Tout en elle lui plaisait : ses seins, son ventre, ses cuisses. Il la contempla au point de graver sa peau sur ses rétines, de pouvoir la redessiner les yeux fermés.

Sans en être le moins du monde rassasié.

Chapitre 13

Comme prévu, Elsa arriva devant chez elle juste avant dix-neuf heures. Passer des heures immobile sous le regard pesant d'Adam l'avait éreintée. Et enflammée. Elle avait lutté contre le rouge qui lui montait aux joues, contre l'humidité qui naissait entre ses cuisses. Elle s'était empêchée de frissonner, de soupirer.

À peine avait-elle refermé la porte que la sonnerie du téléphone déchira le silence. Elle faillit écraser la queue de la Teigne qui se roulait à ses pieds, offrant sans rancune son ventre à sa maîtresse enfin de retour. Elle souleva la chatte d'une main et se laissa tomber dans son vieux fauteuil, l'animal ronronnant à s'en étouffer dans son giron, puis décrocha.

— Alooors ? lança Marion.
— Tout va bien.
— Mais encore ?
— La cuisine anglaise laisse à désirer.
— Tu te fiches de moi, là ?
Elsa sourit malicieusement.
— Pas du tout. Imagine : ils mettent de la menthe dans la purée de petits pois !
— Je me fous de la cuisine, grogna Marion.
— Le brouillard ?
— Idem.

— La circulation inversée ?

— Elsa ! Je t'en supplie à genoux, viens-en à l'essentiel.

— Oh, tu veux parler du malade mental qui me prend pour une drogue et tente d'improbables expériences pour se désintoxiquer ?

— Voilà. Raconte.

— Tes désirs sont des ordres, déclama-t-elle d'un ton lyrique avant d'entamer son récit.

Marion l'écouta religieusement, ponctuant son discours de « Ah ! » de « Oh ! » et de « Non ? », puis finit par avouer :

— Je suis presque déçue.

— Pourquoi ?

— J'espérais plus croustillant.

— On voit bien que ce n'est pas toi qui as défilé façon « Victoria's secret » sur des talons aiguilles ou posé nue devant deux types qui te scrutaient sous tes moindres coutures.

— J'aurais bien aimé rencontrer ton peintre, d'ailleurs. Il a l'air juste… miam.

Elsa réalisa que Marion avait raison : Christopher Davidsen n'avait rien à envier à Adam, même si les blonds n'étaient pas sa tasse de thé. Mais, obnubilée par son employeur, elle n'avait guère prêté attention à l'artiste. Le seul regard qui avait compté rappelait une mer claire.

— Elsa, tu es toujours là ?

— Oui. Désolée, je suis claquée.

— Normal, après autant d'émotions.

Elles échangèrent encore quelques paroles, puis Elsa monta se coucher. Le doux ronronnement de la Teigne la berça.

La semaine s'écoula en demi-teinte pour Elsa. Le retour à la réalité universitaire lui pesait. Elle se sentait en décalage total avec les préoccupations de ses camarades.

Le jeudi, le virement de trente mille francs sur son compte bancaire la mit mal à l'aise. Elle soulagea sa conscience en remboursant sa chaudière à son « généreux cousin », mais cela atténua à peine son impression d'être un imposteur ne méritant pas pareil salaire. Travaillée par sa conscience, elle accumula les insomnies.

Le vendredi soir, alors qu'elle courait aux côtés d'Eduardo, la fatigue la rattrapa. Le monde vacilla, les couleurs se fondirent, des mouches noires envahirent sa vision et elle se sentit partir.

Elle reprit connaissance allongée dans l'herbe, la veste de son entraîneur sous la tête.

— Comment te sens-tu ? demanda-t-il d'un ton soucieux, agenouillé à ses côtés.

Elle chercha une repartie humoristique, mais son cerveau vide refusa de coopérer.

— Mal, admit-elle.

L'aveu la surprit elle-même.

— Physiquement ou mentalement ?

— Les deux.

— Qu'est-ce que tu comptes faire ?

Bonne question ! Elle grimaça.

— Je n'en sais rien.

— Tu veux laisser tomber ?

La réponse fusa, spontanée :

— Non !

— Tu devrais pourtant.

L'affirmation la déstabilisa.

— Pourquoi ?

— Parce que tu n'es ni assez cupide ni assez détachée pour ce que tu fais.

Elsa replia un bras en travers de ses yeux, comme pour trouver refuge dans l'obscurité.

— Je ne peux pas.

— À cause de l'argent ?

— En partie.

Mais elle ne croyait pas elle-même à ses mots.

— Tu n'en as pas eu besoin jusque-là.

— À quel prix ? Je vis recluse dans une maison qui tombe en ruine, ne sors presque jamais, n'ai qu'une véritable amie – qui en vaut dix mille, mais quand même – et ne fais que bosser. Pour l'uni, pour entretenir cette foutue baraque, pour manger.

— Ton premier salaire te permettra de souffler. Elsa, tu ne sais pas ce que tu risques.

Elle ôta son bras, le regarda.

— Bien sûr que si, Eduardo. Je ne suis ni naïve ni stupide. Adam me manque déjà.

Eduardo soupira.

— Tu vas te perdre, *querida*.

Le cœur d'Elsa se serra. Il avait raison. Ou pas. Les mots de Marion lui revinrent en mémoire. Elle gérait sa vie seule depuis si longtemps. Elle ne laisserait pas cinq misérables week-ends bouleverser son existence. Elle s'en sortirait, comme toujours.

— Je prends le risque, affirma-t-elle en se relevant.

Dans le pire des cas, elle aurait assez d'argent pour s'offrir une thérapie ou une cure de désintoxication.

Chapitre 14

Genève, jeudi 29 avril

Elsa s'observa dans la glace de la cabine d'essayage.

Le deux-pièces bleu nuit, enveloppant, n'avait rien de sexy, mais il remplissait parfaitement sa mission : maintenir ses seins et ses fesses en place. Ni plus ni moins. Elle avait enfin trouvé le fameux « maillot de bain deux-pièces » exigé dans la nouvelle lettre reçue de l'étude Varnier & Sinclert.

Marion plissa le nez.

— Quoi ? grogna Elsa.

— Ta grand-mère portait le même.

— Tout va bien, mesdames ? s'inquiéta la vendeuse derrière le rideau.

— Oui.

— Non !

Les réponses avaient fusé en même temps. Marion passa sa tête semée de mèches violettes par l'interstice et lança :

— Vous n'avez rien de coloré et sexy ?

— Pour vous ?

— Non, pour elle.

Elle écarta le rideau théâtralement, dévoilant Elsa engoncée dans le triste Lycra. Un client, qui patientait sagement en attendant sa compagne, la détailla d'un œil appréciateur. Elsa arracha le rideau des mains de Marion, s'y enveloppa comme dans une toge et fusilla le voyeur du regard. Celui-ci détourna la tête, gêné. La vendeuse fit semblant de rien et affirma :

— En effet, ce maillot ne vous met pas en valeur. J'ai ce qu'il vous faut.

— Ah ! Tu vois, fit Marion.

Peu après, Elsa écartait les bras en un geste déconfit. Elle regrettait à la fois son habituel une-pièce de nageuse et l'ensemble bleu nuit.

— Alors ? interrogea-t-elle Marion.

Celle-ci lui tourna autour, puis déclara :

— Parfait. Tu prends celui-ci.

— Tu es sûre ?

— Certaine. Garamont va faire un AVC.

— Tant que je suis payée...

De retour chez elle, en glissant le deux-pièces dans sa valise, Elsa se demanda si elle n'avait pas commis une erreur. Mais il était un peu tard pour s'en inquiéter.

*

Genève, vendredi 1er mai

Le jour du départ, la même voiture revint, avec un nouveau chauffeur. Soit Adam les maltraitait tant qu'ils donnaient leur démission à la vitesse de la lumière, soit il ne souhaitait pas qu'on remarque les attentions dont il couvrait la petite boulotte du chemin de l'Étang. Elle opta pour la version deux.

Le steward moustachu qui l'accueillit dans le jet privé, en lieu et place de l'hôtesse précédente, intensifia ses soupçons. Sans attendre qu'il lui propose un siège, elle se laissa tomber dans celui qu'elle avait occupé deux semaines plus tôt et ôta ses chaussures. Nom d'une pipe ! Elle avait déjà ses petites habitudes dans un jet privé ! Son prochain voyage en classe éco avec des marmots braillards n'en serait que plus difficile. Dans l'intervalle, autant profiter de chaque instant. Elle accepta un verre de jus de fruits, puis le même cérémonial se déroula : plateau-repas inspiré cette fois de l'Italie, dégustation, enveloppe crème et lettre manuscrite.

Chère Elsa,
Je me réjouis de découvrir votre nouveau maillot de bain.
Sincèrement vôtre,
Adam

C'était tout ? Comment savait-il qu'elle avait fait des emplettes ? Encore un coup du basset artésien ! Au moins, certaines choses restaient constantes : il l'avait à nouveau suivie sans qu'elle s'en aperçoive. Elle appela le steward d'un geste de la main.

— Où allons-nous ? lui demanda-t-elle un brin sèchement.
— En Sardaigne, madame, répondit-il sans se troubler. Nous atterrirons à Olbia vers vingt-deux heures.

Elle pariait sur la Costa Smeralda, au nord de l'île. La dernière fois qu'elle avait posé le pied en Sardaigne, elle avait huit ans. Elle se rappelait seulement la plage couverte de parasols multicolores, les *mammas* italiennes qui lui proposaient des *papassini* – des biscuits aux noix et raisins secs – et la brûlure de la piqûre de méduse qui lui avait valu de recevoir une peluche rose et verte en forme de dragon. Le jouet, qu'elle avait nommé Gobe-Mouche, devait d'ailleurs encore dormir dans un recoin du grenier.

Mais quelque chose lui disait qu'Adam ne l'emmènerait pas sur les plages publiques.

Comme à Londres, une voiture l'attendait à sa descente de l'avion. Le soleil était couché depuis longtemps. La route, agréable, tantôt longeait la Méditerranée, tantôt serpentait dans le maquis, entre des bosquets de chênes-lièges et des vallons plantés de vignes. Ils traversèrent de rares villages, passèrent à proximité de Porto Cervo, pour s'arrêter enfin devant une entrée discrète. Une plaque annonçait « Hôtel Piatrezza ». Là, elle changea de véhicule au profit d'une voiturette électrique conduite par un employé en uniforme blanc.

Ils longèrent le bâtiment principal, puis s'en écartèrent, tandis que son chauffeur lui fournissait quelques informations dans un français chantant. Elle l'écoutait d'une oreille distraite, impatiente de découvrir où il l'emmenait. Le chemin dallé sinuait entre des jardins étagés. De temps à autre, elle distinguait des habitations basses entre les pins parasols. Ils empruntèrent une allée latérale. Au détour d'un virage se dessina une villa en pierre de taille. Des luminaires éclairaient une terrasse prolongée par une piscine qui disparaissait dans l'ombre.

Portant sa valise, l'employé la conduisit à la porte et y frappa. Le battant s'ouvrit presque aussitôt sur Adam, en pantalon clair et T-shirt, les cheveux humides. Valise et pourboire changèrent de mains, puis la voiturette redémarra dans un gémissement.

Ils se retrouvèrent face à face dans l'entrée. Assaillie par une vague de timidité, elle balbutia :

— Bonsoir, Adam.

— Bonsoir, Elsa.

Elle se sentait à nouveau gauche sous son regard pesant, avec ses cheveux décoiffés par le trajet et son pull à manches longues trop chaud pour l'endroit.

— Venez, dit-il. Je vais vous montrer votre chambre.

Elle le suivit à travers une enfilade de portes. Ici, pas de luxe ostentatoire ni de meubles foncés. Les pièces décorées dans les tons blancs et bleus s'ouvraient sur différentes terrasses abritées de tonnelles ou de parasols. Mobilier épuré et artisanat local se mariaient pour créer une atmosphère chaleureuse.

Sa chambre dominait la mer, qu'elle distinguait à peine dans l'obscurité. Au loin, un phare trouait la nuit.

— C'est magnifique, murmura-t-elle.

— Je suis ravi que cela vous plaise.

Il se tenait dans son dos, assez près pour que sa chaleur se diffuse en elle. Elle eut envie de reculer d'un pas, de s'appuyer contre lui, de plonger dans son odeur, mais elle n'osa pas.

Troublée, elle s'écarta. Le lit king size lui parut soudain trop vaste pour elle seule. Eduardo avait raison : elle n'aurait pas dû venir.

ဢ · ෆ

Adam pesta intérieurement lorsque Elsa se décala. Il serait resté une éternité le nez frôlant ses cheveux au parfum vanillé. S'il s'était écouté, il aurait passé les bras autour de sa taille et l'aurait entraînée sur le lit. Mais cela aurait contrevenu aux objectifs du week-end.

— Un bain vous tenterait-il ? demanda-t-il pour se reprendre.

— Vous pensez à la piscine ou à la baignoire ?

— Ni l'une ni l'autre, dit-il en la prenant par le bras.

Il l'entraîna à travers la seconde chambre, jusqu'à une terrasse isolée. Un Jacuzzi assez vaste pour accueillir une équipe de basket offrait le miroir de ses eaux calmes aux étoiles. Une légère vapeur flottait à la surface. Elle hésita.

— Plutôt demain ?

— Pourquoi pas aujourd'hui *et* demain ?

Parce qu'il comptait bien profiter de chaque instant en sa compagnie, cette fois. Seul son avocat savait où il se trouvait. À moins que son empire financier ne s'écroule, personne ne le dérangerait.

Comme elle ne répondait pas, il s'inquiéta :

— Quelque chose ne va pas ?

Elle marmonna ce qu'il interpréta par : « pas fini ».

— Qu'est-ce qui n'est pas fini ?

— Rien. Je redoute l'épreuve du maillot deux-pièces.

— Vous avez posé nue devant moi et vous vous inquiétez de ça ?

— C'est ridicule, n'est-ce pas ?

— Plutôt charmant, je trouve.

Un sourire amusé releva les commissures des lèvres d'Elsa.

— À quoi pensez-vous ? l'interrogea-t-il.

— Je me disais que vos conquêtes doivent constamment tenter de se dénuder devant vous, alors que moi, je cherche à me dissimuler.

Il approuva d'un signe de tête.

— Vous n'imaginez pas le nombre de chevilles tordues et de chutes malencontreuses dans une piscine que j'ai eu à gérer.

— Je vous rappelle quand même que j'ai failli dévaler l'escalier de la National Gallery, tête la première.

— Pour échapper à une séance de pose nue.

— Touché.

— Elsa ?

— Oui ?

— Vous avez cinq minutes pour me rejoindre dans le Jacuzzi. Libre à vous d'y venir avec ou sans maillot de bain. Passé ce délai, je viens vous chercher.

Elle plia les genoux en un semblant de révérence, puis s'éloigna d'une démarche légère.

— À vos ordres, monsieur Garamont ! lança-t-elle avant de disparaître dans la salle de bains.

Au fond de lui, Adam espérait qu'elle n'oserait pas la nudité, car il doutait de résister à ses charmes.

Il enfila un short de bain et se glissa dans l'eau chaude, regrettant presque qu'elle ne soit pas glacée pour calmer ses ardeurs. Quand Elsa s'avança sur la terrasse, il remercia le ciel d'avoir branché le système de massage ; les bouillonnements dissimulaient son érection. Le soutien-gorge réussissait l'exploit de couvrir ses seins autant qu'il les révélait, sans une once de vulgarité. Le mini-short exposait son ventre satiné et flattait ses hanches. Le camaïeu de rose et de bleu faisait ressortir ses yeux. Ce maillot lui allait à ravir, et pourtant, il n'avait qu'une envie : le lui arracher. Elle descendit les marches et s'installa sur une des assises avec un soupir de bonheur qui envoya une décharge douloureuse dans le bas-ventre d'Adam déjà à la torture.

— Vous venez souvent ici ? demanda-t-elle, les yeux rivés aux étoiles.

— Pas autant que je l'aimerais.

Ils se turent et savourèrent la détente procurée par l'eau pulsée.

Puis Elsa reprit la parole :
— Il faut que vous arrêtiez.
— Quoi ?
— De m'emmener dans des endroits paradisiaques.
— Pourquoi ? s'étonna-t-il, sincèrement surpris.
Elle le regarda d'un air sévère derrière ses lunettes embuées.
— Parce qu'une fois que vous serez sorti de ma vie, je mettrai au moins dix ans à me remettre de ce luxe. Je n'appartiens pas à votre univers. Je réside de l'autre côté de la barrière. Rappelez-

vous : je suis celle qui vous accueille derrière le comptoir, qui vous donne la clé de votre chambre, qui s'occupe de vos sushis.

Il eut la bonne grâce de tiquer au rappel de ce fameux soir où il avait cherché à la rendre chèvre. Cependant, il ne comprenait pas.

— Je pensais que ça vous plairait.

— C'est le cas, mais vous m'entrouvrez la porte d'un univers digne des mille et une nuits, et je sais bien que l'histoire ne se terminera pas comme un conte de fées.

Il n'y avait jamais réfléchi… et ne tenait pas à le faire. Pas ici, pas ce soir.

— Vous pensez trop, affirma-t-il. Vous devriez vous contenter de savourer l'instant présent sans vous soucier du lendemain.

— Vous avez sans doute raison, admit-elle.

— Comme souvent.

Elle lui jeta un coup d'œil qui en disait long sur sa façon de penser. En revanche, elle venait de le rendre conscient d'une chose : il ne voulait pas lui faire de mal.

ℰ · ℛ

Le regard d'Elsa se perdit à nouveau dans le tapis d'étoiles disséminées à l'infini. Marion lui répétait souvent qu'elle se posait trop de questions. « *Carpe diem* », lui serinait-elle en boucle. Malgré les avertissements d'Eduardo, elle avait décidé de continuer, alors elle boirait la coupe jusqu'à la lie, juste pour faire la nique aux bimbos qui tueraient pour prendre sa place. D'ailleurs, quand elle y pensait, quelque chose manquait au paysage.

— Auriez-vous quelque chose à boire ? osa-t-elle.

— À quoi pensez-vous ?

— Dans les films, il y a toujours une bouteille de champagne à portée de main.

Un rire moqueur échappa à Adam.

— Vous soufflez le chaud et le froid, Elsa.

— J'ai décidé de suivre votre conseil. Du coup, je me dis qu'on ne vit qu'une fois.

— Alors, appuyez sur le bouton à votre droite.

Elle tâtonna jusqu'à trouver une aspérité caoutchouteuse qu'elle pressa.

— Un majordome va venir vous demander ce que vous désirez, expliqua Adam.

— Que dois-je répondre ?

— Quel champagne appréciez-vous ?

— Heu… Pommery.

À sa moue, elle devina que sa réponse ne le convainquait pas.

— Vous demanderez un Bollinger Grande Année.

— Et si je n'aime pas ?

— Je vous noie, annonça-t-il avec un sourire carnassier.

— Je sais me défendre, monsieur Garamont !

— Je ne demande qu'à voir.

Bientôt, un homme souriant en costume trois-pièces, au visage ridé comme une vieille pomme, s'avança sur la terrasse.

— Que puis-je faire pour vous, madame, monsieur ?

Adam dévisageait Elsa, amusé. Elle se racla la gorge et annonça, à peine assez fort pour couvrir le bruit des remous :

— Nous aimerions une bouteille de Bollinger Grande Année.

— Nous avons du 2005 et du 2007.

Elle jeta un coup d'œil à Adam qui susurra :

— À vous de choisir.

Il savourait visiblement son embarras, et elle lui aurait volontiers balancé son pied dans les côtes.

— Le 2005, décida-t-elle.

Lorsque l'homme s'éloigna aussi discrètement qu'il était venu, elle lança un regard torve à Adam.

— J'espère que c'est une bonne année, dit-elle.
— Très.

Quand elle trinqua avec lui, un peu plus tard, elle ne put s'empêcher de rire.

— Qu'est-ce qui vous amuse ? l'interrogea-t-il.
— Le cliché. Je prends un bain de minuit dans un Jacuzzi avec un millionnaire, en buvant du champagne. Il ne manque plus que la musique sirupeuse.
— Goûtez-le, au lieu de dire des âneries.
— Je croyais qu'il fallait d'abord le humer.
— J'ignorais que vous vous intéressiez au vin.
— Pas plus que cela, mais j'aime apprendre de nouvelles choses.
— Ça tombe bien : j'aime enseigner.

Elle rougit, porta la flûte à son nez et inspira, paupières mi-closes.

— Que sentez-vous ? murmura-t-il.
— Du miel, des épices et un fruit. Pas un fruit jaune.
— De la figue. Vous êtes douée. Et en bouche ?

Elle sirota une gorgée, en prit une seconde.

— Aucune idée, mais j'en boirai plus qu'un verre.

Chapitre 15

Costa Smeralda, samedi 2 mai

Le soleil enfonça des aiguilles chauffées au rouge dans les globes oculaires d'Elsa tandis qu'une voix discordante grinçait à ses oreilles :
— La Belle au bois dormant doit se réveiller.
— Tirez les rideaux, gémit-elle.
L'atroce brûlure disparut et elle parvint enfin à entrouvrir les paupières sans souffrir le martyre. Quand elle chaussa ses lunettes, le monde se fit à peine plus net. La silhouette d'Adam se découpait devant la fenêtre voilée.
— Quelle heure est-il ?
— Dix heures. Tenez, avalez ça.
Il lui tendait deux comprimés et un verre d'eau.
— Qu'est-ce que c'est ?
— De quoi vous remettre d'aplomb.
Sans insister, elle avala les cachets.
— Je crois que j'ai un peu trop bu.
— À peine quatre verres.
— Je ne bois jamais.
— Je me le rappellerai.

— Est-ce que j'ai dit ou fait des choses inconvenantes ? s'inquiéta-t-elle.

Parce que les dernières heures n'étaient qu'un trou noir.

Le sourire d'Adam lui fit craindre le pire.

— Vous vous êtes longtemps extasiée sur mes pectoraux et mes abdominaux pendant que je vous mettais au lit. Et vous m'avez fait des propositions intéressantes.

— Comme ?

— Boire du champagne dans votre nombril, pour rester dans le cliché.

Elle pâlit, rougit, puis souleva le drap pour vérifier sa tenue. Elle portait toujours son maillot de bain.

— Je n'ai pas accepté, précisa-t-il. Mais seulement parce que je me contenterai de l'odorat ce week-end. Je garde toutefois l'idée en réserve pour plus tard.

Elle le fixa, cherchant à deviner s'il se payait sa tête. Renonça. Plissa le nez.

— Le pire, grommela-t-elle, c'est que je ne m'en souviens plus.

— De quoi ?

— De votre corps.

Il releva les sourcils. Elle s'expliqua :

— Je ne vous ai encore jamais vu torse nu.

— Hier ne compte pas ?

— Vous étiez tout le temps dans le Jacuzzi. Je n'ai aperçu que des bribes. Et ensuite… rideau. Ce qui est totalement injuste, étant donné que vous m'avez observée sous toutes les coutures.

— En même temps, c'est pour cela que je vous emploie.

— Injuste, je le maintiens.

— Ne boudez pas, vous aurez plus d'une occasion de me regarder. De me toucher, aussi.

Les promesses contenues dans sa voix la transformèrent en coquelicot.

— Je crois que je n'ai pas encore dessaoulé, marmonna-t-elle.

— Prenez une bonne douche et rejoignez-moi sur la terrasse pour le petit déjeuner, il fait un temps magnifique.

Il s'éloigna, s'arrêta.

— Surtout, n'utilisez que le produit neutre qui se trouve dans la salle de bain.

❦ · ❧

La cascade d'eau sur sa tête douloureuse lui donna envie de mordre. Elle ferma le robinet et plaça une main devant sa bouche pour renifler son haleine. Ouch ! Avec un peu de chance, Adam ne s'était pas fait intoxiquer. Elle se lava avec un gel moussant sans parfum, se brossa les dents et enfila une tenue légère.

Quand elle avança sur la terrasse, elle comprit pourquoi les bimbos perdaient l'équilibre au bord des piscines. Adam l'attendait, allongé sur un transat, torse nu, paupières closes. Les muscles dessinés de ses épaules et de ses pectoraux trahissaient des heures d'entraînement sans tomber dans l'excès. Plus bas, l'ombre du parasol jouait sur les plats et les vals qui creusaient ses abdominaux. Son pantalon clair tombait bas sur ses hanches minces. La bouche sèche, elle remonta jusqu'à son visage pour contempler ses traits. Mâchoire carrée rasée de près, lèvres pleines, nez droit, longs cils, sourcils épais, cheveux décoiffés. Pourquoi était-il aussi sexy ? Elle soupira.

— Quelque chose vous dérange ? demanda-t-il en ouvrant les yeux.

— Hormis le fait que vous représentez un appel au viol ?

— Toujours saoule, je devine ?

— Je vais utiliser cette excuse toute la journée, affirma-t-elle en rejoignant une table dressée, à l'abri d'une tonnelle.

Elle s'assit sur la chaise en fer forgé qui lui permettait de le garder dans son champ de vision. Autant profiter du spectacle. Malheureusement, il renfila son T-shirt avant de la rejoindre.

— N'hésitez pas, j'adore quand vous vous dévergondez, susurra-t-il en prenant place à ses côtés.

Rosissant, elle revint au but de leur séjour.

— Quel est le programme ?

— Je compte vous humer de la tête aux pieds, et y prendre beaucoup de plaisir.

Elle vira à l'écarlate. Peut-être n'aurait-elle pas dû se brosser les dents, après tout.

— Nous partirons après manger, annonça-t-il en lui versant une tasse de thé.

ஓ · ഇ

Le voilier longeait des côtes tourmentées. Les eaux se teintaient ici de turquoise, là d'aigue-marine, et d'outremer dans le lointain. Des falaises abruptes tombaient dans la Méditerranée, des doigts pierreux en fendaient la surface, des pins étendaient leurs branches jusqu'à effleurer les vagues, des anses protégées offraient des plages de sable blanc désertes. Adam, captivé par Elsa debout à la proue, ne prêtait aucune attention au paysage splendide. Avec ses cheveux voletant dans la brise légère, elle lui évoquait une néréide, l'une de ces cinquante nymphes marines peuplant la mer Égée.

Il s'avança à pas légers jusqu'à ce qu'un centimètre à peine ne sépare leurs corps.

— Ne bougez pas, murmura-t-il avant de plonger le visage dans sa crinière dorée.

Des parfums de soleil, d'embruns et de vent assaillirent ses narines. Elle sentait la liberté. Il resta une éternité le nez dans la soie de ses cheveux, à la respirer, sans autre envie que de demeurer ainsi jusqu'à la nuit.

— Nous arrivons, monsieur.

La voix du capitaine brisa le charme. Adam recula.

— Parfait. Venez, Elsa, nous allons débarquer.

Une jetée solitaire s'avançait dans la mer ; le bateau s'y amarra avec un léger raclement. Pas une voile ne se découpait à l'horizon.

— Où sommes-nous ? demanda-t-elle.

— Chez un ami.

— Oh.

— Ne vous inquiétez pas, il est absent. Mais sa plage privée est magnifique, et je voulais être certain que personne ne nous dérangerait.

Il s'adressa au capitaine.

— Soyez prêt à appareiller à dix-sept heures.

Ce qui lui laissait quatre heures pour satisfaire ses envies. Adam eut un sourire de loup en endossant le sac à dos qu'il avait préparé. Il en tendit un second à Elsa.

— Suivez-moi.

Ils s'engagèrent sur la jetée dont le bois vibra sous leurs pieds. Sur la grève, un chemin serpentait entre des rochers et, bientôt, le voilier disparut derrière eux. Des odeurs de pin, de maquis et de mer leur parvenaient par bouffées. Elsa s'adapta à la cadence sans se plaindre. Ses entraînements avec Eduardo portaient leurs fruits, et Adam se réjouissait de mettre sa nouvelle endurance à l'épreuve prochainement.

Après une longue marche, ils arrivèrent en vue de la crique secrète. Les eaux turquoise rejoignaient le ciel et le sable blond appelait à l'alanguissement. Adam regretta que la mer soit encore trop froide pour se baigner. Il étendit une couverture sur la plage. Elsa se débarrassa de son sac et s'y laissa tomber.

— L'endroit est superbe, souffla-t-elle, le regard perdu vers l'horizon.

— Et rien qu'à nous. Vous avez faim ? demanda-t-il en lui tendant un sandwich.

Ils dévorèrent de bon appétit le déjeuner concocté par l'hôtel. La chaleur qui montait du sable les enveloppait. Quand la dernière miette fut avalée, arrosée d'eau pétillante – Elsa avait refusé la bière qu'il lui avait proposée –, et les déchets remballés, il ordonna :

— Déshabillez-vous.

— Ici ? s'étrangla-t-elle.

— Il n'y a personne. Et ne me tournez pas le dos.

Elle obéit à gestes lents sans le lâcher des yeux. Son T-shirt atterrit sur le sable, bientôt rejoint par son pantalon en lin et ses baskets. Adam contemplait ses courbes nimbées de soleil. S'il s'écoutait... Non. Après la vue, l'odorat et rien d'autre. Mais qu'attendait-elle pour enlever son deux-pièces ? N'avait-elle pas compris ? Il la fixa en silence jusqu'à ce qu'elle couine :

— Entièrement ?

— Entièrement.

— Et si quelqu'un vient ?

— Il n'y aura personne. Vous êtes à ma merci.

L'eau monta à la bouche d'Adam quand elle ôta enfin son maillot de bain.

— Allongez-vous sur le ventre, murmura-t-il d'une voix rauque.

Elle obéit sans protester. Dieu, qu'elle était belle sa Vénus, ainsi allongée au soleil !

Chapitre 16

Elsa se coucha sur la couverture, le visage au creux de ses bras. Un frisson la parcourut. Le fond de l'air était chaud, mais une brise maligne jouait sur sa peau. Le chant du ressac la berçait, apaisant. Adam se plaça à ses pieds et murmura :
— Ne bougez pas.
Du coin de l'œil, elle le vit s'agenouiller, se pencher. Désobéissante, elle agita ses orteils pour les aérer après leur marche.
— Restez tranquille, la gronda-t-il.
Elle s'immobilisa. Il respira ses plantes charnues, ses talons, remonta le long de la cheville, du mollet, s'attarda au creux du genou. Son souffle la chatouillait en même temps qu'une chaleur troublante naissait à la jonction de ses cuisses. Plus il montait, plus elle rougissait, plus son corps s'alanguissait. Allait-il la humer *partout* ? Une gêne mêlée de désir la submergea. Elle avait autant envie de croiser les jambes que de les écarter pour lui laisser libre accès à la moindre parcelle de son corps.

Sans se douter de son émoi, il continua son escalade paisible de l'arrière de sa cuisse. Il ne fit pas mine de s'intéresser à la partie de son anatomie qui se transformait en brasier. Le nez d'Adam frôla la courbe de sa fesse, et elle tressaillit. Quand il descendit dans la vallée de ses reins, elle se cambra. Il remonta ensuite le long de sa colonne vertébrale avec une insupportable lenteur. Il la chevauchait à présent, les jambes de chaque côté de ses hanches, en appui sur les mains et les genoux pour ne pas la toucher. Son souffle lent semait une traînée ardente derrière lui. Comme sur le bateau, il s'attarda dans ses cheveux. La respiration d'Elsa se raccourcit.

— Cela vous plaît ? glissa-t-il à son oreille.
— Je… peut-être.
— Alors, ne bougez pas, car je suis loin d'avoir terminé.

Lorsqu'il entama sa descente, un violent frisson la parcourut.

ଛ · ଞ

Elsa sentait le soleil, la propreté, la marée et le sel de la transpiration fraîche. Comme auparavant, il évita de s'approcher de son sexe, car il redoutait ses propres réactions. Il l'entendait respirer, haleter parfois, et ces sons envoyaient des décharges électriques dans son entrejambe. Sa verge luttait pour s'extirper de son carcan de tissu. Il revint à ses pieds fins et souffla légèrement sur ses orteils. Elle les remua comme pour les soustraire à sa torture, ou les amener plus près de sa bouche. Il aurait été si facile de se pencher pour les mordiller du bout des dents.

Il se délectait de son odeur et doutait de s'en lasser, mais c'était pour tenter d'y parvenir qu'ils étaient là.

Combien de temps la huma-t-il ? Il perdit toute notion de réalité, paupières closes, guidé par son nez. Il aurait pu la reconnaître entre mille au soupçon de vanille de son dos, à la pointe de musc de ses pieds, aux effluves fauves de ses cheveux. Elle tremblait sous son souffle et chaque frémissement modifiait imperceptiblement son parfum, le réchauffant, étendant la palette aromatique de ses perceptions.

Lorsqu'un nuage échevelé masqua le soleil et que les bras d'Elsa se couvrirent de chair de poule, il se releva, ramené au présent.

— Vous n'avez pas froid ? s'inquiéta-t-il.

— Non, ça va.

Il scruta le ciel ; le soleil ne reviendrait pas avant longtemps.

— Rhabillez-vous, nous allons partir.

Pendant qu'elle se redressait, il consulta sa montre et siffla entre ses dents. Cela faisait près de deux heures qu'il s'enivrait de son épiderme. Elle grimaça en renfilant son T-shirt et tirant sur l'encolure pour regarder par-dessus son épaule.

— Un problème ? demanda-t-il.

— Je crois que j'ai attrapé un coup de soleil.

Tout à sa passion, il en avait oublié le parasol dans le bateau. Quel imbécile !

— Nous nous en occuperons à l'hôtel, annonça-t-il.

Il enfourna le sac à dos d'Elsa dans le sien pour lui éviter de le porter sur ses épaules sensibles.

Le trajet du retour se déroula en silence. Adam s'en voulait de son égoïsme, surtout si celui-ci contrariait ses projets du lendemain. Au moins, ni Elsa ni lui ne souffraient d'insolation.

De retour à la villa, il l'entraîna dans la salle de bain et ordonna :

— Ôtez votre T-shirt.

Elle retira le vêtement avec des gestes prudents et souffla de soulagement en constatant que seules ses omoplates étaient rouge écrevisse. L'ombre d'Adam l'avait sans doute protégée du pire. Et comme lui-même avait conservé son T-shirt…

Il pêcha un tube de Biafine dans l'armoire à pharmacie.

— Tournez-vous.

— Je croyais que vous ne deviez pas me toucher.

— Nécessité fait loi, ma chère.

Elle abaissa les bretelles de son haut de maillot et le laissa l'enduire d'une épaisse couche de crème. Peu après, il se recula pour juger son œuvre.

— Parfait, laissez pénétrer une bonne demi-heure avant de vous doucher. Je vous retartinerai ensuite.

— Attention, monsieur Garamont : vous risquez de trop me toucher, et donc de bouleverser votre protocole de désintoxication.

— Vous avez raison, je devrais plutôt appeler le majordome, dit-il d'un ton faussement pensif.

— C'est vous qui voyez.

S'il croyait qu'elle réagirait à ses fausses menaces, il se fourrait le doigt dans l'œil jusqu'au coude.

— Non, réfléchit-il, cela ne devrait pas perturber ma cure. Reposez-vous. Nous dînerons sur la terrasse, puis vous irez vous coucher.

— Pas de Jacuzzi ce soir ? le nargua-t-elle.

— Je me sacrifie pour votre coup de soleil et votre foie.

Elle le fusilla du regard avant de quitter la pièce, retenant d'une main les bonnets du soutien-gorge qui menaçaient de libérer sa poitrine.

Chapitre 17

Costa Smeralda, dimanche 3 mai

Le lendemain matin, Elsa rejoignit Adam au petit déjeuner d'humeur ronchonne ; ses épaules l'avaient élancée toute la nuit. Il releva à peine le nez de son journal pour annoncer :

— Une voiture viendra nous chercher à dix heures.

Pas de « bonjour Elsa, avez-vous bien dormi ? », pas de sourire taquin. À l'évidence, il était de mauvais poil. À cause d'elle ? Autant s'en assurer.

— Quelque chose vous contrarie ? demanda-t-elle.

Il porta sa tasse à ses lèvres et avala une gorgée de café sans répondre. Puisqu'il voulait bouder… Sans plus s'intéresser à lui, elle coupa une brioche en deux et la tartina de miel. Il finit par lâcher :

— Comment va votre dos ?
— Mieux que votre humeur.
— Sans doute.
— Mal dormi ?
— Assez. Ce doit être la proximité de la mer.

Ou la mienne, ajouta-t-elle in petto.

Elle lui tendit la moitié de sa viennoiserie dégoulinante de miel.

— Mangez ça.

— Pourquoi ? s'étonna-t-il en la saisissant.
— Ma mère affirmait que le miel adoucissait le caractère. Je crois que vous en avez bien besoin.

Il la contempla sans rien dire, puis mordit du bout des dents dans la pâte aérienne. Elle le regarda mâcher et avaler sans enthousiasme.

— Alors ? s'enquit-elle.
— Terminez votre petit déjeuner pour que nous puissions partir à l'heure.

Elle contint son envie de lui envoyer sa tasse de thé à la figure.

*

— Où allons-nous ? demanda-t-elle dans la voiture.
— Chez Marguerite.

Elle soupira à son laconisme et insista :

— Vous pouvez développer un minimum ?
— Marguerite est une amie de longue date. C'est aussi un nez à la retraite, le meilleur de sa génération. Elle va vous fabriquer un parfum sur mesure.
— Merci, mais le mien me convient parfaitement.
— Nous en rediscuterons après que vous l'aurez rencontrée.

Vu son humeur, elle s'abstint d'argumenter. Et après tout, pourquoi pas ? Si l'odeur ne lui plaisait pas, elle se débarrasserait du flacon au terme du contrat ou le lui viderait sur la tête.

Ils s'arrêtèrent devant un monumental portail en fer forgé. Le chauffeur les annonça dans l'interphone et les battants s'ouvrirent. Leur voiture continua sur une allée goudronnée qui serpentait entre les pins. Au sommet de la colline se dressait une maison dont la modernité détonnait sur le paysage. Elsa plissa le nez. Elle qui avait imaginé une demeure en pierre de taille se retrouvait face à un cube de verre et d'acier sans charme. Remarquant sa grimace, Adam se pencha vers elle :

— Marguerite a des goûts à part. Surtout, ne la contrariez pas.

— À vos ordres, monsieur Garamont, dit-elle d'un ton sucré. Je serai la plus docile des invitées.

Le regard sombre d'Adam manqua de la faire éclater de rire. Un majordome en livrée noire et gants blancs les attendait sous le porche. Le pauvre homme transpirait dans son costume.

Ils le suivirent au salon lumineux qui donnait sur un vignoble en terrasses. Loin en contrebas, la Méditerranée scintillait au soleil. Assise dans un fauteuil à bascule, une femme ridée, vêtue d'un chemisier argenté de la teinte exacte de ses cheveux coupés court, tricotait. Elle sauta sur ses pieds avec entrain en les voyant arriver et se précipita sur Adam.

— Mon chéri ! Je t'attendais plus tôt.

Celui-ci se pencha pour étreindre la frêle silhouette qui lui arrivait à peine à l'épaule.

— Tu connais les femmes, plaisanta-t-il. Jamais prêtes à l'heure. (Il se recula pour désigner Elsa.) Marguerite, je te présente Elsa.

Les yeux délavés de la vieille dame se posèrent sur la concernée, qui manqua de reculer devant l'animosité qui y régnait. Décidément, elle aurait dû rester couchée.

— Voilà donc ta nouvelle conquête ? Elle ne ressemble guère aux autres.

— Je suis plutôt son employée, intervint-elle, agacée.

L'expression de la vieille dame évoqua un chat venant de gober un canari.

— Tiens donc ? dit-elle d'un ton réjoui. Expliquez-moi cela, tous les deux. Enzo, apportez-nous de la citronnade et des biscuits.

— Bien, Madame, répondit le majordome en disparaissant.
Marguerite désigna le canapé et dit :
— Asseyez-vous donc, lança Marguerite en leur désignant un canapé en cuir blanc.

Après qu'ils se furent installés, elle darda un regard inquisiteur sur Elsa, qui avait l'intime conviction que la situation amusait Adam.

Rester gentille, se rappela-t-elle.

— Racontez-moi cette histoire, dit la vieille dame. Ainsi, il vous paie ?

Elle voulait la jouer de la sorte ? Très bien.

— Et cher, en plus, précisa Elsa.

— Il a les moyens, rassurez-vous. Quels services offrez-vous ?

Elsa glissa un regard à Adam, qui hocha la tête. Elle avait l'autorisation de parler, sans savoir si elle souhaitait vraiment évoquer leur accord. Et puis, après tout…

— Il semblerait que je sois à la fois son mal et son remède. Il me considère comme une drogue dont il doit se désintoxiquer. Entre nous, ajouta-t-elle d'un ton complice, je ne comprends pas comment il en est arrivé là.

Adam ravala son air ; Marguerite se pencha en avant, un sourire amusé aux lèvres.

— Je crois que pareille fantaisie mérite qu'on s'y attarde. Je veux en connaître les moindres détails. Surtout les croustillants.

Amusée malgré elle, Elsa entama le récit de leur relation particulière, en omettant toutefois les fameux détails. Elle s'interrompait par moments pour boire une gorgée de citronnade, puis continuait. Ses anecdotes semblaient beaucoup réjouir la vieille dame, qui annonça finalement à Adam :

— Tu as gagné, mon chéri. Ta charmante « employée » m'a convaincue. Je créerai le parfum que tu m'as demandé.

— Tu m'en vois ravi, Marguerite.

Tiens, elle était charmante, à présent ? De toute évidence, leur hôtesse la trouvait beaucoup plus sympathique. Peut-être parce qu'elle avait compris qu'Elsa ne représentait pas un danger pour Adam : elle respecterait les termes du contrat. Il n'était pas question de sentiments, n'est-ce pas ?

Puis elle réalisa pleinement la portée des paroles de Marguerite. Elle tenait enfin une explication à la tension latente d'Adam.

— Vous n'aviez pas encore accepté ? demanda-t-elle à Marguerite d'un air ingénu.

— Jamais avant de rencontrer mon sujet. D'autant plus s'il s'agit d'une des grues d'Adam.

Vexée, Elsa foudroya celui-ci du regard, puis ouvrit la bouche pour protester. La vieille dame lui tapota le genou.

— Je vous rassure, vous n'entrez pas dans cette catégorie. Mais laissez-moi deviner : il vous avait tu mon éventuel refus ?

— Je savais que tu ne résisterais pas à la fraîcheur d'Elsa, répliqua le concerné.

— J'aime bien quand tu sors des sentiers battus, avoua Marguerite.

Elsa hésita à se racler la gorge pour leur rappeler sa présence, puis renonça.

— Bien, conclut la vieille dame. Mon chéri, tu peux aller faire un tour.

— Pour combien de temps en avez-vous ?

— Trois bonnes heures.

Quand il abandonna le canapé, Elsa se sentit soudain seule.

— À tout à l'heure, lança-t-il. Soyez sages.

— N'y compte pas trop, répliqua Marguerite.

Dès qu'il eut tourné les talons, la vieille dame entraîna Elsa au sous-sol, dans une pièce plus fraîche carrelée de blanc, à l'équipement dernier cri : la maison abritait un véritable laboratoire dans ses entrailles.

Marguerite lui désigna un tabouret à roulettes et dit :

— Ce que vous m'avez raconté tout à l'heure me donne un bon aperçu de votre caractère. Passons donc à vos goûts.

Elle souleva un rideau métallique et dévoila des étagères incurvées sur lesquelles s'alignaient des centaines de flacons en verre brun. Pour la première fois de sa vie, Elsa découvrait un orgue à parfum et l'infinité des possibles lui fit tourner la tête.

— Impressionnant, n'est-ce pas ? commenta Marguerite.

Fascinée, elle se contenta de hocher la tête.

— Que savez-vous donc des parfums ?

— À part le fait que ceux qui me plaisent coûtent beaucoup trop cher ? Rien.

— Bien. Quelques notions me semblent donc indispensables.

Le tic linguistique de la vieille dame rappelait à Elsa sa grand-mère italienne qui, elle aussi, utilisait « *quindi* » à tout bout de champ.

— Je vous écoute.

— Un parfum exhale donc trois types de senteurs appelées notes. Celles de tête représentent l'envolée du parfum. Elles persistent durant deux heures maximum. Ensuite viennent celles de cœur, qui forment son odeur caractéristique et persistent plus longtemps. Les dernières, de fond, constituent le sillage du parfum. Elles s'évaporent beaucoup plus lentement.

La passion qui animait le discours de Marguerite en disait long sur son amour des senteurs. Fascinée, Elsa l'écoutait, transportée dans un univers olfactif qui lui donnait l'impression de découvrir un sens jamais utilisé à son plein potentiel.

— Quand tu choisis un parfum, tu dois donc faire attention à tout cela.

Le passage du « vous » au « tu » n'étonna pas Elsa. Dans son enthousiasme, son interlocutrice ne s'en était pas rendu compte.

— Tu ne dois jamais acheter tout de suite un parfum qui te plaît. Les notes qu'on perçoit en premier déterminent souvent l'impulsion. Grossière erreur ! Il faut attendre l'apparition des suivantes avant de se décider. Un parfum, c'est comme une femme timide. Elle ne se déshabille pas au premier rendez-vous. Il faut donc savoir désirer, patienter.

Combien de parfums avait achetés Elsa sur un coup de tête, pour ensuite les refiler aux copines quand leur odeur l'avait écœurée ? Rencontrer Marguerite plus tôt lui aurait permis de faire de substantielles économies.

— Le mieux serait encore d'attendre les notes de fond, continua son interlocutrice. Elles jouent un rôle dans l'attachement qu'on peut avoir à un parfum. Tu verras, celui que je te confectionnerai te correspondra tellement que les hommes te suivront dans la rue.

Heu… Ce n'était pas tout à fait ce dont rêvait Elsa.

Elle passa les heures suivantes à humer les fioles que la vieille dame lui tendait, en alternance avec un bol rempli de grains de café, qu'elle respirait pour se « laver le nez ». Marguerite, ravie d'avoir de la compagnie, la noyait d'informations sur chaque substance protégée par le verre teinté. Elsa renifla d'une narine méfiante les ambres et les muscs dont elle ne savait s'ils lui plaisaient vraiment. Le patchouli lui évoqua sa mère ; la violette, son bourreau personnel en terminale du collège. La rose trémière l'écœura et l'anis la fit éternuer. Pour finir, elles se dirigèrent vers un parfum qui comprendrait des notes de tête autour des agrumes, de cœur de chèvrefeuille et jasmin, et de fond de mousse de chêne, santal et cuir.

— Tu recevras trois échantillons et tu me diras celui que tu préfères. Mais je suis prête à parier que tu les aimeras tous.

Étourdie par les centaines d'odeurs et l'exubérance de son hôtesse, Elsa se contenta d'opiner du chef. Un mal de tête naissait, juste au-dessus de ses sinus. Marguerite lui tendit un ultime flacon, en cristal.

— En attendant, essaie ceci. Je l'ai créé en pensant à Adam et il devrait lui faire de l'effet.

Un peu perdue, Elsa balbutia :

— Maintenant ?

— Mais non ! Au moment idéal. Tu en mets une goutte derrière chaque oreille, à la base du cou, entre les seins, sur les poignets et la plus importante : au-dessus du fris-fris.

Alors qu'Elsa peinait à comprendre, la vieille dame pointa son pubis d'un doigt impérieux.

— Là ! Ça le rendra fou.

Comme si Adam avait besoin de cela ! Il devait se sevrer, pas décupler sa dépendance. Devant sa mine dubitative et ses joues couleur coquelicot, Marguerite ajouta, sur le ton de la confidence :

— Écoute la sagesse des grands-mères, Elsa. Tu ne le regretteras pas.

Rien n'était moins sûr.

Chapitre 18

— Alors ? demanda Adam dans la voiture qui les ramenait à l'hôtel.

— Elle est étonnante.

Et attachante, continua Elsa à part soi.

Elle lui rappelait vraiment sa *nonna* italienne. La même vivacité, le même sourire, le tour de taille XXL en moins.

— Vous avez trouvé parfum à votre peau ? s'enquit-il encore.

— Je vous le dirai quand je l'aurai reçu. Ou peut-être est-ce vous qui me le direz…

Il fronça les sourcils.

— Pourtant, Marguerite a mentionné un échantillon à tester.

Sa perplexité, mêlée à de la curiosité, embarrassa Elsa, qui eut soudain envie d'étrangler la vieille dame. Sans remarquer son trouble, il poursuivit :

— Elle m'a aussi chargé de vous rappeler de bien respecter ses instructions.

Elsa rougit jusqu'aux cheveux et marmonna ce qui pouvait passer pour un assentiment. Il consulta sa montre.

— Parfait. Nous avons juste le temps d'achever ce week-end, avant que vous ne repreniez l'avion.

— Comment ?

— De la même manière qu'hier, mais sur l'autre face. Avec le parfum.

Le visage d'Elsa prit la couleur d'une fraise mûre à point. Qu'un type sexy à en baver la renifle à la manière d'un animal alors qu'elle se trouvait allongée sur le ventre passait encore. Elle avait pu cacher ses joues brûlantes derrière le rideau de ses cheveux. Que le même type s'attaque au verso lui donnait des sueurs froides en même temps qu'une délicieuse moiteur inondait son intimité.

— Oh.

C'est tout ce qu'elle réussit à articuler.

*

— Je vous attends près de la piscine, annonça-t-il à leur arrivée.

Là où se trouvait un lit de plage pour deux personnes, voire quatre en se serrant bien, surmonté d'un baldaquin protégeant du soleil.

Dans sa chambre, Elsa se déshabilla et sortit la fiole « spéciale Adam ». Quand elle la déboucha, une odeur puissante s'en échappa. Elle la huma, absorbée, et capta des effluves de girofle, musc et cuir. Une fragrance masculine, ambrée, avec une note florale, de muguet peut-être, quasi imperceptible.

Après une longue hésitation, du bout des doigts, elle plaça les gouttes de parfum aux endroits indiqués par Marguerite, rougissant lorsqu'elle effleura son pubis.

Telle une odalisque prête pour son sultan – l'image manqua de la faire basculer dans la piscine –, elle rejoignit Adam et s'étendit sur le matelas recouvert d'un drap de bain. Une fois installée, elle ferma les yeux comme pour se dissimuler et tâcha de se décontracter.

֍ · ֍

Adam buvait du regard la silhouette opulente étendue devant lui. Les séances avec Eduardo raffermissaient la chair d'Elsa, tout en préservant ces courbes voluptueuses qui le séduisaient, lui jusqu'alors attiré par les créatures éthérées. Quand il approcha de ses pieds, les instructions de Marguerite lui revinrent : commencer par les bras.

Il s'assit aux côtés d'Elsa et se pencha sur ses mains crispées. Il eut envie de les saisir entre les siennes pour les masser, jusqu'à ce qu'elles se détendent. Puis le parfum créé par sa vieille amie, mêlé à celui de la peau d'Elsa, l'atteignit. Il inspira profondément, subjugué par la parfaite conjonction, et sa verge se gonfla en réponse. Dès qu'il remonta le long de son bras, les effluves diminuèrent pour mieux renaître à l'approche de son cou.

Il se retint de le parsemer de baisers, d'en éprouver l'élasticité du bout des dents. Il frôlait de son nez, ses joues, ses lèvres la peau fragrante qui le rendait fou de désir. Et il maudit intérieurement Marguerite, se promettant de lui dire ce qu'il pensait de ses manigances. L'image de la vieille dame disparut aussi vite qu'elle était apparue au moment où il descendit entre les seins épanouis. Les mamelons d'Elsa pointaient et elle soupira quand il en fit le tour. Ses lèvres glissèrent près, si près des éminences durcies qu'il gémit contre sa peau soyeuse lorsque l'envie de les aspirer lui poignarda les reins. Elle se cambra, comme pour s'offrir ; ses cuisses s'écartèrent, son souffle accéléra. Les doigts d'Adam se refermèrent sur le drap de bain et il recula, le temps de reprendre ses esprits. Son érection devenait douloureuse. Elle n'ouvrit pas les yeux ; sa peau rougie trahissait son désir, ou sa gêne. Un peu des deux, sans doute.

Ayant retrouvé un semblant de maîtrise sur lui-même, il se dirigea vers son nombril, résista à l'envie d'y plonger la langue. Puis descendit plus bas. Ses yeux s'écarquillèrent de surprise.

L'odeur entêtante du désir d'Elsa se mêlait à celle du parfum, et il sut que le jour où ils feraient l'amour, elle répandrait ces mêmes exhalaisons délectables.

— Adam.

Le murmure l'électrisa. Tous ses muscles se durcirent, sans qu'il sache s'il se préparait à reculer ou à fondre sur le corps offert, incapable de se dominer. Il avait envie de lui écarter les genoux, de la prendre sans ménagement, sur-le-champ. Sa réponse se fraya difficilement un passage dans sa gorge contractée :

— Qu'y a-t-il ?

— Arrêtez, s'il vous plaît.

La supplique contenue lui coupa le souffle. Les mains d'Elsa se cramponnaient elles aussi au drap de bain et sa chair frémissait. Elle le désirait autant que lui et la douce torture lui devenait insupportable.

Il rassembla ses dernières bribes de volonté pour se remettre debout. Le regard d'Elsa s'égara sur son entrejambe. Elle se troubla devant l'évidente manifestation de son désir. Avant de changer d'avis et de la faire sienne ici, sur ce lit ensoleillé, il recula d'un pas et consulta sa montre. Son poignet tremblait.

— Le chauffeur ne va pas tarder. Il faut vous préparer.

Chapitre 19

Quand le téléphone sonna, à dix-neuf heures trente, alors qu'elle défaisait sa valise, Elsa décrocha en pariant sur Marion qu'elle se réjouissait de faire languir.

— Je ne dirai rien, sauf en échange de nouilles sautées au poulet ! s'exclama-t-elle gaiement.

La voix féminine inconnue qui retentit, glaciale, la tétanisa :

— Écoutez-moi bien, mademoiselle Carazzone. Je n'ai qu'un avertissement : ne vous approchez plus de lui.

Avant qu'Elsa ait pu répondre, la tonalité monocorde lui indiqua que sa correspondante avait raccroché. Elle resta tétanisée, avec l'impression que le temps s'était arrêté. Ses oreilles sifflaient, son cœur tambourinait.

Attirée par son inquiétude, la Teigne vint se frotter à ses jambes. Son miaulement perçant la ramena à la vie. Elle écarta le téléphone de son oreille et consulta le registre des appels. Numéro masqué. Le contraire l'aurait étonnée. Elle reposa l'appareil sur le support d'une main tremblante. La sonnerie recommença presque aussitôt. Elle fixa le téléphone comme s'il pouvait lui sauter au visage, puis le numéro qui s'affichait fit sens. Marion.

Raconter ou se taire ? Se taire. Inutile de l'alarmer pour un coup de fil anonyme. Mais parviendrait-elle à donner le change ? Il le faudrait bien.

Elle inspira profondément avant de décrocher.

— Racooooonte !

Le joyeux braillement de Marion fit tressaillir Elsa. Elle se laissa tomber dans le canapé, aussitôt rejointe par Châtaigne qui se lova sur ses genoux et ronronna avec la puissance d'un moteur de camion.

— C'était bien, réussit-elle à articuler d'une voix sourde.

— Elsa ? Tout va bien ?

Bien sûr ! J'ai passé le week-end en compagnie d'un obsédé avec lequel je meurs d'envie de coucher, et une inconnue m'a menacée.

— Je suis juste épuisée, dit-elle d'un ton las, et j'ai un coup de soleil monstrueux.

— Que tu as attrapé où ?

— Sur les épaules, se força-t-elle à plaisanter pour donner le change.

— Elsa !

— En Sardaigne.

— Tu veux bien raconter sans que je doive te tirer les vers du nez ?

— Excuse-moi, marmonna Elsa. Je suis un peu ailleurs.

— Tu es sûre que ça va ?

La pointe d'inquiétude qu'elle perçut chez Marion la secoua. Rien n'allait plus. Mais elle ne comptait pas l'avouer à sa tornade d'amie qui débarquerait aussitôt pour l'embarquer manu militari au poste de police. Ce coup de fil anonyme provenait sans doute d'une admiratrice d'Adam, maladivement jalouse, qui avait dû la suivre sans qu'elle s'en aperçoive. Rien de grave au demeurant. Du moins, c'est ce dont elle essayait de se convaincre.

— Elsa ? répéta Marion.
— Tout va bien. Cale-toi dans ton fauteuil, attache ta ceinture de sécurité et ouvre grand tes oreilles, tu vas en avoir pour ton argent…

ஐ · ☙

— Alors, comment se progresse ta cure ? demanda Jérôme Varnier à Adam.

La question, posée d'un ton neutre après leur discussion concernant une plainte déposée par un client, embarrassa le concerné, qui répondit évasivement :

— Ça suit son cours.
— Je te trouve bien laconique.

Comme Jérôme ne lâcherait pas l'affaire avant d'être satisfait, il développa :

— Son parfum ne m'obsède plus, si tu veux tout savoir.
— Tu commences à te lasser d'elle ?
— Je pense être sur la bonne voie.
— Vraiment ?

La question empreinte de doute agaça Adam, sans doute parce qu'elle appuyait là où ça faisait mal : à présent qu'il avait saturé son odorat, il comptait les jours qui le séparaient du week-end dédié à l'ouïe. Mais cela, il ne l'avouerait pas, même sous la torture.

— Tu ne me crois pas ? grogna-t-il.
— Je te fréquente depuis près de vingt ans, vieux. Du coup, je sais quand tu travestis la vérité.
— Il arrive que tu te trompes.

Jérôme éclata d'un rire chaleureux, puis il affirma :

— Jamais avec toi ! On continue comme prévu ?
— Tout à fait.

— J'aimerais quand même comprendre ce que tu lui trouves.

C'était la question à cent mille francs. Qu'est-ce qui l'attirait de manière irrépressible chez Elsa ? Cela avait débuté la première fois qu'il avait croisé son regard au Belle-Rive, entendu sa voix, frôlé sa main, senti son parfum. Il avait cherché à la faire sourire, usant de son charme, mais elle n'avait pas réagi. Ensuite, séjour après séjour, il avait commencé à jouer les clients difficiles pour attirer son attention – avec succès, d'ailleurs. Et ensuite, il s'était mis à rêver d'elle.

Sans subtilité, Jérôme lui avait conseillé de la baiser, lui affirmant qu'elle serait ravie de l'aubaine. Sauf qu'Adam ne se voyait pas lui proposer cela de but en blanc. Et voilà comment il en était arrivé, au prix d'un chantage, à l'avoir à sa merci un week-end sur deux, contre monnaie sonnante et trébuchante.

Il se sentait l'âme d'un prédateur. C'était cependant pour la bonne cause. Dans trois week-ends, le problème « Elsa Carazzone » serait réglé. Ensuite, Jérôme et lui riraient de son obsession perverse pour une insignifiante réceptionniste.

— Adam ?

— Je réfléchissais. Elle est... différente.

— Si tu le dis.

— Tu n'as pas l'air convaincu.

— Pour cent cinquante mille francs, n'importe quelle fille sait se montrer différente.

— Tu as peut-être raison.

— Qui baisera verra.

Chapitre 20

Après une nuit agitée, Elsa avait décidé d'enterrer le souvenir du coup de fil anonyme. Après tout, il ne s'agissait pour l'instant que d'un incident isolé. Elle s'affolerait si cela recommençait. De retour de l'université, elle s'arrêta néanmoins au centre commercial pour acquérir un nouveau téléphone, avec répondeur, de manière à filtrer les appels.

Elle monta l'ancien au grenier, préférant le conserver « au cas où », et caressa au passage le dragon en peluche usé qui s'était rappelé à sa mémoire. Quand elle aurait des enfants, il trouverait sa place dans leur berceau.

Ses pensées dérapèrent. Adam voulait-il des enfants ? Elle l'imaginait très bien avec un bébé aux yeux vert jade blotti contre son torse. Un bébé blond, comme elle. Stooop ! Ses divagations n'avaient aucun intérêt et la détournaient de ses révisions. Ses examens de master approchaient bien trop rapidement à son goût et son mémoire sur le héros dans l'œuvre de Tolkien, presque achevé, la narguait entre deux escapades sensuelles. Si elle continuait à déshabiller Adam en pensées au lieu de se concentrer sur la dernière ligne droite, elle se planterait lamentablement. Allez, au boulot ! Cette semaine serait consacrée à l'ultime relecture de son travail, avant la reddition, vendredi.

La fin de la semaine arriva à la vitesse d'un Nazgûl au galop – pour rester chez Tolkien –, avec son cortège de mésaventures. Deux chapitres à réécrire, étant donné qu'elle ne comprenait plus ce qu'elle avait cherché à démontrer. Une photocopieuse en panne à l'université et une cohorte d'étudiants en détresse qui piaffaient devant la seconde. Un pneu crevé par un clou en roulant à proximité d'un chantier, et Marion qui avait attrapé une mauvaise grippe. En mai ! Elsa soupçonnait que le charmant interne en médecine rencontré au Blue Moon Café, le repaire des étudiants, n'y était pas étranger.

Après une nuit blanche et des litres de thé et de sueur, elle rendit son travail dans les délais.

Ce même soir, durant leur jogging, Eduardo lui sembla préoccupé. Il parlait peu et la tension durcissait ses traits quand il pensait qu'elle ne l'observait pas. Elle tenta subtilement de lui tirer les vers du nez, sans résultat. Lassée par ses monosyllabes, elle économisa sa salive et son souffle pour tenir le dernier kilomètre. Absence de sommeil et excès de théine ne faisaient pas bon ménage.

À l'arrivée, la sempiternelle enveloppe crème l'attendait sur les marches du perron. Lorsqu'il la vit, Eduardo annonça :

— Tu dois mourir d'envie de l'ouvrir. Et je devine que tu vas sortir fêter la reddition de ton mémoire. Du coup, je te propose de terminer plus tôt.

Sans protester, elle le laissa prendre la poudre d'escampette avant de se précipiter sur le courrier.

Madame,
Mme Anya Petrof, coach vocal, passera chez vous samedi 9 mai à dix heures, pour travailler votre pose de voix. Vos cours auront ensuite lieu tous les jours jusqu'au vendredi 15 mai compris.

Vos entraînements avec M. Novel continueront bien entendu selon le calendrier habituel.

Il est évident que si vous veniez à refuser de participer à l'un de ces rendez-vous, votre contrat serait résilié sur-le-champ.

Veuillez agréer, Madame, mes salutations distinguées.

Maître Jérôme Varnier

Charmant avocat qui savait parler aux femmes. Il était passé des « salutations les meilleures » aux « salutations distinguées ». Si cela continuait, elle n'y aurait bientôt plus droit. Aucun doute, Apollon l'adorait.

Une fois l'agacement passé, elle relut la lettre. Un coach vocal ? Pourquoi pas. Cela ne pourrait que la préparer à sa soutenance. Quant à « sortir faire la fête », avec Marion clouée au lit et ses autres camarades adeptes du concours du plus gros buveur et du plus mauvais dragueur, autant rester à la maison.

Du coup, elle s'octroya une soirée pyjama : comédie romantique, verre de lait, pop-corn et glace vanille nappée de chocolat fondu.

C'est encore écœurée par ses excès glycémiques qu'elle ouvrit la porte le lendemain matin. La femme de haute taille qui patientait sous son porche tenait à la fois du perroquet et de l'épouvantail. Son maquillage multicolore tranchait sur sa peau à la pâleur antique. Si son pantacourt noir n'avait rien d'exceptionnel, sa tunique évanescente, en voiles orange et violets, rappelait un plumage ébouriffé. Ses ongles n'auraient pas dépareillé sur un tigre, à condition que celui-ci apprécie le vernis argenté. Quant à sa coiffure… Elsa chercha dans sa mémoire avant de claquer des doigts intérieurement : Cruella d'Enfer croisée avec Pocahontas, dans les tons roux. Ça piquait les yeux.

— Je suis ravie de faire votre connaissance, mademoiselle Carazzone ! s'exclama la visiteuse avec une pointe d'accent slave.

Une bouffée de parfum trop sucré assaillit les narines d'Elsa qui répondit d'une voix nasale en tentant de masquer sa répugnance :

— Boi aussi, badame Betrof.

Elles s'installèrent au salon, qu'Elsa avait rangé pour l'occasion. La coach expliqua :

— Monsieur Garamont m'a donné des instructions précises : il souhaite que vous parveniez à lire un texte sans aucune inhibition.

Un vent de panique souffla sur Elsa. Qu'avait encore en tête ce machiavel ?

— Eh bien ! Au travail, soupira-t-elle.

Anya Petrof lui imposa d'abord des exercices de relaxation, la sermonnant au passage :

— Vous ne savez pas respirer !

Pourtant, elle avait survécu vingt-trois ans. L'oxygène devait donc parvenir à ses poumons, non ? Elle s'appliqua à inspirer et à expirer par le ventre, détendue. Ou presque. L'exercice se révéla plus compliqué que prévu. Ensuite, elle dut produire des sons sur les expirations et pria pour que jamais Marion ne l'entende, sinon ses oreilles siffleraient jusqu'à sa retraite. S'ensuivirent placement de voix, articulation et autres joyeusetés qui eurent tendance à la pousser à chercher la caméra cachée, tant elle se sentait ridicule.

Quand Anya Petrof la quitta en lui laissant une liste d'exercices longue comme un jour sans chocolat à effectuer pour le lendemain, Elsa envisagea de se rendre à un concert de heavy metal et de hurler sur les chansons à s'en exploser les cordes vocales. Ce qui lui fournirait aussi une bonne excuse pour repousser sa soutenance.

Chapitre 21

Le lundi soir, elle avait l'impression que sa gorge avait triplé de volume et sa voix baissé d'une octave. Quand Eduardo gara sa Mini bleue dans la rue, Elsa le rejoignit, avide de se défouler. Les traits tirés de son entraîneur lui apprirent d'emblée que le week-end s'était mal passé. Peut-être réussirait-elle à le détendre en lui parlant d'Anya ? Elle le prit par le bras et s'exclama gaiement :

— On tente les cinquante minutes, ce soir ?

Il la jaugea d'un regard dubitatif.

— Tu te sens d'attaque ?

— Plus que jamais. J'ai révisé tout l'après-midi et chanté comme un rossignol asthmatique. Il ne reste plus que toi pour m'achever.

— *Querida*, je te promets que tu survivras. Tu es une battante.

— Allez, coach, au travail, dit-elle en lui tapotant le bras. Parce qu'il y en a beaucoup.

Ils s'élancèrent sur l'asphalte, en direction du chemin de terre qui s'enfonçait dans les champs. Sur le trottoir, Elsa eut la curieuse impression qu'on les observait. Elle regarda discrètement autour d'elle, mais ne remarqua que sa voisine, Samia Husseini, qui promenait bébé Karim hurlant dans sa poussette. Il faudrait qu'elle lui propose de le garder un soir, pour que son mari et elle profitent d'un dîner en amoureux.

Une fois dans la campagne, Elsa se concentra sur son souffle. Elle entendait encore Anya Petrof lui répéter en boucle : « Respirrrrre, voyons ! » Elle savoura la sensation de ses semelles qui heurtaient la terre meuble, des contractions régulières de ses muscles. Séance après séance, Eduardo reculait les limites de son endurance et la poussait à se surpasser. Il lui manquerait, quand tout serait terminé.

Non. Ne pas penser à Adam.

— Eduardo ?

— *Si* ?

— Qu'est-ce qui te tracasse ?

— *Querida*, je suis ton entraîneur. Donc si l'un de nous doit servir de psy à l'autre, c'est moi.

— J'espérais que tu pourrais me parler comme à une amie.

— Elsa, tu n'es pas mon amie.

La rebuffade la blessa. Ses yeux picotèrent et son nez la chatouilla. Sans le remarquer, il précisa :

— Tant qu'Adam Garamont me paiera, tu resteras ma cliente.

— Et après ? articula-t-elle, la gorge nouée.

— On verra ce que l'avenir nous réserve. Mais je serai ravi d'aller boire un verre avec toi.

— Un seul alors, sinon tu devras subir mes délires alcoolisés.

— Tu as appris à courir, tu apprendras aussi à boire, affirma-t-il avec un clin d'œil.

Mouais. Personne n'avait encore réussi à apprendre aux hippopotames à grimper aux arbres.

*

La surprise du mardi fut le paquet en provenance d'Italie déposé dans sa boîte aux lettres. Dans un coffret de bois laqué s'alignaient trois flacons miniatures numérotés dont le contenu variait du jaune d'or au vert pâle. Une lettre manuscrite sur du papier à en-tête au nom de Marguerite Trévide accompagnait l'envoi :

Très chère Elsa,
Voici les échantillons promis. Selon moi, le numéro un conviendra à merveille pour séduire Adam. Les autres sont plus passe-partout. Testez-les et dites-moi par courriel (malgré mon âge vénérable, je maîtrise les ordinateurs) lequel vous préférez. Je me ferai une joie de vous en adresser un flacon de taille acceptable.
Avec toute mon affection,
Marguerite

Elsa s'amusa du retour du vouvoiement et huma les parfums l'un après l'autre. La vieille dame avait raison, le premier, pourtant plus capiteux, l'attirait davantage. Elle en déposa quelques gouttes aux endroits convenus, excepté le « fris-fris », et se promit de le tester sur Marion, si celle-ci réussissait enfin à quitter son lit, ou sur Eduardo, avant de le porter en présence d'Adam.

Le lendemain, alors qu'elle sortait d'un séminaire de littérature, elle repéra une silhouette élégante qui patientait à l'ombre d'un platane, à contre-jour. Les cheveux de l'homme, savamment décoiffés, effleuraient son col ; ses épaules larges trahissaient les heures passées à soulever de la fonte. Le cœur d'Elsa manqua un battement. Se pourrait-il que… Comme s'il avait perçu sa présence, l'homme s'avança, et elle déchanta. Profil de statue grecque, bouche méprisante : Apollon.

Elle s'approcha, méfiante.

— Que me vaut le plaisir, maître ?

— Vous avez rendez-vous avec une styliste dans trente minutes. Je suis venu vous chercher.

À l'évidence, sa mission ne lui plaisait guère. Elsa compta intérieurement jusqu'à quatre pour maîtriser son agacement, avant de lâcher :

— Impossible. J'ai rendez-vous avec mon amie Marion.

— Il va falloir repousser.

Exclu, pas après dix jours sans autre échange que des « je vais mourir » suivis de gémissements pitoyables, de reniflements et de quintes de toux.

— Vous ne pouvez pas disposer ainsi de mon temps, protesta-t-elle.

— Je crois que pour trente mille francs, vous n'avez rien à dire.

Giflée par son mépris, elle recula d'un pas. Était-ce aussi ce que pensait Adam ? Qu'il n'avait qu'à siffler pour qu'elle accoure, frétillante ? Conscient de son erreur, Apollon leva la main.

— Veuillez m'excuser, je n'aurais pas dû dire cela. J'ai essayé de vous joindre en vain, et c'était le seul moment où nous étions libres tous les deux.

Sans blague ! En cours, elle éteignait son portable. Et Adam la croyait incapable de trouver une adresse ou quoi ?

— J'aurais pu y aller seule.

— Certes, convint-il. Cependant, Adam me fait confiance en matière d'élégance. Comme il est en voyage d'affaires, il m'a désigné pour vous accompagner.

Ce qui paraissait le combler de joie. Quant à l'élégance… Elle prit le temps de détailler le costume anthracite de l'avocat. La coupe près du corps mettait en valeur ses épaules. Une cravate semée de fleurs multicolores, signée Leonard, étendait sa soie sur une chemise assortie au bleu de ses iris. À sa taille scintillait le H doré d'une boucle de ceinture Hermès. Le pantalon allongeait ses jambes et tombait en pli net sur ses mocassins Weston. Aucune fausse note et plus de marques qu'elle n'en avait jamais vu sur une seule personne. Les femmes devaient aussi tomber dans les piscines lorsqu'il passait.

— Très bien, je vous accompagne, capitula-t-elle. Mais d'abord, je passe au café prévenir Marion.

— Elle n'a pas de téléphone portable ?

— Bien sûr que si, dit-elle en s'engageant d'un pas décidé sur le passage piéton qui menait au Blue Moon Café.

Il n'eut d'autre choix que de lui emboîter le pas. Sur le trottoir, il s'empara de son bras. Le geste, entre protection et familiarité, la déstabilisa. Cependant, elle n'osa protester.

ಸ · ೡ

Jérôme ne s'expliquait pas l'impulsion qui lui avait fait saisir le bras d'Elsa. Il se pencha vers elle. Elle sentait délicieusement bon ; elle avait dû changer de parfum, car il ne se rappelait pas avoir été ainsi attiré par son odeur à leur première rencontre. Et il n'oubliait jamais ce genre de détails. De même, elle s'était… raffermie. Ses courbes n'évoquaient plus le déclin d'une chair soufflée de mauvaise graisse, mais l'éclat d'une ronde qui prenait soin d'elle. Il commençait à comprendre l'intérêt Adam, même s'il ne le partageait pas.

Il entra avec réticence dans le café envahi de jeunes gens bruyants et se figea quand une créature à la chevelure aile de corbeau semée de mèches violettes bondit de son tabouret pour les rejoindre. Sa robe asymétrique verte et turquoise tourbillonnait autour de ses hanches jusqu'à mi-mollet et ses pieds disparaissaient dans des bottillons de chantier. Son nez et ses yeux rouges donnaient l'impression qu'elle avait pleuré, ce que son sourire radieux démentait.

Elle se précipita sur Elsa, qu'il n'eut que le temps de lâcher avant que l'autre la serre dans ses bras comme si elle ne l'avait pas vue depuis dix ans. Médusé par cette exubérante démonstration d'affection, il lutta contre l'envie de tourner les talons. Adam lui revaudrait ça.

La créature s'exclama :

— Hmmm ! Que tu sens bon, mon Elsa ! Tu as reçu ton nouveau parfum, toi.

Bien sûr ! Jérôme tenait son explication : le talent de Marguerite avait encore frappé. Cette vieille renarde avait le don de transformer les laiderons en bombes sexuelles d'une pulvérisation de ses créations. Mais cette fille avait-elle besoin de parler aussi fort ? Elle remarqua d'ailleurs sa présence et ses yeux s'arrondirent :

— Vous devez être Adam ! s'écria-t-elle de manière à ce que l'immeuble entier l'entende.

Sa voix trahissait soit un excès de tabac, soit un méchant rhume. Il la toisa d'un regard froid et rectifia, en lui tendant la main :

— Jérôme Varnier, l'avocat de monsieur Garamont.

Elle s'en empara avec une vigueur toute masculine et la secoua avec entrain. Il se promit de la désinfecter dès que possible.

— Enchantée quand même. Moi, c'est Marion, annonça-t-elle comme s'il avait pu en douter.

Le sourire amusé d'Elsa en disait long sur le contraste qu'ils formaient.

— Vous prenez un café avec nous ? enchaîna Marion.

— Malheureusement, nous ne pouvons pas rester. Elsa a rendez-vous avec une styliste.

— Génial, je vous accompagne. Juste le temps de payer mon bretzel.

— Non, nous…

Mais elle ne l'écoutait déjà plus et hélait le serveur derrière le bar.

— Tu peux me l'emballer, Gino ? On ne reste pas, pour finir.

Pendant qu'elle réglait, le dénommé Gino fourra le reste du pain dans un sachet douteux. Jérôme se pencha vers Elsa et murmura :

— Il est exclu qu'elle nous accompagne.

— Elle vient, ou vous essaierez vous-même la tenue qu'Adam a commandée, répondit-elle d'une voix onctueuse.

Comprenant que négocier serait impossible, il marqua sa désapprobation d'une moue méprisante.

Chapitre 22

Alors qu'Elsa s'attendait au pire après avoir rencontré Anya Petrof, la styliste, une femme élégante d'une cinquantaine d'années, se révéla décevante de normalité, avec sa coupe au carré, son pantalon noir et son chemisier blanc. De toute évidence, Varnier et elle se connaissaient de longue date. S'occupait-elle de ses costumes, ou lui amenait-il ses conquêtes pour les formater à son goût ?

Danièle Viatone, un nom qu'elle avait déjà lu dans la presse, l'emmena dans un salon d'essayage. Marion les suivait à la trace, effleurant discrètement les tissus précieux des robes suspendues sur leurs cintres. La styliste désigna une cabine à Elsa.

— Monsieur Garamont m'a commandé deux tenues, annonça-t-elle en saisissant une robe bicolore. Voici la première.

Elsa referma le rideau, se déshabilla et passa la robe de coupe empire. Le haut crème enveloppait son buste d'un drapé vaporeux et révélait la rondeur de ses seins dans un décolleté en V. Les manches trois quarts, fluides, affinaient ses bras. Un empiècement brodé servait de démarcation avec la jupe. Celle-ci, d'un noir satiné, tombait en vagues chatoyantes jusqu'au sol sans alourdir sa silhouette. Dans la glace, Elsa se trouva belle.

— Tout va bien, mademoiselle ? s'enquit Danièle Viatone, la ramenant à la réalité.

— Je crois. Je sors.

Quand elle ouvrit le rideau d'un geste qu'elle aurait voulu théâtral, mais qui s'apparenta plutôt à la sortie d'une cabine de douche, elle capta une lueur aussi étonnée qu'approbatrice dans les yeux de Varnier. À l'évidence, la robe et ce qu'elle contenait lui plaisaient. Marion applaudit, brisant le silence qui était tombé, les faisant tous tressaillir.

— Elle est parfaite ! Tu es splendide.

Gênée par tant d'attention, Elsa passa machinalement les paumes sur ses hanches pour lisser le tissu. Déjà, la styliste s'approchait, des épingles plein la bouche.

— Encore quelques ajustements, articula-t-elle pourtant sans problème, et elle sera *vraiment* parfaite.

Elle reprit le dos et la longueur, tourna autour d'Elsa et se recula, enfin satisfaite.

— Je vais vous aider à l'enlever, puis vous passerez la seconde.

Celle-ci, taillée dans un velours bleu nuit, se révéla être une variation de l'intemporelle « petite robe noire ». Une veste coordonnée l'accompagnait. Une poignée d'épingles plus tard, Elsa fut libérée.

— Jérôme, ton avis ? demanda la styliste par acquit de conscience.

— Parfait, comme d'habitude.

— Adam m'a dit qu'elle avait les chaussures adéquates pour la robe de cocktail, dit-elle encore.

Elle se référait sans doute aux talons aiguilles qu'Elsa avait enfilés lors d'une certaine nuit londonienne et qui trônaient en évidence sur une étagère de sa penderie. Elle comptait les rendre à Adam au terme de leur contrat, même si elle ne voyait pas bien ce qu'il pourrait en faire. Elle opina du chef.

— Et pour l'autre robe ? demanda Danièle Viatone.

— J'ai ce qu'il faut.

— Tu ne parles quand même pas des chaussures que tu mettais au Belle-Rive ? protesta Marion.

— Si. Ce sont des escarpins à petits talons, précisa-t-elle à la styliste.

— Qui auraient fière allure dans une maison de retraite ! répliqua son amie.

— Ils sont très confortables !

— Et aussi élégants que des charentaises !

— Dit celle qui porte des bottes de chantier avec une robe.

Marion ouvrait la bouche pour répondre quand Varnier s'interposa :

— Danièle, je crois qu'elle n'a pas ce qu'il faut.

— J'avais compris. Quelle pointure ?

— Trente-sept, répondirent en chœur Marion et Elsa.

La styliste disparut par une porte et revint avec trois cartons à chaussures. Après essayage, Elsa, avec l'approbation de Marion, opta pour des escarpins à bride, à peine plus hauts que ceux qu'elle portait à l'ordinaire. Elle en prendrait soin, comme des autres, de manière à pouvoir tout rendre à Adam. Elle ne voulait rien recevoir de plus que son salaire.

Un sac à main discret et une pochette de soirée furent ajoutés aux robes. Les tenues attendraient Elsa là où elle se rendrait.

Au moment de prendre congé, la styliste tendit une boîte à Marion.

— Tenez, elles sont faites pour vous.

Celle-ci souleva le couvercle et ses yeux s'illuminèrent, puis elle le referma et secoua la tête.

— Merci, mais je n'ai pas les moyens.

— Je vous les donne. Leur acheteuse a changé d'avis et m'a dit d'en faire ce que je voudrais.

Après une hésitation, Marion remercia Danièle Viatone avec une timidité qu'Elsa ne lui connaissait pas. La styliste eut un geste du tranchant de la main signifiant « pas de quoi » et précisa sur un ton dédaigneux :

— Vos godillots insultent le bon goût.

Marion les accompagna en bas de l'immeuble, son trésor lové sur son cœur.

— Ravie de vous avoir rencontré, Maître Varnier ! lança-t-elle à l'intéressé.

Puis, sans prévenir, elle lui planta un baiser sur la joue et recula aussi sec.

— Vous devriez sourire davantage, tirer la gueule vous défigure ! s'exclama-t-elle.

Elle disparut dans une envolée verte et turquoise, tandis qu'Apollon portait la main à son visage, sans qu'Elsa sache si ce geste trahissait sa stupeur ou son envie de s'essuyer.

Dans la nuit tombante, elle eut froid, soudain.

— Je vous raccompagne en voiture ? proposa l'avocat, remis de l'ouragan Marion.

— Merci, mais j'ai mon vélo.

— Alors à bientôt, mademoiselle Carazzone.

Il dit cela sur un ton qui lui laissa supposer que ce moment arriverait plus vite qu'elle ne le croyait.

Chapitre 23

— Je peux t'emprunter tes notes ? s'enquit Makoto, son camarade japonais fraîchement arrivé.

Le pauvre peinait à comprendre l'accent de leur enseignant de linguistique. Elsa regarda sa feuille couverte d'arabesques et de petites fleurs et secoua la tête en signe de dénégation. Son voisin se pencha pour admirer sa créativité.

— Je n'avais pas interprété le texte ainsi, déclara-t-il d'un ton faussement sérieux.

Gênée, elle referma son classeur. Son esprit s'était envolé vers d'autres lieux, entre Londres et la Sardaigne, impatient de savoir où Adam l'emmènerait cette fois-ci.

— Tu passes au Blue Moon ? demanda-t-il encore. Katarina offre un verre pour son anniversaire.

— Oui, je dois voir Marion. Mais je ne resterai pas longtemps.

— Tu révises cet après-midi ?

Incapable de mentir, Elsa répondit du bout des lèvres :

— Non.

Makoto lui adressa un clin d'œil en remballant ses affaires.

— Nouveau copain, n'est-ce pas ?

Elle préféra opiner du chef plutôt qu'expliquer le tournant compliqué qu'avait pris sa vie... voyons, comment la qualifier ?

Amoureuse ? Sensuelle ? Sexuelle ? Quoique de ce point de vue, le maître mot fût frustration. Bref.

Comme d'ordinaire le vendredi midi, le Blue Moon Café était bondé et une joyeuse ambiance régnait dans le fond de la salle, là où Katarina, une grande gigue habillée tout en noir – elle persistait dans sa période gothique, après avoir testé le punk et le kawaï –, discutait avec une bande d'étudiants, dont Marion. Comme celle-ci tournait le dos à l'entrée, Elsa s'approcha à pas de loup pour la surprendre. Son amie se retourna d'un bloc, très à l'aise sur les vertigineux talons de ses nouvelles bottines turquoise. La styliste avait raison : elles étaient faites pour elle.

— Tu croyais que je ne te sentirais pas arriver ? triompha Marion. Raconte !

— Rien de plus qu'hier soir, la voiture passera me prendre à dix-sept heures trente.

Dans sa lettre, Apollon s'excusait platement de cet horaire hors contrat et lui garantissait que les heures supplémentaires seraient rémunérées au *prorata temporis*. Elle avait hésité entre s'en amuser ou s'en offusquer.

Marion et elle avaient envisagé divers scénarios : voyage plus lointain, moyen de transport différent, avant d'abandonner leurs spéculations au profit d'une partie d'échecs.

— Tu nourriras Châtaigne ? Les Husseini sont absents ce week-end.

— Tu me l'as déjà demandé et j'ai déjà accepté. Qu'est-ce qui te tracasse ?

— Les sous-entendus de ma chère coach vocale : je redoute de me retrouver à devoir prendre la parole devant une foule en délire.

— C'est peut-être une fausse piste.

— Ça m'étonnerait.

Le portable d'Elsa sifflota et vibra. Elle le pêcha dans son fourre-tout et déverrouilla l'écran. Le SMS qui s'afficha lui coupa la respiration : « Dernier avertissement : ne vous approchez plus de lui. »

— Tout va bien ? demanda Marion en se penchant pour lire par-dessus son épaule.

D'un geste vif, Elsa lâcha son téléphone dans son sac et affirma :

— Très bien.

Marion n'insista pas, mais quand Elsa tendit le bras pour récupérer son verre de punch, elle sentit la bretelle de son sac tirer sur son épaule. Au moment où elle comprit, il était déjà trop tard. Marion jurait, le téléphone entre les mains.

— Tu comptes faire quoi ? l'interrogea-t-elle d'une voix où couvait la colère.

— Je n'en sais rien.

— Ce n'est pas le premier message, si je comprends bien.

— C'est le second. Elle m'a appelée le dimanche de mon retour de Sardaigne. J'ai cru que c'était toi.

— Elle ?

— Une femme avec une voix distinguée.

— Pourquoi tu ne m'as rien dit ?

Le ton de Marion exprimait sa frustration autant que sa déception.

— Je ne voulais pas t'inquiéter. Et je me suis dit que ça n'irait pas plus loin, avoua piteusement Elsa.

Avec le recul, elle se rendait compte de sa naïveté.

— Raté, poulette. Sur toute la ligne. Je suis très fâchée. Contre toi et contre cette garce qui te harcèle. Pour que je puisse retrouver un chouia de sérénité, jure que tu me tiendras au courant du moindre évènement qui te tracasse.

— Juré. Qu'est-ce que je dois faire, à ton avis ?

Marion leva les yeux au ciel et répondit d'un ton exaspéré :

— Avertir Adam et la police, espèce de nouille !

— Pour la police, je n'ai pas le temps avant de partir.

Ni le courage d'affronter le regard d'un officier en uniforme. La dernière fois qu'elle avait mis le pied dans un poste de police, c'était après le décès de ses parents, et elle préférait de toute manière en parler d'abord à Adam.

— Lundi ? insista Marion.

— Promis.

— En attendant, tu en discuteras avec Adam ce week-end ?

— Je le ferai.

Marion se détendit, puis son visage s'éclaira. Elle lança à Katarina :

— Prête-moi ton portable, Kat !

— Pourquoi ? demanda celle-ci, méfiante.

— Je n'ai plus de batterie et je dois passer un coup de fil.

— Demande à Elsa.

— Elle n'a plus de batterie non plus.

— Tu te fous de moi ?

— Allez, passe ou je raconte l'histoire des baguettes chinoises.

Katarina blêmit sous son maquillage et lança l'appareil à Marion qui composa le numéro du SMS. Elsa se pencha pour mieux entendre. Presque aussitôt, une voix monotone annonça en boucle «votre correspondant n'est pas joignable, veuillez rappeler ultérieurement». Marion raccrocha et effaça le numéro de l'historique de Katarina avant de lui rendre son portable.

— Merci, ma grande. Pas de réponse. (Elle chuchota à l'intention d'Elsa :) Il faudra essayer plus tard, même si je soupçonne qu'elle s'est offert un téléphone prépayé qu'elle n'allume que pour toi.

— Je pense la même chose. C'est quoi, ce truc de baguettes chinoises ?

Marion jeta un coup d'œil en coin à la grande gigue qui les surveillait, soupçonneuse, et murmura, la bouche tordue :

— Si je te le dis, elle te tuera, et moi avec.

Elsa secoua la tête, amusée. Un jour, elle saurait. Même s'il fallait en passer par la torture.

Elle ne protesta pas lorsque Marion tint à la raccompagner à son vélo. Soudain, les gens dans la rue lui paraissaient suspects. Le vieux monsieur, avec son chien, ne l'avait-elle pas déjà croisé au centre commercial ? Et ces amoureux qui se bécotaient sur le banc, ne l'observaient-ils pas entre deux roucoulades ?

Elle secoua la tête. Là, c'était de la paranoïa. On n'était pas dans un thriller ! Il ne s'agissait que d'une jalouse qui cherchait à l'éloigner d'Adam, et qui rirait jaune si elle connaissait les termes du contrat qui les liait. Elle tenait une idée : si cette folle rappelait, elle lui révélerait la véritable nature de leur relation.

Zut : problème de confidentialité, sauf si Adam lui donnait le feu vert. Verdict, Marion avait raison, elle devait lui en parler.

Au bon moment.

Chapitre 24

Genève, vendredi 15 mai

Marion et elle avaient vu juste pour le train, songea Elsa alors que le TGV roulait à pleine vitesse entre Bourg-en-Bresse et Paris. Elle arriverait vers vingt-deux heures à destination et un chauffeur l'attendrait sur le quai de la gare. La routine, en somme.

À Genève, elle avait entraperçu une silhouette familière, puis l'avait perdue dans la foule dense. Elle aurait parié sur Adam, en sachant que c'était impossible. Pourquoi aurait-il embarqué dans le même train qu'elle sans le lui dire ? Elle devenait ridicule à le voir partout. Et la jalouse ? La suivait-elle aussi à la trace ? Stop. Assez de cogitations. Elle ne risquait rien, enfoncée dans son fauteuil de première classe, avec un thé et un journal, dans un compartiment rempli d'hommes d'affaires.

Elle somnola, bercée par le roulis du train.

À Paris, un chauffeur barbu l'attendait, un panneau à son nom entre les mains. Ils se faufilèrent dans la circulation jusqu'à un immeuble en pierre claire, avec des moulures sur la façade et des balcons en fer forgé.

— Vous êtes arrivée, mademoiselle, annonça le chauffeur en lui ouvrant la portière.

Il lui remit une clé et précisa :

— Le code, c'est quatre mille deux cent vingt et l'appartement est au cinquième étage.
— Où sommes-nous ? l'interrogea-t-elle, hermétique à la géographie de Paris intra-muros.
— Au 3 rue Las Cases, dans le 7ᵉ arrondissement. À côté du Musée social.

L'adresse ne lui disait rien ; elle la répéta intérieurement pour l'enregistrer.

Dès qu'elle se fut engouffrée dans le hall d'entrée, le chauffeur redémarra. Elle emprunta l'ascenseur ultramoderne, qui cassait le charme suranné de la cage d'escalier, jusqu'au dernier étage. Elle espérait que la plaquette sur la porte porterait bien le nom de Garamont, sinon elle devrait tester toutes les serrures du palier, au risque de passer pour une cambrioleuse maladroite.

Ses inquiétudes se révélèrent heureusement infondées : un Post-it collé sur une des trois portes indiquait « c'est ici ». De l'Adam tout craché. Elle sonna par acquit de conscience. Patienta. Personne. Prévisible, sinon il ne lui aurait pas confié la clé. Elle ouvrit donc la porte et avança dans le vestibule éclairé. Adam avait laissé la lumière pour elle, ainsi qu'un bloc-notes à même le sol.

Chère Elsa,
Je rentrerai très tard (ou très tôt). Ne m'attendez pas (je sais que vous succombez aisément au séduisant Morphée).
J'ai laissé la lumière dans votre chambre. Une fois installée, faites comme chez vous. Nous nous verrons demain matin.
Bienvenue à Paris,
Adam

Elle tira sa valise derrière elle dans l'appartement désert, tout en parquets anciens, moulures, rideaux à embrasses et toiles modernes. Les meubles mêlaient les styles et les époques, dans un chaos visuel dont découlait une certaine harmonie. Ainsi, c'était à cela que ressemblait le quotidien d'Adam ? Curieux, elle avait imaginé quelque chose de plus épuré. Il continuait à la surprendre. Elle compta deux chambres, un bureau, un séjour, une cuisine et deux salles d'eau.

La chambre qu'il lui destinait donnait sur un parc luxuriant. Elle jeta son manteau sur le matelas, défit sa valise et ouvrit l'armoire. Ses tenues y patientaient, dans des housses fermées. De toute évidence, Adam n'avait pas regardé les trésors qu'elles renfermaient. Peut-être pour se réserver la surprise.

Elsa hésita : curieuse ou respectueuse ? Zut à la fin ! Son hôte employait un détective privé pour l'espionner alors qu'elle ne pouvait compter que sur elle-même. Elle commença par les pièces à vivre, sans rien découvrir de surprenant sur Adam, sauf qu'il appréciait les estampes japonaises et, dans la cuisine, le granit noir.

Ensuite, sur la pointe des pieds, comme s'il pouvait la surprendre, elle se dirigea vers le bureau. Elle commença par chercher la présence d'une caméra de surveillance, avant de se traiter de parano formatée aux séries américaines. La fenêtre donnait sur la rue Las Cases. L'ordinateur, l'imprimante et la photocopieuse contrastaient avec les plumes à bec et le papier crème, le même qu'il utilisait pour lui écrire. Deux photographies s'alignaient au bord du sous-main.

La première exposait un couple souriant. Ses parents, dont elle avait vu des portraits sur Internet. Sur la seconde, Apollon et Adam prenaient la pose sur une piste de ski. Aucune présence féminine.

Enfin, elle se glissa jusqu'à la tanière du loup. La pièce, masculine et sobre, lui plut aussitôt. Son petit doigt lui disait qu'il n'amenait pas ses conquêtes ici. Dans une garçonnière voisine de celle de son avocat, éventuellement ? Elle se glissa dans la salle de bain attenante pour y découvrir les accessoires classiques : brosse à cheveux, à dents, dentifrice, rasoir manuel, mousse à raser, déodorant et… parfum. Gucci Guilty. Le nom l'amusa. Il s'appliquait parfaitement à Adam et à ses plaisirs coupables.

Elle en vaporisa une bouffée sur son avant-bras et inspira. Lavande et citron, puis fleur d'oranger et cèdre. L'odeur d'Adam. Une crispation naquit dans son bas-ventre. Elle résista vaillamment à l'envie d'en asperger son oreiller pour avoir l'impression de dormir avec lui.

Elle résista à l'envie de fouiller ses tiroirs. Elle en avait vu assez. Sans mener plus loin ses investigations, elle gagna son lit et se roula en boule, le nez contre son poignet.

༄ · ༄

Adam rentra bien trop tard à son goût. Elsa avait laissé pour lui – ou oublié – la lumière dans le vestibule. Celle qu'il avait allumée pour elle au bout du couloir était éteinte. Le silence régnait dans l'appartement. Malgré les indices, il ressentait la nécessité de s'assurer de sa présence.

Se sentant légèrement idiot, il s'avança jusqu'à la porte de la chambre d'amis. Pas un bruit. Pourtant, elle ne pouvait que se trouver là, endormie. Assez de stupidités. Il recula d'un pas, s'immobilisa.

Un sourire aussi narquois que désabusé étira sa bouche. Un besoin viscéral guida sa main sur la poignée. Il entra furtivement. Elle dormait, enroulée dans la couette légère comme un ver à soie dans son cocon. Son souffle paisible troublait à peine la nuit. Il la regarda un temps infini avant de reculer et de refermer derrière lui.

Quand il s'étendit entre ses draps froids, il regretta qu'elle ne partage pas son lit.

Chapitre 25

Paris, samedi 16 mai

Des effluves de pain grillé et de Darjeeling éveillèrent Elsa. Elle enfila des chaussettes ornées de Snoopy et gagna la cuisine sans bruit, dans son pyjama à licornes. Adam s'y affairait, disposant assiettes et couverts sur la table.

— Bonjour, dit-elle dans son dos.

Il tressaillit à peine et se tourna vers elle. Vêtu d'un T-shirt et d'un bas de survêtement gris, les cheveux en bataille, la mâchoire ombrée de barbe, il aurait pu figurer dans l'un de ces calendriers sexy dont les femmes raffolent en secret.

— Vous arrivez au bon moment, déclara-t-il en lui désignant la table.

Elle s'assit sans protester, ravie de se faire servir par pareil domestique.

— Pas de course à pied ? demanda-t-elle quand il déposa une tartine couverte de miel devant elle.

— Nuit trop courte, fit-il, laconique.

— Trop de relationnel ?

— Si vous saviez…

— Difficile, quand je ne vous fréquente qu'un week-end sur deux.

Elle eut envie de reprendre ses mots teintés de reproche, sortis sans prévenir. Il suspendit son couteau au-dessus de son pain à demi tartiné de confiture.

— Cela vous dérange ?

La question, entre agacement et véritable interrogation, la fit réfléchir.

— Un peu, avoua-t-elle. Parce qu'en prenant le petit déjeuner avec vous habillée comme ça (elle désigna son pyjama), j'ai tendance à oublier mon statut d'« assistante à domicile ».

Il la regarda par-dessus sa tasse de café.

— Consolez-vous, Elsa, aujourd'hui, vous entrerez dans la lumière.

Elle se raidit.

— Ce qui signifie ? demanda-t-elle d'une voix méfiante.

— Cet après-midi, vous effectuerez une lecture à mon Cercle culturel, et ce soir, nous nous rendrons au Gala du Palais Garnier.

Elle oscilla entre l'envie de danser dans la cuisine – il se décidait enfin à l'afficher à son bras – et celle de disparaître au fond de la fosse des Mariannes. Dans tous les cas, la soirée à l'opéra la réjouissait.

— Comment allez-vous justifier ma présence ? s'enquit-elle finalement.

— Vous êtes une amie genevoise en visite à Paris.

— L'une de ces fameuses « amies » que vous fourrez dans votre lit ? ne put-elle s'empêcher de grommeler.

Mais pourquoi avait-elle ouvert sa grande bouche ? Elle pouvait déjà s'estimer heureuse qu'il ne la présente pas à ses proches comme son escort girl. Par moments, elle se claquerait.

— Si on vous pose la question, répondit-il d'un ton neutre, vous avez l'autorisation de répondre comme vous le souhaitez, tant que vous n'évoquez pas le contrat qui nous lie.

∽ · ∾

Ce matin-là, Adam emmena Elsa au sommet de la tour Eiffel. Il profita de son vertige pour la maintenir contre lui, alors que le vent imprimait une infime oscillation à la structure métallique. Ils déjeunèrent ensuite en bord de Seine, sur la terrasse d'une brasserie. Tandis que les filles qu'Adam fréquentait d'habitude se contentaient d'une salade, Elsa se régala sans complexe.

Sa compagnie vive et distrayante lui permettait de redécouvrir le charme parisien, auquel il était devenu hermétique. Sur le chemin du retour, ils passèrent par le quai Voltaire pour flâner devant les boîtes des bouquinistes. Attirée par leurs couvertures multicolores, Elsa se laissa tenter par les *Muchachas* de Katherine Pancol, qu'il insista pour lui offrir. La dernière fois qu'une de ses conquêtes avait été aussi ravie, c'était en ouvrant un écrin de chez Chopard.

Ils regagnèrent ensuite l'appartement pour se changer. Quand Elsa le rejoignit dans sa courte robe bleu nuit, la démarche hésitante, il retint sa respiration. Le tissu soulignait ses formes avec une élégance dépouillée et les escarpins à bride affinaient ses jambes. Son maquillage discret agrandissait ses yeux. Un chignon flou laissait retomber quelques mèches dans son cou, qu'il avait envie de chasser d'un doigt fureteur.

— Vous êtes ravissante. Vous arriverez à marcher dix minutes avec ça ? demanda-t-il en désignant ses pieds.

— Rappelez-vous que vous parlez à une réceptionniste de palace.

— Qui ne portait que des talons de cinq centimètres.

Quand elle le fixa avec des yeux ronds, il rit sous cape.

— Décidément, mes chaussures sont un sujet de conversation à la mode. Je m'en sortirai, affirma-t-elle d'un ton digne. Au pire, je terminerai pieds nus.

— Je serais curieux de voir cela.

Dans la rue, il lui proposa son bras qu'elle prit avec plaisir. Adam avait revêtu un pantalon noir et une chemise bleu ciel sans cravate. Chic et décontracté.

— Je ne suis pas trop habillée ? s'inquiéta-t-elle soudain.

— Vous êtes parfaite pour la scène.

— Vous voulez bien m'expliquer ?

Il lui adressa un sourire en coin.

— Mon Cercle culturel organise des lectures thématiques. Je vous y ai inscrite.

— Je n'ai jamais mis les pieds sur les planches !

— Il faut un début à tout. Je suis certain qu'Anya Petrof sera fière de vous.

Elsa soupira.

— Vous me donnerez le texte avant, au moins ?

— Bien sûr, dès que nous serons sur place. La lecture commencera à quinze heures. Vous devriez passer vers quinze heures trente.

Une petite demi-heure pour se préparer ? Adam était trop généreux !

— Quel est le thème choisi ?

— L'érotisme au siècle des Lumières.

Elle trébucha ; il la soutint.

— Vous l'avez fait exprès, l'accusa-t-elle.

— Évidemment, confirma-t-il avec un écœurant air satisfait.

෩ · ೧౩

Le Cercle culturel se réunissait dans un hôtel particulier du XVIIIe siècle. Dans les coulisses du théâtre improvisé, Elsa avait découvert le texte, deux lettres des *Liaisons dangereuses* de Choderlos de Laclos.

Son cœur battait la chamade au moment d'entrer en scène. Ne pas trébucher, ne pas se ridiculiser. Oh, mon Dieu ! Jamais elle ne parviendrait à articuler le moindre son !

Une cinquantaine de personnes, d'âge mûr pour la plupart, applaudirent poliment sa timide progression sur l'estrade. Elle fouilla le public du regard, jusqu'à trouver Adam. Il la dévorait des yeux. Elle ne voulait pas le décevoir.

En un tourbillon affolant, les leçons d'Anya Petrof lui revinrent en mémoire : respiration, articulation, justesse de ton, présence. Alors, elle ne fut plus Elsa Carazzone, la réceptionniste, mais Elsa Carazzone, la lectrice capable de subjuguer son auditoire.

Elle entra dans la peau du vicomte de Valmont, libertin notoire et séducteur cynique, et entama la lecture de sa lettre à la marquise de Merteuil. Il y racontait comment, après être allé à l'opéra, il avait retrouvé une ancienne conquête nommée Émilie.

Ensemble, ils saoulaient le Hollandais avec lequel elle devait coucher. Ensuite, au lit avec Émilie, Valmont écrivait une lettre à la présidente de Tourvel, femme vertueuse et heureuse en ménage, qu'il cherchait à séduire.

Le ton d'Elsa se fit tantôt enjoué, tantôt lascif lorsqu'elle lut le cœur de la missive destinée à la marquise :

« Cette gaieté, et peut-être ma longue retraite, m'ont fait trouver Émilie si désirable, que je lui ai promis de rester avec elle jusqu'à la résurrection du Hollandais. Cette complaisance de ma part est le prix de celle qu'elle vient d'avoir, de me servir de pupitre pour écrire à ma belle dévote, à qui j'ai trouvé plaisant d'envoyer une lettre écrite du lit et presque dans les bras d'une fille, interrompue même pour une infidélité complète, et dans laquelle je lui rendis un compte exact de ma situation et de ma conduite. Émilie, qui a lu l'épître, en a ri comme une folle, et j'espère que vous en rirez aussi. »

Elsa se permit une courte pause entre les deux passages, le temps de dissiper de son imagination les images d'un vicomte aux yeux vert jade faisant l'amour à une Émilie blonde et charnue. Le public, suspendu à ses lèvres, retint sa respiration.

ཁྱ · ལྗ

Adam se pencha en avant, avide de déguster la seconde lettre de Valmont, emplie de sous-entendus, adressée à la présidente de Tourvel. Il frémit lorsque la voix d'Elsa retentit, passionnée, sensuelle.

« La situation où je suis en vous écrivant me fait connaître, plus que jamais, la puissance irrésistible de l'amour ; j'ai peine à conserver assez d'empire sur moi pour mettre quelque ordre dans mes idées ; et déjà je prévois que je ne finirai pas cette lettre, sans être obligé de l'interrompre. »

Il se visualisa lui-même en train d'écrire, le papier appliqué contre les reins d'Elsa, la plume griffant sa peau. Puis ne plus supporter son parfum ni sa chair élastique. Il se jetait alors sur elle, sans terminer son écrit, pour mieux lui faire l'amour dans un tourbillon sensuel. La lettre tombait, froissée, tachée.

« Croyez-moi, Madame, la froide tranquillité, le sommeil de l'âme, image de la mort, ne mènent point au bonheur ; les passions actives peuvent seules y conduire ; et malgré les tourments que vous me faites éprouver, je crois pouvoir assurer sans crainte que, dans ce moment même, je suis plus heureux que vous. »

Sauf qu'il n'y avait aucun destinataire à la lettre fictive d'Adam. Aucune autre femme, aucune tromperie. Juste Elsa. Sa silhouette, son odeur, le son de sa voix. Et qu'il n'était pas question d'amour entre eux. En revanche, l'imaginer lui servir d'écritoire l'ébranlait au point que son pantalon lui sembla soudain trop étroit. Il s'agita légèrement pour diminuer son inconfort et posa le programme sur ses genoux, juste au cas où l'un de ses voisins s'inquiéterait de cette étrange protubérance. Lui-même devait peut-être aussi s'en soucier, car jamais il n'avait autant bandé en présence d'une femme, sans même la toucher.

La voix d'Elsa baissa d'un ton, porteuse d'une lourde sensualité, et il ferma les yeux pour mieux s'en imprégner, repartant dans ses fantasmagories.

« Jamais je n'eus tant de plaisir en vous écrivant ; jamais je ne ressentis, dans cette occupation, une émotion si douce, et cependant si vive. Tout semble augmenter mes transports : l'air que je respire est brûlant de volupté ; la table même sur laquelle je vous écris, consacrée pour la première fois à cet usage, devient pour moi l'autel sacré de l'amour ; combien elle va s'embellir à mes yeux ! J'aurai tracé sur elle le serment de vous aimer toujours ! Pardonnez, je vous en supplie, le délire que j'éprouve. Je devrais peut-être m'abandonner moins à des transports que vous ne partagez pas : il faut vous quitter un moment pour dissiper une ivresse qui s'augmente à chaque instant, et qui devient plus forte que moi. »

Il se raidit tandis que les derniers mots résonnaient dans la salle subjuguée. Non, son désir pour Elsa ne deviendrait pas plus fort que lui. Il maîtrisait la situation.

La salle applaudit, séduite par le talent de la lectrice, qui rougit en saluant.

— Alors ? demanda-t-elle, en rejoignant Adam.
— J'aimerais que vous me fassiez la lecture tous les soirs.

Le rire d'Elsa s'égrena, frais et musical.

— Avez-vous apprécié cette expérience ? l'interrogea-t-il à son tour.

— Je crois que oui. En fait, j'en suis certaine. J'étais terrifiée en montant sur scène, puis je me suis prise au jeu… Même si je ne me sentirais pas d'attaque pour un deuxième round.

— Ça tombe bien, ce n'est pas prévu.

— Le plus difficile, ça a été de regarder le public.

— Pourquoi ? Il vous impressionnait ?

Elle plongea son regard dans le sien et chuchota d'une voix de gorge :

— Non, j'avais envie de ne regarder que vous. « Jamais je ne ressentis, dans cette occupation, une émotion si douce, et cependant si vive. Tout semble augmenter mes transports : l'air que je respire est brûlant de volupté… »

Adam resta pétrifié quelques instants, puis il lui caressa la joue du pouce, fasciné, et lâcha :

— Anya Petrof mérite une augmentation.

Chapitre 26

Au terme des lectures, ils devisèrent quelques minutes avec des membres du Cercle qui invitèrent Elsa à participer à leur prochaine réunion. Ensuite, ils rentrèrent à l'appartement.

Pour la seconde fois de la journée, elle émergea de la chambre avec une légère appréhension. Elle avait apporté un soin particulier à son maquillage ainsi qu'à sa coiffure, et s'était parfumée avec minutie. La robe noire et blanche, aérienne, bruissait à chacun de ses pas. Ses talons aiguilles allongeaient ses jambes. Elle se sentait aussi belle qu'étrangère à elle-même, et elle appréciait cela.

Le regard d'Adam, qui la suivit lorsqu'elle traversa le salon d'une démarche assurée, valait tous les discours du monde. Souriante, elle se planta devant lui.

— Vous êtes superbe, déclara-t-il.

— Ravie que cela vous plaise, monsieur Garamont ; tout le mérite en revient à Danièle Viatone.

— Le modèle est à la hauteur de son talent.

Elsa rougit sous le compliment.

— Il manque toutefois certains accessoires, annonça-t-il.

— Lesquels ?

Elle avait pourtant la pochette de soirée, ses plus jolies boucles d'oreilles et un bracelet ayant appartenu à sa grand-mère. Elle se figea quand il approcha les mains de son visage pour lui retirer ses lunettes.

— À quoi jouez-vous ? protesta-t-elle tandis qu'il les déposait sur un guéridon avant de lui tendre un étui.

— C'est moins extraordinaire qu'un bijou, je vous préviens.

Elle en souleva le couvercle et découvrit une paire de lunettes arrondies en acétate bicolore – noir et gris perle –, griffées Chanel.

— Vous m'avez acheté des lunettes ?

Elle oscillait entre étonnement et émotion. Moins extraordinaire qu'un bijou, peut-être. Beaucoup plus intime, certainement.

— Les vôtres ne convenaient pas pour le gala.

Elle renifla.

— Pas assez snob ?

— Pas assez chic, ma chère.

— Et les verres ?

— À votre vue.

— Votre basset artésien, je parie ?

Il secoua la tête.

— Ne soyez pas désagréable, Elsa. Essayez-les.

Elle les percha sur son nez et se regarda dans le miroir du vestibule. La monture, d'une élégance sobre, intensifiait son regard et habillait à merveille son visage. Si elle en avait eu les moyens, elle aurait choisi les mêmes.

Le visage d'Adam se profila dans la glace. Il inspira profondément, comme surpris, et l'espace d'un instant, elle crut qu'il allait plonger la figure dans ses cheveux. De toute évidence, le parfum créé par Marguerite ne le laissait pas indifférent. Il se reprit :

— Il n'y a plus qu'à passer chez l'opticien pour les régler.

— Vous pensez à tout, n'est-ce pas ?

— Dans mon métier, c'est indispensable. J'ai d'ailleurs encore un cadeau pour vous, dit-il en drapant un pashmina blanc et noir autour des épaules d'Elsa.

La laine, douce et chaude, la réchauffa comme les bras d'Adam auraient pu le faire. Elle y enfouit son nez et murmura :

— Merci.

Si l'extérieur du Palais Garnier attirait le regard avec son abondance de voûtes, colonnes, sculptures et dorures, l'intérieur donna à Elsa l'impression de remonter le temps et de se retrouver au cœur d'un rêve de princesse.

Colonnades et plafonds décorés se rencontraient en une riche harmonie. Partout, des hommes portant smoking et cravate noire, et des femmes en robe de soirée, maquillées, parfumées, couvertes de bijoux, déambulaient en devisant. Adam et elle gravirent le monumental escalier au pied duquel des statues-torchères en bronze soutenaient des éclairages. Au deuxième étage, ils s'engagèrent dans un couloir qui menait à une loge écarlate. Bouche bée, Elsa découvrit la mythique salle en fer à cheval, la coupole du plafond et le lustre gigantesque qui pendait en son centre.

— Impressionnée ? murmura Adam.

— Par le lustre, en particulier, répondit-elle en s'asseyant dans un fauteuil, le menton sur les mains.

— Il mesure huit mètres de haut.

— Spectaculaire.

— Et dangereux. En 1896, il est tombé sur le public. Heureusement, il n'y a eu qu'un mort. Mais c'est pour cela que je préfère les loges.

— Dites plutôt que vous aimez dominer la situation.

— Pas en toutes circonstances, chuchota-t-il d'un ton entendu.

Elle rougit.

☙ · ❧

Adam l'observa, alors qu'elle feuilletait le livret de l'opéra *Manon Lescaut* de Puccini, dans une mise en scène contemporaine très éloignée de l'originale. Il avait choisi celui-ci pour Jonas Kaufmann, ténor extraordinaire, qui interprétait ce soir le chevalier Des Grieux. Ce n'était qu'après l'achat des billets qu'il s'était rendu compte de la transformation de l'intrigue, mais il était trop tard pour trouver un autre spectacle. Avec le recul, il espérait qu'Elsa ne se vexerait pas de cette interprétation très particulière.

Au lever du rideau, il s'enfonça dans son fauteuil, de manière à voir autant la scène que le profil d'Elsa. Au premier acte, la blonde Manon, une professionnelle du sexe venue de l'Est, arrivait en Mercedes dans un hôtel. Des Grieux en tombait aussitôt amoureux. Dès lors, une passion destructrice l'entraînait aux tréfonds de l'enfer.

Adam devait-il y voir un parallèle avec le chemin qu'il empruntait ? Il écarta aussitôt cette pensée dérangeante et se focalisa sur les chanteurs.

Quand Elsa découvrit la métamorphose de Manon en prostituée, elle le foudroya du regard. Par chance, la voix du ténor allemand, profonde et sombre, tout en nuances, capta son attention. Pour ne rien gâcher, le chanteur avait un physique plus qu'agréable et une incroyable présence scénique.

Dans l'acte II, Manon vivait à Paris avec son protecteur, Géronte de Ravoir, où elle s'ennuyait jusqu'à ce que Des Grieux la retrouve.

Quand le rideau s'abaissa pour l'entracte, Adam se raidit, prêt à subir les foudres d'Elsa. Elle ouvrit la bouche, la referma, la rouvrit et annonça platement :

— Je vais me repoudrer le nez.

Ne sachant comment interpréter son absence de réaction, il choisit la politesse :

— Désirez-vous une coupe de champagne ?

— Vous comptez me saouler à l'opéra ? maugréa-t-elle.

— Vous détendre, seulement.

— Pour cela, il fallait choisir une autre interprétation. Un verre d'eau me suffira. Et si je décide de vous le jeter au visage, ça aura l'avantage de ne pas tacher.

Il secoua la tête, amusé.

— Vous êtes trop bien élevée pour cela. Retrouvez-moi à la rotonde du Glacier, à l'extrémité de la galerie.

Quand Adam s'éloigna, Elsa tira la langue dans son dos. Quelle mouche l'avait donc piqué d'opter pour une version qui transformait Manon en prostituée ? Avait-il pensé à leur relation au moment d'acheter les billets ? Sans doute que non. Le titre et les interprètes avaient dû guider son choix… n'est-ce pas ? Malgré cette faute de goût, l'excellence des chanteurs la transportait. Adam ne perdait cependant rien pour attendre.

Perdue dans ses pensées, elle se dirigea vers les toilettes, devant la porte desquelles une file de femmes aux robes plus somptueuses les unes que les autres patientaient. Les bijoux scintillaient, les parfums se mêlaient, les téléphones portables sifflotaient, ramenés à la vie durant l'entracte.

Lorsqu'elle ressortit, elle se heurta à des yeux couleur de ciel surmontés d'une masse de cheveux châtain ramenés en arrière. Jérôme Varnier.

— Bonsoir, Elsa. Le spectacle vous plaît-il ?

Le double sens de la question la blessa. Sans attendre sa réponse, il s'empara de son bras et l'entraîna à l'écart. Elle tenta de se dégager en douceur, sans succès.

— Qu'est-ce qui vous prend ? demanda-t-elle à mi-voix.

— Je veux seulement vous parler.

Il devait revoir ses manières de butor ! Ne désirant pas causer de scandale dans le couloir fréquenté, elle le suivit dans une alcôve. Un bon coup de talons aiguilles ou de genou bien placé le ramènerait si nécessaire à la politesse la plus élémentaire.

— Dépêchez-vous, Adam m'attend, chuchota-t-elle.

— Il sait très bien que les femmes prennent leur temps aux toilettes.

Son haleine chargée d'alcool et ses pupilles dilatées lui indiquaient qu'il n'était pas dans son état normal.

— Que me voulez-vous ?

Il s'approcha d'elle et inspira longuement. Quand Marguerite lui avait affirmé que les hommes la pourchasseraient, Elsa n'y avait entendu qu'une exagération. Or l'attitude de Varnier la faisait se sentir tel un lapin au bout du viseur.

— À quoi jouez-vous ? grommela-t-elle en reculant.

Il secoua la tête comme pour reprendre ses esprits, puis recula.

— Que voulez-vous à la fin ? répéta-t-elle en se demandant si le cerveau d'Apollon n'avait pas disjoncté.

La situation lui rappelait étrangement le film *Pretty Woman* dans lequel l'avocat de Richard Gere tentait de molester Julia Roberts. Sauf que Varnier avait semble-t-il d'autres intentions.

— Je veux que vous rompiez votre contrat avec Adam, déclara-t-il.

— Pourquoi ?

— Parce qu'il a commis une erreur en vous engageant.

Pour le coup, elle ne pouvait lui donner tort ; elle secoua cependant la tête.

— Je n'en ai pas l'intention. Voyez cela avec lui.

— Il ne changera pas d'avis. Vous, vous pouvez tout arrêter. Combien voulez-vous ?

— Ce n'est pas une question d'argent.

— C'est toujours une question d'argent. Combien ?

Décidément, il était bouché à l'émeri. Elle répéta en détachant chaque mot :

— Je ne romprai pas mon contrat.

— Vous commettez une grossière erreur. Vous jouez à un jeu dont vous ne connaissez pas les règles, Elsa.

— Et vous n'allez pas me les apprendre. Maintenant, ça suffit ! s'exclama-t-elle en le contournant.

Les pupilles étrécies, il l'empoigna par le bras. Quand elle se dégagea d'un geste sec, le tissu de sa manche se déchira dans un crissement. Furieuse, elle ramena son bras en arrière et lui asséna une gifle magistrale. Le claquement retentissant la figea un instant, puis elle tourna les talons, le laissant statufié. Fichu Apollon !

Elle regagna le couloir en courant presque, puis se glissa dans la foule qui se promenait dans les foyers. Secouée, elle luttait pour contenir ses larmes et dissimulait le long accroc vers son coude d'une main tremblante.

Elle se retourna une seule fois, pour constater que Varnier la suivait à bonne distance, le visage déterminé. Arrivée à la rotonde du Glacier, elle aperçut Adam qui guettait son arrivée, deux verres entre les doigts. Elle ralentit et se força à sourire.

— Je vous retrouve enfin ! s'exclama-t-elle, essoufflée.

— Vous en avez mis du temps !

— Il y avait une queue incroyable.

Et un type qui voulait m'acheter.
— Vous êtes sûre que tout va bien ?
Mis à part le comportement de votre avocat alcoolique et drogué ?
— Certaine.
Il lui tendit le verre d'eau. Alors qu'elle le vidait presque d'une traite, il remarqua la déchirure.
— Qu'est-ce qui vous est arrivé ?
Priant pour que les leçons d'Anya Petrof aient amélioré ses piètres compétences d'actrice, elle s'écria :
— Oh ! Zut, ma robe !
Puis elle se tut, l'esprit vide. Varnier les rejoignit à ce moment précis.
— Bonsoir, Adam. Elsa, les salua-t-il comme si de rien n'était.
Sauf qu'une de ses joues était plus rouge que l'autre. Adam le regarda, puis tourna son attention vers la jeune femme.
— Vous n'avez rien à me dire ?
Elle pinça les lèvres et secoua la tête. Son instinct lui hurlait que monter ces hommes l'un contre l'autre mènerait à la catastrophe. L'avocat grimaça.
— À part que je suis un con fini et que j'aimerais qu'Elsa pardonne mon agressivité ? Non, rien.
Elle faillit laisser tomber son verre de surprise. Apollon avait l'air de s'être calmé en chemin.
— Laissez-moi d'abord digérer, murmura-t-elle. Adam, je retourne à la loge.
Elle s'éloigna dignement, le tremblement de ses jambes dissimulé par la robe.

❧ · ☙

Adam toisa Jérôme.
— Tu n'étais pas censé la toucher, gronda-t-il.

L'avocat secoua la tête avec un air dépité.

— Je suis désolé, vieux. Je ne sais pas ce qui m'a pris.

Adam, lui, ne le savait que trop : son ami avait encore cédé à ses vieux démons.

— Il faut vraiment que tu arrêtes cette merde. Qu'est-ce qui s'est passé ?

Sans relever l'allusion, Jérôme lui raconta l'épisode, en achevant par :

— Elle a une sacrée droite.

— Tu ne l'as pas volé.

— C'est un fait.

— Alors, tu es rassuré ?

— En effet. Elle n'a pas l'air de courir après l'argent, et je sais reconnaître une comédienne quand j'en croise une.

Adam partageait son avis, surtout après les rapports de Fradival, d'Eduardo et d'Anya Petrof. Cette confrontation à Jérôme, au flair infaillible, était le dernier test, qu'Elsa venait de passer haut la main. Son ami caressa sa joue meurtrie d'un geste machinal, le regard perdu dans le vague, et déclara :

— Par contre, quand tu en auras terminé avec elle, je me demande si je ne vais pas tenter ma chance.

— J'aurais presque envie de te mettre mon poing dans la figure.

— Pas le visage. C'est ma carte de visite.

Une sonnerie annonça la fin de l'entracte, et ils se séparèrent.

Quand Adam regagna la loge, Elsa lui adressa un regard inquiet.

— Tout va bien ?

— Le problème est réglé. J'espère qu'il ne vous a pas fait peur.

Lorsqu'elle garda le silence, il serra les dents. Jérôme était supposé parler avec Elsa, pas la molester.

— C'est un type bien, affirma-t-il.

— Les toxicos ne sont pas des types bien.

Adam la fixa d'un regard pensif. Elle eut un geste vague de la main et déclara :

— Je ne suis pas stupide. Je sais reconnaître les effets de la cocaïne.

Devant son haussement de sourcils interrogateur, elle développa :

— Certains étudiants en prennent en période d'examen. Et non, je n'y ai jamais touché.

— Vous n'aviez même pas besoin de le dire.

Les lumières s'éteignirent, interrompant leur conversation, et le rideau se leva. Dans l'acte III, douze prostituées, dont Manon, patientaient, enfermées derrière des vitrines avant d'être déportées vers l'Amérique. Un cameraman filmait leur défilé, intensifiant l'aspect voyeuriste. La scène dérangea Adam. Elle lui rappelait qu'il avait engagé un détective privé pour suivre Elsa. Pour fouiller dans sa vie. Pour trouver des moyens de pression. Et qu'il ne le regrettait pas.

À la fin du dernier acte, Manon se retrouvait allongée au sol, à l'agonie, serrée contre la poitrine de Des Grieux. Ils reposaient, pareils à des naufragés, sur un pont autoroutier en friche. Comme le paysage de bitume et de béton jurait avec la beauté de la musique, Adam ferma les yeux pour s'imprégner de leur ultime duo. Elle, avec ses accents fiévreux et sincères ; lui, exprimant sa souffrance. L'émotion l'emporta.

Quand les dernières notes s'égrenèrent, vibrantes, poignantes, avant de s'éteindre, un silence terrible descendit sur les spectateurs. Puis la salle applaudit à tout rompre. Elsa battait des mains, et lui la regardait, plongé dans l'ombre. Après que le rideau se fut enfin abaissé, elle se tourna vers lui.

— J'avoue que j'hésite entre vous remercier de m'avoir permis de découvrir Jonas Kaufmann ou vous maudire pour votre choix.
— Je préférerais la première option.
— Je me déciderai durant le souper.
— Vous êtes vraiment fâchée ?
Un sourire fragile fleurit sur les lèvres d'Elsa.
— Non. Parce que je ne suis pas une prostituée, n'est-ce pas ?
Son besoin d'être rassurée l'ébranla.
— Non, vous n'en êtes pas une, assura-t-il.

Chapitre 27

Paris, dimanche 17 mai

Le lendemain, Adam l'emmena bruncher. Depuis la terrasse flottant sur la Seine, le panorama sur le Louvre, le musée d'Orsay et le Grand Palais enchantait Elsa, autant que les spécialités salées et sucrées plus délicieuses les unes que les autres du restaurant Au Fil de l'Eau.

— Qu'avez-vous prévu de sensuel ? l'interrogea-t-elle en faisant tourner un mini-cupcake à la framboise entre ses doigts pour observer sa perfection.

Elle se promit au passage qu'il s'agissait du dernier.

— Je n'ai donc plus de secret pour vous ?

— Pas dans le déroulement de nos week-ends.

— Vous ne préférez pas terminer votre assiette avant de savoir ?

— Je peux satisfaire ma gourmandise en vous écoutant, affirma-t-elle en portant le gâteau à ses lèvres.

La pointe de sa langue taquina la crème rose, soyeuse, la lapa jusqu'à ce qu'elle ait disparu. Elle savoura l'acidité framboisée qui tapissait sa bouche. Ensuite, du bout des dents, elle grignota le quatre-quarts qui offrait juste assez de résistance pour qu'elle désire y mordre sauvagement. Adam ne la quittait pas du regard, fasciné par sa dégustation.

— Adam ?

Elle s'amusait intérieurement de son trouble. Il déposa d'un geste brusque un billet de cent euros sur la table et se leva.

— Je vous expliquerai à l'appartement. Vous avez terminé ?

Il semblait soudain pressé de partir. Elsa acheva la pâtisserie d'une bouchée et le suivit. La sérénité régnait dans les rues de Paris en ce dimanche ensoleillé. Elle échafauda un million de théories sur ses projets durant les courtes minutes qui les ramenèrent à la rue Las Cases, sans rien trouver de plausible. Qu'avait-il donc imaginé ?

De retour à l'appartement, elle se laissa tomber sur le canapé du salon et croisa les jambes.

— Vous me faites languir.

Il passa derrière elle et plaça ses paumes sur le dossier, de part et d'autre de ses épaules, sans la toucher. Elle aurait préféré qu'il pose enfin les mains sur elle. Les lubies d'Adam confinaient à la torture. Elle rejeta la tête en arrière pour le regarder. Il semblait chercher ses mots, ce qui ne lui ressemblait guère.

— Je veux vous entendre, annonça-t-il finalement.

— Comme hier ?

— Non, je veux vous entendre prendre du plaisir.

Elle assimila ses paroles, sans oser comprendre ce qu'il projetait. Comme le silence s'éternisait, elle insista :

— Pouvez-vous être plus explicite ?

— Je vous veux nue dans mon lit et je veux que vous vous donniez du plaisir.

— Oh ! lâcha-t-elle, rougissante.

— Je ne vous regarderai pas, je ne vous toucherai pas. Je veux seulement vous entendre.

— Oh ! répéta-t-elle.

Elle savait très bien se donner du plaisir, surtout depuis qu'il l'abandonnait le dimanche soir, insatisfaite. Mais de là à le faire en sa présence…

— Elsa ?

Sa manière de prononcer son prénom envoya une onde brûlante dans ses reins. Elle se voyait déjà perdue, les membres à la dérive sur ses draps froissés, les paupières closes, la bouche entrouverte, les doigts glissés en elle, à la recherche de l'assouvissement, imaginant que c'étaient la bouche d'Adam, les doigts d'Adam, le sexe d'Adam qui l'amenaient à la jouissance.

— D'accord, murmura-t-elle d'une voix rauque.

ಬಿ · ಆ

Adam s'était installé dans une bergère à proximité de la tête du lit, les jambes allongées sur un repose-pied. Pour résister à la tentation de la regarder, il avait noué un foulard de soie sur ses yeux. Ses bras s'appuyaient sur les accoudoirs, détendus. Pour combien de temps ?

Il entendit les pas d'Elsa, légers, traverser la chambre. Une bouffée de son parfum chatouilla ses narines. Il perçut des bruissements de tissu. Elle devait être en place, à présent. Il lui aurait suffi de se pencher pour la toucher. D'avancer d'un pas pour la rejoindre et la faire sienne. Au lieu de cela, il se contenterait de l'écouter. Parfois, il se demandait s'il n'était pas le roi des imbéciles. Les secondes s'écoulèrent dans un silence total. Oserait-elle céder à ses caprices ? Il devinait ses hésitations, sa gêne. Alors qu'il pensait qu'elle ferait machine arrière, il entendit le souffle d'Elsa s'alourdir. Sa verge réagit aussitôt à ce son aphrodisiaque : elle s'éveilla, s'étira dans la prison de son pantalon. Encore une fois… Le soulagement viendrait bientôt. Pas ce soir, cependant.

Adam serra les dents et referma les mains sur les accoudoirs. Elsa respirait de plus en plus fort, haletait. Il l'imaginait, explorant sa peau, approchant une main fureteuse de son intimité, caressant de l'autre sa poitrine.

Le halètement s'intensifia et chaque son se réverbérait dans la poitrine d'Adam pour couler dans ses reins, jusque dans son membre qui pulsait au même rythme que les soupirs d'Elsa. Car elle soupirait, à présent. Les bruissements de tissu formaient une trame mélodique et il la vit derrière ses paupières closes rouler la tête sur l'oreiller, étendre ses jambes à l'infini, osciller du bassin, à la recherche du soulagement. À son parfum échauffé se mêlait une odeur musquée qui aiguillonna son désir.

Des petites plaintes rauques échappaient à Elsa. Elles se rapprochèrent, s'intensifièrent jusqu'à atteindre un rythme rapide, et il la devina prête à basculer. Un silence tendu, immobile, envahit soudain la pièce, suivi d'un long soupir de contentement qui se répercuta dans la chair d'Adam, l'amenant presque à la jouissance.

Il n'avait jamais rien entendu d'aussi érotique.

Chapitre 28

Le paysage défilait à toute allure derrière les vitres du TGV. Elsa rêvassait, revivant la scène troublante…

Elle traversait la pièce, s'allongeait sur le lit, incertaine. Alors, elle regardait Adam, parfaitement immobile dans son fauteuil, comme s'il avait deviné que le moindre mouvement l'empêcherait d'accéder à sa demande. Les secondes s'écoulaient, éternelles, avant qu'elle ne se décide. Son cœur battait la chamade, sa peau nue la brûlait. Elle prenait une inspiration tremblante, fermait les yeux. Dans ces ténèbres réconfortantes, elle osait enfin. Lentement, ses doigts parcouraient son propre corps, le redécouvraient avec une acuité vertigineuse. Son souffle s'accordait à leur avancée paresseuse, puis s'accélérait quand ils plongeaient en elle. Captant un mouvement, elle soulevait les paupières.

Ancré au fauteuil, le corps d'Adam se tendait, vacillait à chacun de ses soupirs. Elle découvrait l'emprise qu'elle avait sur lui et adorait cela.

Elle le contemplait pendant qu'elle se donnait du plaisir, savourait la connexion qui les liait, par le son. Chacune des réactions d'Adam se répercutait en elle, attisant son désir. Elle gardait les paupières ouvertes jusqu'à ce que ses yeux se ferment d'eux-mêmes, que son corps se tende comme un arc et explose en une myriade de fragments. L'orgasme, violent, la fauchait dans un soupir.

Autre souvenir, sur le quai de la gare cette fois. Les mots prononcés par Adam, alors que les portes du train se refermaient entre eux, l'avaient remuée jusqu'aux tripes. Elle les repassait en boucle dans sa tête, les savourait sous sa langue, les suçotait comme autant de bonbons acidulés, et son souffle s'accélérait à la promesse qu'ils contenaient :

— Vous êtes bien silencieuse lorsque le plaisir vous emporte. Je vous promets de vous faire crier.

Tiendrait-il parole ? S'il venait à oublier, oserait-elle lui rappeler sa promesse ? Elle secoua la tête pour chasser ces pensées licencieuses et toucha à peine au plateau-repas qu'on lui servit.

Autour d'elle, les voyageurs pianotaient sur leurs téléphones, tablettes ou ordinateurs portables. Un soupçon de culpabilité l'effleura : malgré son serment à Marion, elle avait omis de parler des messages anonymes à Adam. Elle aurait pourtant eu mille et une occasions de le faire, mais elle n'avait pas eu envie de ternir ce week-end parisien. En revanche, si le moindre incident devait survenir à Genève, elle contacterait immédiatement Varnier, vu qu'elle n'avait toujours pas le numéro d'Adam.

Restait juste à affronter Marion.

Le chauffeur déposa Elsa devant chez elle peu avant dix-neuf heures. Elle sourit en découvrant Marion, assise sur les marches du perron. Celle-ci se leva à son approche, le visage tendu. Le sourire d'Elsa se fana. Quelque chose clochait. Alors, elle remarqua le carton aux pieds de son amie. Que pouvait-il bien contenir ? Un reflet roux capta son attention alors qu'elle s'avançait. Son cœur coula dans sa poitrine. Elle lâcha sa valise sur les gravillons et s'élança en direction de la porte.

Recroquevillée dans le carton, Châtaigne semblait dormir. Mais l'illusion s'arrêtait là ; sa fourrure maculée de sang trahissait la cruelle réalité : sa Teigne était morte.

Impossible !

Elsa se laissa tomber à genoux et caressa du bout des doigts le pelage rêche en murmurant :

— Châtaigne ? C'est moi. Allez, ouvre les yeux ma tigresse.

Peut-être était-elle seulement blessée ? Elle allait soulever les paupières, lancer un miaulement de protestation, et Marion lui avouerait qu'elle lui avait fait une mauvaise blague.

Allez, à trois. Un... Deux... Bouge, ma belle. S'il te plaît, bouge...

L'univers devint flou. Les larmes piquaient ses yeux, dévalaient ses joues, gouttaient sur le corps figé. Sa main allait et venait dans les poils collés par le sang, descendait le long de la patte, chatouillait les coussinets. La Teigne détestait cela. Elle allait bien finir par réagir. Les secondes passaient, interminables. Debout à ses côtés, Marion se tenait immobile. La tension montait en Elsa, prête à exploser. Elle avait envie de hurler, de secouer le corps immobile jusqu'à ce qu'il remue enfin.

Le murmure de Marion lui parvint de très loin :

— Je suis désolée, poulette. Je l'ai trouvée dans ce carton, ce matin. Il y avait un mot de ton voisin, monsieur Thomen. C'est lui qui l'a ramassée au bord de la route. Une voiture a dû la heurter.

Lentement, les mots firent sens. Compréhension, horreur, colère. Elsa se détourna du carton et s'écria :

— Tu l'as laissée sortir ?!

— Je te jure que non ! Quelqu'un a cassé la vitre de ta cuisine avec une brique. Elle a dû en profiter.

— On a cassé ma vitre ?

Marion hocha la tête, désolée, et lui tendit une page blanche pliée en quatre, tirée de sa poche arrière.

— Il y avait ça dans ta boîte aux lettres.

À son ton, elle l'avait déjà lue. Elsa déplia la feuille. Les mots « Je vous avais prévenue. », tracés en capitales bleues, lui sautèrent au visage. Elle serra les poings. La page trembla. Châtaigne était morte à cause de cette folle ! La rage la submergea, talonnée par la culpabilité : elle aurait dû en parler à Adam.

Marion lui caressa le bras et murmura :

— Il faut que tu ailles à la police.

— À quoi ça servira ? Des messages anonymes, une vitre cassée, un chat écrasé… Que veux-tu qu'ils fassent ?

— Je n'en sais rien, mais tu dois y aller. Tu ne peux pas laisser cette garce gagner.

Vaincue, brisée, Elsa capitula :

— J'irai demain.

— Promis ? insista son amie.

— Promis.

— Et tu avertiras Adam qu'elle est allée plus loin ?

— Oui.

Elsa n'avait qu'une envie : se rouler en boule et oublier, mais Marion continua :

— Qu'est-ce qu'il pense des menaces ? Il a une idée de qui ça peut provenir ?

Le moment qu'Elsa redoutait tant était arrivé.

— Je ne lui en ai pas encore parlé, avoua-t-elle d'un filet de voix.

Marion se raidit. Tout en elle exprimait le reproche. Elsa secoua la tête et murmura :

— Ne dis rien. Je n'ai vraiment pas besoin de ça.

— Je sais. Mais je n'en pense pas moins. Viens, j'ai creusé un trou, vers le chêne.

Elsa reporta son attention sur Châtaigne. Elle ne pouvait pas l'enterrer. Et si elle reprenait connaissance ? Les larmes se remirent à couler.

— Elle est partie, poulette, murmura Marion.

— Je sais, mais…

Elsa ne put ajouter quoi que ce soit. Elle entendait encore les miaulements de la Teigne derrière la porte à chacun de ses retours. Elle la sentait se frotter à ses jambes, se rouler sur ses chaussures, offrant son ventre dodu à ses caresses. Elle respirait son odeur familière, si douce quand elle s'était couchée au soleil. Un terrible sentiment de solitude l'envahit. Châtaigne.

Les yeux noyés de pleurs, elle souleva le carton et suivit Marion dans le jardin. Elle se revoyait, enfant, découvrant le plus beau cadeau du monde roulé en boule sous le sapin : un chaton roux, touffu, aux yeux d'or liquide.

Comme elle n'en était pas capable, ce fut Marion qui déposa le corps brisé au fond du trou. Ce fut elle aussi qui le recouvrit de terre, la tassa, récita une prière.

Envahie par une torpeur cotonneuse, Elsa ne ressentait plus rien, excepté le brasillement d'une étincelle de rage au plus profond d'elle.

Chapitre 29

Genève, lundi 18 mai

Le lendemain, à la première heure, elle se résolut à tenir sa promesse et composa le numéro de Varnier & Sinclert d'un doigt tremblant. Dès que la réceptionniste décrocha, elle annonça :
— Elsa Carazzone à l'appareil. J'aimerais parler à maître Varnier, s'il vous plaît.

Apollon prit les choses en main.

En milieu de matinée, la police vint relever les empreintes autour de la fenêtre. Elsa se rendit ensuite au commissariat pour déposer plainte. En début d'après-midi, après des heures d'attente pour une pauvre discussion avec un officier blasé, elle regagna sa maison et se laissa tomber dans son canapé, exténuée. Les éléments de sa déposition tournoyaient dans sa tête : « Non, elle n'avait pas reconnu la voix. » « Non, elle n'avait rien remarqué d'autre. » « Non, elle ne voyait pas qui pouvait lui en vouloir. »

Mensonges... Mais Apollon lui avait rappelé la clause de confidentialité : interdiction de mentionner Adam. Du coup, l'enquête – s'il y en avait vraiment une – s'orienterait dans la mauvaise direction. L'avocat lui avait cependant promis de mettre le détective Fradival sur le coup. Pour une fois, le basset artésien servirait la justice. Il lui avait aussi assuré qu'il préviendrait Adam dans la journée. Accourrait-il à sa porte, inquiet à l'extrême, pour la prendre dans ses bras et lui jurer que rien ne lui arriverait ? L'image lui arracha un rictus.

Quand elle se leva pour ouvrir au vitrier, elle chercha du regard la Teigne, afin de l'empêcher de sortir, avant de secouer la tête. Déjà, la nuit passée, elle avait guetté son pas feutré, attendu ses ronrons. En vain. Sa vieille amie ne reviendrait pas. Elle dormait, à l'ombre du chêne.

Elsa se pinça l'arête du nez pour ne pas se remettre à pleurer. Elle avait beau tenter de rationaliser – ce n'était qu'un chat, et d'âge avancé en plus –, cela ne changeait rien. Châtaigne lui manquait terriblement. Les souvenirs de son enfance remontaient, mêlés à ceux de la mort de ses parents. L'appel en pleine nuit, l'annonce de l'accident, la police, l'impression de tout perdre, de s'éteindre de l'intérieur. Et la Teigne qui la suivait comme son ombre, au risque de la faire chuter dans l'escalier. Son ronronnement consolateur, la nuit, le jour. Ses miaulements intempestifs quand elle refusait de se lever, trop abattue pour quitter son lit.

Elle avait mis des mois à s'en remettre et là, il lui semblait qu'elle devait tout recommencer. Le dernier lien avec ses parents s'était rompu. Une larme solitaire lui échappa. Elle l'essuya d'un revers de main irrité. Ne pas pleurer. Ne plus pleurer.

Les policiers n'avaient pas été très encourageants. Des affaires de ce type, menaces, cambriolages, agressions, il s'en déroulait des dizaines par jour et le coupable était rarement retrouvé.

Qui plus est quand on cherchait dans la mauvaise direction, n'est-ce pas ?

*

Épuisée psychiquement, elle ne se rendit pas à l'université le lendemain. Elle vida la caisse de Châtaigne, la nettoya. Jeta le reste de croquettes. Lava ses bols. Ramassa les souris et les balles qui traînaient. Passa son panier molletonné au lave-linge.

Quand celui-ci fut sec, elle emporta les affaires au grenier, redescendit, referma la trappe derrière elle. Elle se sentait incapable de jeter quoi que ce soit. Au salon, elle regarda l'arbre à chat et renonça à le démonter. Pas aujourd'hui.

La sonnette de la porte d'entrée la fit tressaillir. Son cœur accéléra. Était-ce enfin Adam ? Elle déchanta en ouvrant à Eduardo. Sa montre lui apprit qu'il était déjà dix-huit heures. Elle avait oublié leur entraînement, perdue dans son morne brouillard.

— Tu n'es pas prête, *querida* ? s'étonna-t-il.

Elle secoua la tête, puis s'ébroua intérieurement. Le changement d'air lui ferait du bien.

— Donne-moi cinq minutes.

Elle fila se changer. Quand elle revint, Eduardo regardait pensivement par la fenêtre. Il semblait toujours aussi préoccupé, mais elle n'avait pas le courage d'essayer de le faire parler.

Dès qu'ils eurent rejoint le chemin de terre en courant à petites foulées, il demanda :

— Qu'est-ce qui ne va pas ?

Elsa hésita. Pouvait-elle lui parler de la harceleuse ? Sans doute pas. D'ailleurs, si Adam souhaitait le mettre au courant, il s'en chargerait lui-même. Par contre, pour Châtaigne…

— Ma chatte s'est échappée ce week-end et une voiture l'a écrasée, articula-t-elle avec difficulté.

Eduardo posa sa main sur son bras pour l'arrêter.

— Tu n'as pas trop de chagrin, *querida* ? lui demanda-t-il avec douceur.

— Énormément, mais je ne veux pas me remettre à pleurer. Continuons, s'il te plaît.

Il hésita un instant, mais le visage fermé d'Elsa dut le convaincre de ne pas insister. Ils se remirent à courir.

Une dizaine de minutes plus tard, il osa rompre le silence :

— Dans ma famille, quand on perd un être cher, on évoque nos meilleurs souvenirs avec lui, pour chasser les mauvais.

L'idée plaisait à Elsa. Elle sélectionna dans sa mémoire les plus belles images de Châtaigne.

— J'adorais les positions invraisemblables qu'elle prenait en dormant. Sa manie de se coucher sur le clavier de mon ordinateur quand je travaillais. Ses courses folles après les jouets que je lui jetais, comme si elle ne savait pas que ce n'était plus de son âge. Son regard outré quand je lui servais des croquettes de régime après la visite chez la vétérinaire…

— Alors, pense à cela, et à rien d'autre.

Ce qui était si simple à faire en courant aux côtés d'Eduardo lui parut presque impossible de retour dans sa maison vide. Heureusement, Marion avait prévu de passer la nuit chez elle.

Elle se doucha, prépara un énorme bol de pop-corn, de la bière brune pour son amie et du Coca pour elle, ainsi qu'un paquet de fraises Tagada. Rien de tel que ces bombes de sucre pour égayer n'importe quel suicidaire.

Son seul regret, une amertume plutôt, lorsqu'elle posa la tête sur son oreiller peu avant minuit, aux côtés d'une Marion déjà à demi endormie, fut le silence d'Adam.

Mais après tout, elle n'était que son employée.

Chapitre 30

Marion s'était enfuie à sept heures quinze afin d'être à l'heure à son cours de droit pénal. Au moment où Elsa s'apprêtait à enfourcher son vélo, une camionnette de fleuriste s'arrêta devant chez elle. Un livreur en uniforme vert prairie la rejoignit, un bouquet de pivoines roses et blanches dans les bras. Ses fleurs préférées.

— Madame Carazzone ? vérifia-t-il en consultant sa fiche de livraison.

— C'est moi.

— Un bouquet pour vous. Pourriez-vous signer le reçu ?

Elle parapha le bout de papier qu'il lui tendit avant de filer, pressé de continuer sa tournée. Plongeant le visage dans les pétales soyeux, elle huma leur parfum suave et citronné. Elle pariait sur Adam. Elle retourna à la cuisine, mit les fleurs dans un vase et décacheta l'enveloppe accrochée au papier de soie.

Je n'ai jamais su trouver les mots, alors je vous envoie des fleurs.

J'aurais aimé vous emmener dîner pour vous changer les idées, mais je me trouve à New York.

Bien à vous,
Adam

Elle oscilla entre contentement – il avait pensé à elle –, et contrariété – il ne lui avait pas téléphoné. Celle-ci finit par l'emporter. Le fait de ne pas trouver les mots suffisait donc à l'empêcher d'appeler ? Parce que, quelque part, la mort de la Teigne découlait de sa présence dans sa vie.

Contenant l'envie brutale de projeter le vase contre le mur, Elsa claqua la porte derrière elle, sauta sur son vélo et pédala de toutes ses forces pour évacuer sa colère.

Ce jour-là, elle n'eut pas de nouvelles de lui. Le lendemain non plus. Elle se résigna. Dans le fond, il ne s'agissait que de son chat. Et d'une harceleuse.

Le jeudi soir, la haute silhouette d'Adam l'attendait sous le porche. Elle planta instinctivement les freins et dérapa dans les gravillons de l'allée, manquant de chuter. Les jambes tremblantes, elle gara son vélo et le rejoignit.

— Bonsoir, Elsa.

— Que faites-vous là ? aboya-t-elle.

Car c'était la question qui la tenaillait : que fichait-il là après son silence ? Elle avait beau se dire qu'il ne lui devait rien, elle lui en voulait. Il répondit à sa question par une autre :

— Vous m'offrez un café ?

Elle haussa les épaules.

— Si vous voulez. J'espère que vous aimez le lyophilisé.

Il pinça les narines et répondit :

— J'adore ça.

ℰ · ℛ

Adam suivit Elsa dans la maison. C'était la première fois qu'il entrait chez elle, dans son intimité, et il se sentait soudain impatient de satisfaire sa curiosité, malgré les circonstances.

La tapisserie fleurie du hall datait des années 1960 et se décollait vers le plafond. Le salon donnait sur un jardin mal entretenu. La pièce à vivre, vaste et bien rangée, trahissait l'amour d'Elsa pour l'ordre. Sauf la table de la salle à manger. On aurait dit qu'un cyclone était passé par là. Des piles de polycopiés, des livres en pagaille, des feuilles couvertes d'une écriture serrée, des classeurs ouverts. Au milieu de cet océan de papier surnageait un ordinateur portable.

Il la suivit dans la cuisine vieillotte, mais non dénuée de charme. Une table rectangulaire, en bois massif, était poussée contre le mur. Une tasse sale y traînait. Des assiettes s'empilaient dans l'évier. Elsa n'avait visiblement pas fait la vaisselle depuis un certain temps.

Elle mit de l'eau à chauffer. Quand elle farfouilla dans un placard en hauteur, dressée sur la pointe des pieds, il frémit. Si elle avait tant de mal à retrouver le café, la date de péremption risquait de remonter au siècle passé. L'occasion ou jamais de tester son système immunitaire.

Elle pêcha enfin une boîte au fond du meuble, avec un « Là ! » retentissant. Sans se soucier de bactéries – peut-être le méritait-il ? –, elle jeta deux cuillerées de poudre brunâtre au fond d'une tasse décorée de grosses fleurs multicolores et noya le tout d'eau chaude.

— Sucre ? s'enquit-elle en posant le café sur la table.
— Et lait, s'il vous plaît.

D'ordinaire, il prenait son café noir et sans sucre, mais là, son instinct de conservation lui hurlait que les deux ne seraient pas de trop. Un sucrier en porcelaine peinte à la main et une brique de lait rejoignirent la tasse. Il se servit généreusement, remua le breuvage et y trempa avec réticence les lèvres. Une amertume mêlée à un goût de poussière irrita ses papilles. Il se força à avaler la mixture sans grimacer et demanda à Elsa, appuyée contre le plan de travail, bras croisés :

— Comment allez-vous ?

Elle grimaça un sourire.

— Mais très bien, monsieur Garamont, persifla-t-elle en le fixant droit dans les yeux. Comment pourrais-je aller mal avec une obsédée qui m'appelle, m'envoie des messages, brise ma fenêtre et cause la mort de ma chatte ?

Déstabilisé par son agressivité, il avala une nouvelle gorgée, manquant de s'étouffer au passage.

— La question était malvenue, admit-il à mi-voix.

— Alors, pourquoi la poser ?

— Parce que c'est ce qu'on fait habituellement. Je suis désolé de ne pas avoir pu venir plus tôt, Elsa.

— Vous vous trouviez sans doute sur une île déserte, sans téléphone portable ? le nargua-t-elle.

Conscient qu'il ne l'avait pas volé, il secoua la tête.

— Non, mais je ne savais pas quoi vous dire, déclara-t-il. J'ai préféré passer vous voir entre deux avions.

— Vous repartez ?

— Dans une heure. Je suis venu tout de suite après avoir atterri.

Il peinait d'ailleurs à comprendre l'impulsion qui l'avait amené ici sur un coup de tête, sans même savoir si elle serait à la maison.

— Merci, dit-elle d'un ton radouci.

— Je voulais voir si vous alliez bien.

Car les rapports d'Eduardo et de Jérôme ne lui suffisaient plus.

— Je fais aller, Adam. Je suis triste, furieuse et effrayée. Après la vitre, que se passera-t-il ?

Il se tendit ; personne ne lui ferait de mal.

— Rien. J'y veillerai personnellement.

— Comment ?

— Monsieur Fradival s'occupe de l'affaire.

Bien des gens voulaient – métaphoriquement – la peau d'Adam, mais ces attaques ciblaient Elsa, dont presque personne ne connaissait l'existence avant Paris. Le détective creusait en ce moment même dans ses anciennes conquêtes et le travail ne manquait pas. Quand il mettrait la main sur cette femme…

Elsa haussa les épaules et grommela, guère convaincue :

— Si vous pensez que ça changera quelque chose…

Chapitre 31

La seconde semaine s'écoula dans un brouillard dense. Elsa dormit peu et travailla beaucoup. Les séances avec Eduardo devinrent un exutoire à sa tension. De temps à autre, il lui semblait remarquer un homme qui l'observait de loin et elle se demandait s'il s'agissait d'un renifleur de Fradival ou d'un sale type mandaté par la harceleuse.

Stop ! Paranoïa.

Le jeudi, quand elle sortit de ses six heures d'examen de littérature, elle eut l'impression de se remettre à respirer après dix jours d'apnée. Plus qu'un oral et sa soutenance, et elle serait, du moins l'espérait-elle, officiellement titulaire d'un master en langue et littérature anglaises. Ensuite, direction la formation complémentaire pour devenir enseignante, comme son père.

Marion et elle fêtèrent dignement la fin de leur premier examen avec des cocktails qui tournèrent la tête d'Elsa au point que son amie refusa de la laisser remonter sur son vélo. Elle se hissa donc dans le bus avec sa fringante monture et rentra en la poussant. Elle l'enfourcha tout de même au début du chemin de l'Étang. Elle se sentait si légère qu'elle avait envie de chanter à tue-tête. Séduite par cette excellente idée, elle entonna *Stand by me* de Ben E. King en pédalant en rythme.

— *When the night has come, and the land is dark, and the moon is the only light we see...*

Le bouledogue de ses voisins se mit à aboyer à s'en briser les cordes vocales. Ravie de cet accompagnement, elle continua de plus belle. Anya Petrof aurait été ébahie de sa prestation !

— *No I won't be afraid, no I won't be afraid, just as long as you stand, stand by me.*

Après avoir repris son souffle, elle brailla à la lune en zigzaguant :

— *So darlin', darlin' stand by me, Oh, stand by me...*

— Elsa, tout va bien ?

La question criée par monsieur Thomen la coupa dans ses élans lyriques. Elle avait dépassé sa maison d'une bonne vingtaine de mètres. Elle lui adressa un sourire béat et répondit :

— Tout baigne, Henri ! J'ai passé mon examen d'anglais !

— Bravo ! Mais je crois qu'il est l'heure d'aller te coucher.

— J'y pédale !

Après un demi-tour oscillant, elle repartit en sens inverse, gara son vélo sous l'auvent et rentra chez elle.

Le lendemain matin, le soleil projeta des poignards dans ses yeux quand elle souleva les paupières, tout habillée en travers de son lit. Ses vêtements sentaient la transpiration et la bière, une tache non identifiée ornait sa manche et une trace de rouge à lèvres zébrait sa joue. Elle chercha en vain à rappeler à sa mémoire des images de la veille avant de renoncer. Elle se souvenait juste de Marion en train de draguer sans retenue une montagne de muscles hérissée de piercings.

Zut ! Avait-elle aussi fait du gringue à quelque mâle en manque d'amour ? Impossible de se le rappeler. Au moins, elle s'était réveillée seule dans son lit. Il n'aurait plus manqué qu'un inconnu ronfle à ses côtés.

Regrettant de ne pas avoir les comprimés magiques d'Adam sous la main, elle se leva et avala deux Alka-Seltzer avant de filer sous la douche. Le carrelage oscillait en douceur sous ses pieds. Elle épongea ensuite sa tignasse en grimaçant. Comment pouvait-on avoir mal aux cheveux ?

Soudain, elle réalisa qu'elle n'avait pas relevé le courrier la veille. Elle se précipita dehors, enveloppée de sa serviette de bain. Les gravillons meurtrirent ses plantes de pied et elle jura en découvrant son vélo couché sous l'auvent. À l'évidence, elle avait oublié la béquille.

L'enveloppe de Varnier patientait dans sa boîte aux lettres. Elle s'en empara comme on se saisit d'une bouée de sauvetage et courut à l'intérieur avant que ses voisins ne s'inquiètent de la voir presque nue sur le trottoir.

Madame,

En compensation des heures supplémentaires du vendredi 15 mai, votre départ est prévu samedi à treize heures. Comme à l'ordinaire, une voiture passera vous chercher.

Une tenue confortable et élégante est requise pour le voyage. Pensez à emporter des vêtements de sport, un maillot de bain et vos chaussures de soirée.

Veuillez agréer, Madame, mes salutations distinguées.

Maître Jérôme Varnier

Quel formalisme pour un type qui avait essayé de la forcer à démissionner ! Elle plissa le nez. Le départ le lendemain seulement l'ennuyait. Elle aurait aimé s'évader de son triste intérieur le soir même et profiter de la compagnie d'Adam. Mais ce n'était pas elle qui décidait. Au moins, cela lui donnait le temps de dessaouler.

Elle prépara sa valise, puis attaqua le ménage. Les évènements de ces derniers jours, couplés à la session d'examens, l'avaient perturbée au point de laisser la vaisselle déborder de l'évier – elle y retrouva même la tasse à café d'Adam – et les vêtements sales s'amonceler. Au salon, miettes et moutons de poussière occupaient l'espace. Il était temps de se reprendre.

Avec un pincement au cœur, elle désassembla l'arbre à chat et le monta au grenier. Qui sait ? Peut-être en aurait-elle à nouveau besoin un jour. Elle redescendit avec le dragon en peluche de son enfance dans les bras. Châtaigne lui manquait trop pour laisser son lit vide, et à défaut d'y fourrer Adam…

Cette nuit-là, elle retrouva un sommeil paisible grâce à son ancien compagnon serré contre son cœur.

À douze heures trente le lendemain, elle avait effectué un véritable nettoyage de printemps. Sa maison sentait l'eau de Javel et la cire d'abeille. Ses fenêtres réverbéraient le soleil au point de l'éblouir et six mois de poussière s'étaient envolés. Elle se sentait mieux.

Quarante-cinq minutes plus tard, la voiture qui était venue la chercher s'engageait sur l'autoroute de contournement en direction d'Annemasse. Surprise, Elsa regarda le paysage défiler. Où le chauffeur l'emmenait-il ?

Ils traversèrent la frontière pour entrer en France. Après une dizaine de kilomètre, à la sortie « Archamps », ils quittèrent l'autoroute pour se diriger vers un ensemble d'immeubles solitaires pompeusement nommé *Business Park*. Le véhicule bifurqua et se gara à proximité d'un vaste hangar. Un panneau vert et or indiquait « Skyfly hélicoptères ».

Elsa cligna des paupières. Relut les mots. Se raidit dans son siège. Hors de question qu'elle remonte à bord d'un de ces maudits engins. Une fois lui avait suffi. Elle se rappelait encore sa terreur et sa honte.

Le chauffeur confia Elsa et sa valise à un géant en salopette qui marcha sans attendre en direction d'un hélicoptère bleu nuit. L'appareil évoquait une guêpe monstrueuse. Quand l'employé remarqua qu'elle ne le suivait pas, il se retourna. Elle eut un geste de dénégation.

— Pas la peine, je n'embarquerai pas là-dedans.

— Mais il vous attend, protesta-t-il en désignant l'habitacle.

Il ? « Il » comme « Adam » ? Ce serait la reine d'Angleterre en personne qu'elle n'irait pas plus loin, même avec un bazooka sur la tempe.

— Eh bien, dites-lui de descendre.

Le géant hésita. Elsa se tendit, prête à s'enfuir s'il tentait de la fourrer de force dans la cabine.

— Je ne monterai pas à bord, martela-t-elle d'une voix sourde.

L'homme secoua la tête d'incompréhension et se dirigea vers la portière côté pilote. Elle carra les épaules. Adam n'allait pas apprécier.

Chapitre 32

Adam se résigna à descendre de l'appareil pour rejoindre Elsa à grandes enjambées.
— Que se passe-t-il ? lança-t-il, contrarié.
— Je refuse de monter.
— Pourquoi ?
— J'ai déjà pris l'hélicoptère. Ça s'est très mal passé.
Fradival avait-il raté quelque chose d'important ? Adam s'adoucit à peine pour demander :
— Racontez-moi.
— C'était un cadeau pour mes seize ans. J'ai eu la peur de ma vie et j'ai été malade.
D'accord, rien de grave. Cependant, la tension d'Elsa était palpable. Il tenta de la raisonner :
— Cela ne veut pas dire que votre second vol se déroulera de la même manière.
— On ne le saura jamais, déclara-t-elle avec un haussement d'épaules.
La fin de non-recevoir le crispa. Il passa une main nerveuse dans ses cheveux. Il avait fait des pieds et des mains pour être à l'heure, et voilà qu'elle faisait un caprice !
— Elsa, ne faites pas l'enfant.
— Je ne fais pas l'enfant.

Pourtant, ses poings serrés et sa moue lui évoquaient les adolescentes en rébellion. Il retint son envie de la secouer comme une boule à neige, puisa dans ses maigres ressources de patience et proposa :

— On peut vous donner quelque chose contre le mal des transports.

Elle croisa les bras et secoua la tête avec véhémence.

— Vous ne comprenez pas : je ne monterai pas à bord.

L'exaspération d'Adam monta d'un cran. Puisqu'elle le prenait ainsi, elle ne lui laissait pas le choix :

— Vous souhaitez donc résilier notre contrat ? demanda-t-il d'un ton neutre.

Cela devrait suffire à la faire changer d'avis. Elle ne prit pourtant pas la peine de réfléchir :

— Je ne volerai plus jamais dans un de ces cercueils vitrés. Ni avec vous ni avec personne. Donc, si c'est *votre* caprice, alors oui, je le résilie.

Elle lui renvoyait la responsabilité et était prête à laisser tomber à cause d'un mauvais souvenir en hélicoptère ? Bon sang ! Tout le monde adorait voyager en hélicoptère !

Tout le monde, sauf Elsa, dont l'expression butée lui certifiait qu'elle ne changerait pas d'avis. Il lui restait trois options. Numéro un : la traîner à bord, hurlant et se débattant. Pilotage impossible. Numéro deux : accepter sa résiliation, et donc renoncer à sa désintoxication. Exclu. Numéro trois : céder et changer de moyen de transport. Inenvisageable.

Il était dans l'impasse.

Vraiment ?

Bon sang ! Cette fille le rendait fou ! Mais c'était capituler ou la laisser tout ficher en l'air.

Il prit le temps de compter jusqu'à cinq dans sa tête et articula entre ses dents serrées :
— Très bien. Nous irons en voiture.

*

Adam fonçait sur l'autoroute sans se soucier de limitation de vitesse ou de distance de sécurité. Mains crispées sur le volant, mâchoires serrées, il fixait l'asphalte comme s'il s'agissait de son pire ennemi et collait aux pare-chocs des voitures qui lui barraient la route jusqu'à ce qu'elles se rabattent.

Il revoyait la mine ahurie du chauffeur au moment où il lui avait réclamé les clés de la berline. Il en aurait ri s'il n'avait pas été aussi excédé.

Après Nantua, la voix d'Elsa le tira de ses ruminations :
— Vous m'en voulez beaucoup ?

Excellente question. Il détestait changer ses plans. Il détestait s'incliner. Surtout pour des stupidités.
— Ça va passer, grommela-t-il.

Il le faudrait bien, sinon le week-end serait gâché.
— Je suis désolée. Je sais que vous vouliez me faire plaisir.

Son ton navré le hérissa.
— Elsa ?
— Oui ?
— N'en parlons plus.

Il enclencha l'autoradio. Un air de jazz se déversa dans l'habitacle. Elle tourna le visage vers la vitre latérale et ne pipa plus mot jusqu'à Bourg-en-Bresse. Tant mieux.

Une fois la ville dépassée, elle brisa le silence d'une voix étouffée :
— Où allons-nous ?
— À Vonnas, répondit-il sèchement.

Elle soupira et dit d'un ton las :

— Si mon refus vous gâche la vie, il vaudrait mieux rentrer à Genève.

Hors de question ! Il lui jeta un regard assassin et répéta en détachant chaque mot :

— Ça va passer.

Une fois qu'il aurait digéré le fait qu'elle le menait par le bout du nez.

∽ · ∾

Elsa replongea dans la contemplation du morne paysage. Elle comprenait la colère d'Adam, mais lui devait aussi comprendre sa phobie, non ? Ou était-il trop obtus ? Elle ne l'avait jamais vu aussi fâché. Peut-être aurait-elle dû insister pour résilier ? Non. Elle l'aurait regretté. Retenant un soupir, elle laissa les kilomètres défiler.

Quand ils entrèrent dans le village de Vonnas, il sembla se détendre. Il conduisait de manière moins brusque dans les rues bordées de maisonnettes pimpantes. La berline franchit un pont, puis s'immobilisa devant une imposante bâtisse. Les mots « Georges Blanc » côtoyaient une enseigne en fer forgé représentant un coq. Elle plissa le nez. Décidément, cette journée commençait mal. La voilà qui se retrouvait dans l'établissement d'un chef cuisinier salué autant par le Gault & Millau que par le guide Michelin.

Un endroit où elle n'aurait jamais mis les pieds en temps normal.

Trop guindé, trop cher, trop de chichis.

Chapitre 33

Un employé en uniforme rouge, la petite cinquantaine, vint ouvrir la portière côté passager, avant de la saluer d'un chaleureux « Bienvenue, madame. ». Elsa s'extirpa de l'habitacle et patienta, incertaine de la conduite à tenir. Adam contourna la voiture pour la rejoindre et la prit par le bras comme si elle risquait de s'enfuir.

— Monsieur Garamont, je suis ravi de vous revoir, le salua l'employé.

— Moi aussi, Yvan. Comment se porte votre famille ?

— Au mieux.

À l'évidence, Adam venait régulièrement. D'une oreille distraite, elle les écouta évoquer l'entrée au lycée de la petite dernière.

De l'autre côté de la rue s'étendait la place du village, bordée d'arbres. Un ruisseau coulait dans un canal. Des oiseaux pépiaient, indifférents aux ronflements des rares voitures.

Quand l'employé s'empara de leurs valises et ouvrit la porte vitrée, Adam entraîna Elsa avec lui. Ils traversèrent le bâtiment, suivant un couloir dallé d'ocre. Les poutres apparentes, les murs foncés et les tableaux aux couleurs vives conféraient à l'ensemble un luxe discret. À intervalles réguliers, des effigies de coqs blancs à crête rouge et pattes bleues ornaient ici une vitrine, là un mur.

Arrivés au premier étage, ils empruntèrent une passerelle vitrée qui enjambait la route. Sur la droite, derrière un mur, elle distingua un court de tennis, une piscine entourée de chaises longues et un héliport. Vide. Elle détourna le regard.

Ils s'engagèrent dans un nouveau couloir, tournèrent à plusieurs reprises et se retrouvèrent face à deux portes contiguës. Elsa n'était pas certaine de retrouver son chemin jusqu'à la réception.

Leur guide ouvrit la première.

— La chambre de madame, annonça-t-il en plantant la clé magnétique dans le support qui enclenchait l'électricité.

L'espace s'illumina. Deux pièces en enfilade proposaient un salon douillet aux murs lambrissés, suivi d'une chambre de bonne taille, avec un balcon ouvrant sur le parc. Boiseries et murs clairs contribuaient à l'atmosphère cosy. Le lit sur lequel s'amoncelaient des coussins ventrus invitait au sommeil… ou à d'autres activités. Une porte communicante menait à la seconde chambre, à la décoration plus épurée, dans des tons taupe. Adam glissa un billet dans la paume de l'employé avant qu'il ne s'éclipse, puis se tourna vers elle.

— Ça vous plaît ? demanda-t-il.

Son ton lui indiqua qu'il avait enfin digéré l'épisode de l'hélicoptère. Soulagée, elle affirma avec sincérité :

— Beaucoup.

— Et vous n'avez pas encore vu le spa.

— Quelque chose me dit que ça ne saurait tarder.

— Sautez dans votre maillot et votre peignoir, votre soin commence à quinze heures.

Soit dans dix minutes. Cela expliquait peut-être sa conduite sportive.

— Quel soin ? demanda-t-elle.

Il se pencha à son oreille.

— Vous verrez bien, murmura-t-il.

Son souffle la fit frissonner. Les mots « spa » et « soin » formaient une mélodie aussi inconnue que tentante, surtout après la tension du voyage. Elle pêcha son deux-pièces dans sa valise et se rendit à la salle de bain. Une baignoire Jacuzzi assez grande pour accueillir deux baleineaux jouxtait un lavabo rectangulaire. La pièce immaculée étincelait. Elle se changea et enfila un peignoir en tissu éponge blanc et des pantoufles au nom de la maison.

Engoncée dans le vêtement aussi large que long, elle ressemblait aux curistes rondouillards des catalogues de thalassothérapie. Anti-glamour au possible. Quand Adam frappa à la porte de communication, elle lui ouvrit et ronchonna intérieurement. Comment pouvait-il être si séduisant dans un peignoir trop court pour sa haute taille et trop ample pour ses épaules de nageur ? Elle distinguait un triangle de peau dans le V de l'encolure qui, combiné au nœud lâche de sa ceinture, appelait au libertinage.

— Nous y allons ? proposa-t-il.

Elle chassa son envie de lui arracher son peignoir et opina du chef.

ஓ · ଓ

Adam se dirigea vers un escalier. Il sentait la gêne d'Elsa, peu habituée à arpenter les couloirs d'un hôtel en tenue légère. Mains enfoncées dans les poches du vêtement, épaules légèrement voûtées, elle rasait les murs. Par chance, ils ne rencontrèrent personne. Elle aurait été capable de plonger derrière une plante verte pour se cacher.

Au bas des marches, un panneau discret annonçait l'entrée de l'espace bien-être. Une jeune femme en uniforme beige, fraîche et souriante, les accueillit. Une autre, plus athlétique, se tenait en retrait.

— Bienvenue, monsieur Garamont, sourit la première avec un regard appréciateur. Mademoiselle Carazzone.

— Bonjour, balbutia Elsa.

Autant elle avait l'habitude des hôtels de luxe et de leurs employés, autant elle semblait débarquer en terre inconnue. C'était apparemment la première fois qu'elle posait le pied dans un spa.

— Je vous laisse entre de bonnes mains, annonça-t-il en se dirigeant vers la piscine intérieure. Ces demoiselles vont vous bichonner.

Elsa lui jeta un regard inquiet dont il se délecta. Si elle avait su que ce n'était qu'un prélude à ce qu'il lui réservait pour leur prochain week-end, elle aurait fui à toutes jambes dans son peignoir trop grand. Il en aurait presque éclaté de rire.

Presque.

*

Une ombre tomba sur la chaise longue d'Adam. Il releva la tête de son roman policier pour découvrir deux jambes interminables qu'il suivit jusqu'à des hanches étroites, une taille étranglée et une poitrine menue. Plus haut, deux grands yeux étonnés le fixaient dans un visage en forme de cœur. Une courte chevelure brune ébouriffée parachevait l'œuvre d'art que constituait la splendide créature. Olga. Une Ukrainienne avec laquelle il avait passé des soirées animées. La dernière remontait à février dernier, à Davos. Elle portait un maillot de bain insolite qui dévoilait davantage de chair qu'il n'en couvrait. Le soutien-gorge et la culotte minimalistes étaient reliés par une étroite bande de tissu mordoré. Un appel au viol. N'importe qui d'autre aurait été ridicule dans cette tenue. Olga, elle, resplendissait. Son visage s'illumina et elle s'exclama, de sa voix saupoudrée d'accent slave :

— Adam ! Que fais-tu là, bébé ?

Il se crispa au petit nom dont elle s'obstinait à l'affubler.

— Je lis tranquillement, dit-il sans faire mine de bouger.

Il en fallait plus pour la décourager. Elle se laissa tomber sur le transat voisin et se tourna sur le côté, un bras soutenant sa tête.

— Toi, tu es accompagné, chuchota-t-elle sans la moindre trace d'animosité.

Elle ne s'était jamais montrée possessive. D'ailleurs, comment l'aurait-elle pu, au vu du barbu qui la dévorait du regard, immergé dans le Jacuzzi à l'autre l'extrémité du bassin ?

— Ton ami t'attend, indiqua Adam.

— Oh ! Christian adore mariner dans ce truc. Je le rejoindrai plus tard. Alors, raconte. Elle est comment ?

Le sous-entendu était clair : qu'avait-elle de plus qu'elle ? Excellente question au demeurant. C'était comme comparer une ballerine à une danseuse orientale. Les deux avaient le sens du rythme, la technique et la grâce, mais leurs silhouettes n'avaient rien en commun. Celle d'Olga, lovée comme une chatte efflanquée sur la chaise longue, ne le tentait pas.

— Elle est différente, dit-il, faute de mieux.

— Ça sent le mariage de raison !

Il éclata de rire.

— Celle qui me mènera à l'autel n'est pas encore née, ma belle.

— C'est ce qu'ils disent tous.

Elle le couva d'un regard lascif.

— Mais dis-moi : pas de mariage, une fille différente... S'agirait-il d'une bombe sexuelle ?

Adam lutta pour maîtriser son agacement. Évoquer Elsa avec Olga lui donnait l'impression de rentrer dans un palais avec des chaussures boueuses.

— Rejoins ton ami, l'encouragea-t-il. Il s'impatiente.

Elle regarda le barbu qui macérait dans le Jacuzzi et soupira avant de se lever.

— Si tu t'ennuies, bébé, je suis dans la chambre soixante-trois.

Il l'observa avancer vers l'homme d'une démarche ondoyante et se couler dans l'eau contre lui. Se désintéressant du couple, il replongea dans sa lecture.

80 · ⋄

Ses pantoufles à la main, Elsa entra timidement dans l'espace piscine. Lorsqu'une jeune femme au visage de poupée assise dans le Jacuzzi la dévisagea, sidérée. Elle se redressa. Même les plus enveloppées avaient le droit de profiter des lieux ! Le regard de la sirène lui transperça les omoplates tandis qu'elle avançait à pas prudents en direction d'Adam, allongé sur un transat à l'autre bout du bassin. Elle redoutait de glisser sur le sol humide ou pire, de basculer dans l'eau à cause de ses jambes aussi solides que des spaghettis trop cuits. Adam avait sélectionné pour elle un massage suédois antistress fort bien nommé. Ses tensions s'étaient envolées sous les doigts magiques de l'athlétique Géraldine, qui l'avait enduite d'une huile parfumée à l'orange et pétrie de la tête aux pieds, en insistant longuement sur le dos et la nuque. Elle en aurait ronronné de bonheur.

Adam releva le nez de son livre et tapota la chaise voisine. Elle s'y laissa tomber.

— Racontez-moi, dit-il.

— C'était merveilleux.

— J'en suis ravi.

— Vous en doutiez ?

— Après l'hélicoptère, je ne suis plus sûr de rien à votre propos.

Il n'allait pas remettre cela sur le tapis ?

— Adam...

— Je veux juste dire que certaines personnes détestent les massages.

— Les pauvres.

Elle se redressa à demi.

— Par contre, je ne suis pas fan de leurs sous-vêtements.

Elsa grimaça au souvenir du minuscule string jetable en papier. À sa vue, elle avait envisagé de s'enfuir. Comme elle n'avait pas trouvé de porte dérobée et que le conduit de ventilation était trop étroit, elle s'était résolue à l'enfiler avant de s'allonger sur la table. Ensuite, elle avait oublié toute velléité d'évasion sous les mains de la masseuse.

— Vous l'avez gardé ? demanda Adam.

— Quoi donc ?

— Le string.

Elle le fixa comme s'il lui avait poussé un troisième œil.

— Monsieur Garamont, il faut envisager un traitement plus lourd, annonça-t-elle d'un ton sentencieux.

Il lui adressa un sourire grivois.

— Laissez-moi d'abord mener celui-ci à son terme. Ensuite, si nécessaire, je me soumettrai à votre diagnostic. En parlant de traitement, connaissez-vous les bienfaits du hammam ? demanda-t-il en se levant.

— Seulement sur le papier, mais quelque chose me dit que mon ignorance ne durera pas.

Il la prit par la main, entrelaçant ses doigts aux siens. Elle tressaillit, surprise. C'était la première fois qu'il agissait ainsi. Le contact intime, étranger, la troubla plus que de raison. Il la tira gentiment en avant et elle l'accompagna le long du bassin, repassant devant la sirène du Jacuzzi.

Au bout d'un couloir, ils suspendirent leurs peignoirs à des patères, puis Adam ouvrit une porte vitrée. Elle hésita sur le seuil de la salle carrelée, enténébrée et envahie de vapeur parfumée à l'eucalyptus.

— Je vous trouve bien timorée, aujourd'hui, la provoqua-t-il.

Aiguillonnée par son souffle contre sa joue, elle avança dans la pièce humide. Ses lunettes se couvrirent de buée et elle s'immobilisa. Adam la guida vers le fond de la salle. Ils s'assirent sur le banc qui courait le long de la paroi.

Une chaleur moite, enveloppante, régnait. Seul le bruit des gouttes de condensation qui tombaient de la voûte perturbait le silence. Elle ôta ses lunettes et les posa à côté d'elle ; elle n'en avait nul besoin pour observer Adam, si proche. Appuyé contre la paroi, les jambes allongées, il avait fermé les yeux et respirait calmement. Des perles d'eau parsemaient son torse. L'une d'elles roula entre ses pectoraux, suivit la ligne marquée de ses abdominaux et disparut dans la ceinture de son short de bain. Elsa avala sa salive avec difficulté.

— Si vous souhaitez que mon corps reste détendu, arrêtez de me fixer ainsi, murmura-t-il.

Détournant le regard, elle grommela :

— Vous n'avez qu'à arrêter le sport et prendre trente kilos.

— Personnellement, j'apprécie certains kilos, assura-t-il.

Elsa rougit. La chaleur, sans doute.

— Embrassez-moi, murmura-t-il.

Elle tressaillit.

— Pardon ?

— Vous avez très bien compris. J'ai dit : embrassez-moi.

— Pourquoi ?

Parfois, elle se collerait des gifles. Depuis le temps qu'elle l'attendait, ce baiser ! Mais elle devinait qu'il risquait de détruire leur fragile équilibre. Il annonçait la fin du temps de grâce.

— Pour une employée, vous peinez à obéir, Elsa.

L'envie de lui balancer son poing dans les côtes la tenailla. Seule la pointe d'humour qu'elle perçut dans ses paroles l'en dissuada.

— Je pas parler bien français, susurra-t-elle avec un fort accent italien.

— Je veux vous goûter. Maintenant.

La température monta d'un cran dans le hammam. Elle ouvrait la bouche pour protester, pour lui dire que n'importe qui pouvait entrer, quand il souleva ses paupières. Ses iris verts voilés de brume lui volèrent ses mots et elle se pencha vers lui, fascinée. Absurdement, elle redoutait de ne pas savoir s'y prendre et qu'il n'apprécie pas leur baiser.

Ses craintes s'envolèrent à l'instant où leurs lèvres se rencontrèrent. La pointe de la langue d'Adam l'effleura, insidieuse, jusqu'à ce qu'elle entrouvre la bouche. Il la goûta avec délicatesse, comme pour ne pas l'effaroucher. Elle frémit, électrisée, et ses pieds glissèrent sur le sol trempé. Lorsqu'elle s'accrocha à ses épaules pour conserver son équilibre, il perdit toute retenue. Il l'attira sur ses genoux, remonta les mains jusqu'à sa nuque et dévora sa bouche. Le corps d'Elsa se contracta, puis s'embrasa ; un gémissement lui échappa.

℘ · ℘

Alors qu'il devait simplement la goûter, se retrouva à l'embrasser passionnément, les mains dans ses cheveux. L'espace d'un instant, il envisagea de rompre le contact, mais son haleine fruitée et la douce plainte qu'elle émit lui firent perdre le peu d'emprise qu'il lui restait. Ses sens se saturaient de sa présence, odorat, toucher, goût, et il en voulait davantage. Il l'attira plus près. Les seins d'Elsa se plaquèrent contre son torse. Sa verge se gonfla aussitôt. Une irrépressible envie de la faire sienne, ici et maintenant, dans cette moiteur étouffante, le tenailla. Leurs langues dansaient l'une contre l'autre, se caressaient en un ballet sans fin. Elsa répondait à son baiser sans retenue. Il descendit l'une des bretelles de son haut de maillot. À l'instant où il s'apprêtait à empaumer le globe à demi-dénudé, la porte s'ouvrit sur Olga et son barbu. Comme éjectée par un ressort, Elsa bondit de ses genoux, se prit les pieds dans les siens et chuta plus qu'elle ne s'assit sur le banc. Son exclamation déchira la moiteur du hammam :

— Merde, mes lunettes !

CHAPITRE 34

Elsa se remettait de ses émotions dans sa baignoire. Adam et elle s'étaient enfuis du spa tels des garnements surpris la main dans le bocal à friandises. Ils s'étaient séparés avec un long regard complice. L'amusement s'arrêta là. Elle fixa d'un œil pensif la monture métallique cassée. Il s'agissait de la dernière paire de lunettes achetée avec sa mère. Bonne à jeter à la poubelle.

Décidément, le destin réalisait de grandes manœuvres pour transformer son quotidien, et elle n'était pas certaine d'apprécier ses méthodes. Elle glissa sous l'eau comme pour ne plus entendre les voix de ses pensées, puis refit surface. Les jets massaient agréablement son corps, sans atteindre la perfection des doigts de Géraldine.

Elle médita sur les derniers évènements. Pour les lunettes, elle avait emporté la paire offerte par Adam, qu'elle n'avait pas remise depuis Paris. Pour le baiser... Oh, mon Dieu ! Il embrassait comme un fauve affamé. Sans l'arrivée inopinée de la liane en trikini et de son ours, elle aurait jeté sa petite culotte aux orties et supplié Adam de la prendre sur-le-champ.

Sur le banc.

Dans le hammam.

Là où n'importe qui pouvait les surprendre.

Elle se rappelait encore la mine déconfite et envieuse de la liane.

Son barbu ne semblait pas lui affoler les sens autant qu'Adam affolait les siens.

Elsa soupira. Ainsi qu'elle le craignait, ce baiser annonçait un tournant dans leur relation. En même temps, c'était contractuellement prévu. Mais elle avait tendance à oublier les clauses qui les liaient quand elle le côtoyait. En dehors de ses exigences insolites, il se comportait comme n'importe quel compagnon, lui donnant l'impression trompeuse qu'ils entretenaient une relation réelle.

Ce qui n'était pas le cas.

ೞ · ೲ

Assis dans un fauteuil sur le balcon, Adam savourait un porto Taylor's Vintage. La robe cerise foncé scintillait comme les lèvres d'Elsa après leur baiser. Le nez de cassis et de mûre, profond, le séduisait par sa pureté. La finale sur le fruit et les tanins persistait en bouche. Comme le goût d'Elsa.

Il évalua le fiasco du jour, en commençant par l'hélicoptère. L'idée d'aller la chercher s'était imposée à lui la veille au soir. Il avait transmis de nouvelles instructions au chauffeur chargé d'emmener Elsa à Vonnas en voiture et fait des pieds et des mains pour être à Annemasse à temps.

Il grimaça au cuisant souvenir. Elle n'était pas la première fille qu'il cherchait à impressionner, mais c'était la seule qui avait refusé de monter à bord. Quant à l'épisode du spa... Que dire de plus, excepté qu'il avait échoué en perdant tout contrôle ?

Sans compter la présence d'Olga.

Il reprit une gorgée du subtil breuvage et soupira. Jérôme l'avait pourtant prévenu : cette fille grignotait son bon sens, tel un ver dans un fruit.

Problème majeur : il commençait à apprécier la présence du distrayant parasite.

Chapitre 35

Après un dernier regard à son reflet pour vérifier que son rouge à lèvres ne bavait pas, Elsa alla ouvrir à Adam qui frappait à la porte. Rasé de frais, il était à tomber dans sa chemise bleue rayée de rose, avec des boutons de manchette à ses initiales. Était-elle à la hauteur ?

— Je vous plais ? demanda-t-elle.

La sobre robe gris clair trouvée suspendue dans l'armoire ne pouvait qu'être griffée Danièle Viatone. Elle épousait ses courbes et allongeait sa silhouette. Ses cheveux flottaient sur ses épaules, libres de toute attache, et son maquillage plus appuyé qu'à l'ordinaire accentuait la couleur de ses iris. Le regard appréciateur d'Adam la rassura.

— Toujours, affirma-t-il. Vous avez faim ?

— Toujours, l'imita-t-elle. J'espère juste qu'il y aura assez dans les assiettes.

Devant son air interloqué, elle précisa :

— Vous savez, dans ces restaurants gastronomiques, l'intitulé du plat a tendance à s'allonger alors que le contenu de l'assiette se réduit.

— Vous en avez fréquenté beaucoup, de « ces restaurants gastronomiques » ? s'amusa-t-il.

Elle rougit.

— Aucun.

— Alors nous en rediscuterons après votre première expérience.

Elsa grimaça intérieurement. Il lui octroyait tant de premières expériences que sa vie lui semblerait bien fade ensuite. Elle écarta la pensée désagréable. *Carpe diem*, lui chantonnerait Marion.

Dans un geste d'un naturel désarmant, elle s'empara du bras d'Adam et annonça :

— Allons vérifier ma théorie !

Un maître d'hôtel solennel les conduisit dans une alcôve à l'écart de la salle principale. Partout, les dîneurs discutaient, riaient. Les tables rondes, nappées de blanc et cernées de fauteuils rouges, se succédaient. Sur chacune d'elles étaient disposés des assiettes de présentation jouxtées de couverts en argent, des verres à pied graciles, des gobelets à eau et des bougeoirs.

Leur guide lui tira sa chaise, et elle prit place, soudain intimidée. Adam ne l'était pas, lui : il appelait le maître d'hôtel par son prénom et s'enquérait de ses dernières vacances. Elle se consola en songeant qu'au moins il n'avait pas taillé le bout de gras avec la masseuse.

Elle consulta la carte que lui tendait leur serveur, un blondinet souriant. L'absence de prix et les libellés alambiqués lui donnèrent le tournis. Elle avait de bonnes notions de cuisine, mais des termes comme « bœuf wagyu », « poivre de Timut » ou « fèves de tonka » lui échappaient. L'abondance proclamée sur le menu lui coupa l'appétit.

— Choisissez pour moi, lâcha-t-elle, dépitée. Je parie que votre limier vous a renseigné sur mes goûts.

— Aidez-moi tout de même un peu, dit-il sans nier. Coquillages ou crustacés pour l'entrée ?

— Crustacés.

— Et pour le plat, viande ou volaille ?
— Volaille.
— Je crois que j'ai ce qu'il vous faut.

Quand le serveur revint, Adam annonça :

— Nous prendrons le homard en entrée. Ensuite, la volaille de Bresse pour madame et le wagyu pour moi.

Tiens ? Elle se coucherait moins bête ce soir.

Le jeune homme les remercia et récupéra les menus. Une sommelière le remplaça. À nouveau, Adam l'appela par son prénom – Bertille – et évoqua la crise d'appendicite de son fiancé. En le voyant sourire et plaisanter, Elsa eut une illumination : il discutait avec tous ces gens parce qu'il s'intéressait vraiment à eux. Il ne les oubliait pas entre deux visites. Et elle, l'oublierait-il quand tout serait terminé ?

Halte.

Demi-tour. Pensée interdite.

Adam et la sommelière passèrent aux choses sérieuses : le choix du vin. Elsa posa le menton sur ses mains pour mieux les écouter. Les mots évocateurs de terroirs, de typicité et de méthodes de vinification la berçaient comme les légendes racontées par les anciens au coin du feu.

— Elsa ?
— Oui ?
— Je vous demandais si vous préfériez un vin plus fruité ou plus minéral.
— Je vous rappelle que je succombe après trois verres. Mon expérience est donc très limitée.

Il esquissa un sourire.

— Alors, partons sur le chassagne-montrachet avec l'entrée et la volaille. Et un verre de côte-rôtie pour le Wagyu.

— Très bon choix, monsieur Garamont. Désirez-vous un peu d'eau avec votre repas ?

— Volontiers. Elsa ?

— Pétillante, s'il vous plaît.

— Pareil pour moi.

La sommelière s'éclipsa. L'ambiance feutrée, cosy et non constipée comme Elsa le redoutait, l'enveloppait dans un cocon de bien-être.

Sur l'assiette à pain, une brioche feuilletée en forme d'escargot la narguait depuis leur arrivée. Quand Adam préleva un morceau de la sienne, elle l'imita et faillit défaillir. La pâte, beurrée et salée à la perfection, croustillait et fondait en bouche.

ಸಾ · ಞ

Adam regardait Elsa picorer sa brioche avec des soupirs extatiques. Au-dehors, le canal se teintait d'or dans la lumière déclinante. Dire qu'il avait failli manquer ça à cause d'une stupide histoire d'hélicoptère !

— Un penny pour vos pensées, chuchota-t-elle.

Il la fixa d'un œil grivois et la taquina :

— Vous êtes certaine de désirer les connaître ?

Elle rosit ; il adorait la voir s'empourprer pour un rien.

— Vous êtes incorrigible, protesta-t-elle.

— Et vous, désirable. Si vous saviez ce que...

L'arrivée des entrées l'interrompit. La chair du homard s'alanguissait dans un bouillon odorant égayé de pointes d'asperge et de morilles. Des parfums d'iode et de sous-bois se mêlèrent, envoûtants. La conversation s'éteignit le temps de la dégustation. Adam mangeait distraitement, fasciné par Elsa qui détaillait le crustacé en petits tronçons, y ajoutait un fragment d'asperge et de morille avant de porter le savant échafaudage à sa bouche. Ses paupières s'alourdissaient à l'explosion des saveurs. Ensuite, elle prenait une gorgée de vin et recommençait.

— Vous n'aimez pas ? demanda-t-elle au bout de quelques minutes.

Il s'aperçut alors que ses couverts étaient restés en suspension au-dessus de son assiette presque intacte.

— J'ai l'impression de manger par procuration, dit-il.

Un rire perlé échappa à Elsa.

— Vous ne savez pas ce que vous manquez.

— Je ne manque rien, assura-t-il avant d'absorber une bouchée en la regardant droit dans les yeux.

Elle rougit, ainsi qu'il l'espérait.

℘ · ☙

Les plats se succédèrent à un rythme parfait et Elsa alla de délice en délectation. Quand le serveur leur apporta des chocolats maison, la nuit était tombée depuis longtemps, et elle se sentait repue. Elle déclina poliment.

— Vous ne pouvez pas refuser de goûter ce délice au thé Earl Grey, protesta le blondinet en désignant un cube décoré d'une feuille d'or.

— La gourmandise est un péché, protesta-t-elle.

— Absolument pas, intervint Adam, c'est la gloutonnerie qui en est un. Laissez-vous tenter.

— Juste un, alors.

Le serveur déposa la bouchée au centre de son assiette et se tourna vers Adam.

— Et pour vous, monsieur ?

— Rien, merci, déclina-t-il.

Elsa haussa un sourcil :

— Qu'en est-il de votre beau discours, alors ?

— Je ne suis pas grand amateur de chocolat.

— Un comble, pour un bon Suisse.

— Ma mère est américaine. Ceci explique peut-être cela ?

— Aïe. En matière de gastronomie, vous n'avez pas dû être gâté.

— J'ai survécu au fromage en tube, au beurre de cacahuète et aux litres de soda. Ensuite, comme l'obésité me guettait, ma mère a daigné s'adapter à la cuisine européenne.

Une pointe de malice dans les iris d'Adam soufflait à Elsa qu'il exagérait. Elle s'apprêtait à répliquer quand la liane du spa, vêtue d'une courte robe qui mettait en valeur ses jambes interminables, apparut dans son champ de vision.

Telle une panthère en chasse, elle avançait droit vers leur table avec une mine déterminée.

Chapitre 36

La liane posa une main possessive sur l'épaule d'Adam, qui se raidit, et susurra :
— Tu nous présentes, bébé ?
Bébé ? La jalousie éperonna Elsa. Cette superbe créature qui la fixait comme un cobra contemple une souris dodue connaissait Adam de manière intime. Mais sa posture trahissait aussi une indignation contenue : elle ne supportait visiblement pas qu'il dîne avec une insignifiante boulotte. Sans compter l'épisode du hammam. Si elle voulait jouer à cela… Au moment où Adam, le visage fermé, s'apprêtait à répondre, Elsa tendit la main à l'intruse et s'écria avec un sourire ingénu :
— Je m'appelle Elsa ! Ravie de vous rencontrer. Vous êtes une amie d'Adam, mademoiselle… ?
L'autre, surprise, la saisit d'un geste machinal et lâcha du bout des lèvres :
— Olga.
— Oh ! Ce cachottier ne m'a jamais parlé de vous. Vous vous connaissez depuis longtemps ?
Adam entama un « Depuis… », mais la liane le coupa :
— Voyons : Lisbonne, Rome et Bruxelles l'année passée. Davos en février, soit huit mois. Je n'ai rien oublié, bébé ?

Aucune des villes où Adam l'avait emmenée, constata Elsa avec satisfaction.

— Tout y est, grommela-t-il. À présent, si tu permets…

— Et vous ? l'interrompit Olga avec l'air d'une chatte ayant gobé un canari.

— Notre histoire est née à la réception d'un palace genevois, il y a plus d'un an, soupira Elsa, que la situation commençait à amuser.

Adam pinça les lèvres, sans qu'elle détermine s'il masquait son sourire ou son agacement. Quoi qu'il en soit, il préférait visiblement mettre un terme à l'escarmouche, car il repoussa sa chaise et dit :

— Elsa, si vous avez terminé, nous pouvons monter.

— Tu la vouvoies ? demanda la liane, surprise.

— Sans doute parce que nous n'avons pas encore couché ensemble, minauda Elsa. Jamais avant le quatrième rendez-vous. Mais je devine que vous ne partagez pas mes convictions.

L'autre ravala son air, puis gronda :

— Avec votre physique, on comprend pourquoi vous le faites patienter.

Quand Adam ouvrit la bouche, Elsa le fit taire d'un geste.

— Pourtant, c'est avec moi qu'il dîne.

La voix d'Olga se chargea de venin pour cracher :

— Il se lassera vite de toute cette graisse. C'est seulement dans les bouquins à l'eau de rose que la grosse à lunettes épouse le séduisant millionnaire.

Elsa encaissa sans broncher, consciente de l'avoir cherché, puis dit d'un ton très doux :

— Vous avez raison. Mais dans la réalité, le millionnaire n'épouse pas non plus la bimbo qu'il entretient.

Elle se leva, la salua d'un hochement de tête, puis se tourna vers Adam :

— Nous pouvons y aller.

∽ · ∾

Adam s'empara de la main tremblante d'Elsa pour la poser sur son avant-bras.

— Bonne soirée, Olga, dit-il. Et amitiés à ton nouveau bébé.

Le regard de la jeune femme aurait transpercé une porte blindée. Une chose était certaine : il n'y aurait pas d'après Davos. Il guida Elsa vers la sortie. Il aurait dû s'interposer avant, mais Olga et Elsa semblaient décidées à en découdre. Si l'hôtel avait proposé une fosse remplie de boue, elles s'y seraient jetées pour combattre.

Dans le hall désert, il s'arrêta et murmura :

— Ça va ?

— Très bien. Vous auriez pu me dire au spa que vous la connaissiez !

— Je n'en voyais pas l'intérêt. Erreur de jugement. Vous êtes sûre que ça va ?

Elle tapota son bras.

— Ne vous inquiétez pas, je ne suis que votre employée et je sais bien que vous fréquentez d'autres femmes.

— Pas depuis le 15 avril, se justifia-t-il sans pouvoir se retenir.

— Je devrais m'en réjouir ?

Déstabilisé, il répondit :

— Je tenais à ce que vous le sachiez.

— Pour que je sois certaine que vos résultats médicaux ne sont pas truqués ? demanda-t-elle ingénument.

— Non, parce que je ne veux pas que les paroles d'Olga vous blessent.

Dans un geste spontané, Elsa posa la paume sur sa joue. La chaleur de ses doigts le troubla.

— S'il vous plaît, arrêtez de vous inquiéter. Parce que plus vous le faites, plus j'ai l'impression, erronée sans doute, que je compte pour vous. Et je ne veux pas souffrir quand mon CDD arrivera à son terme.

Sur ces mots, elle se dégagea en douceur et lança « Bonne nuit, Adam ! » avant de disparaître dans les escaliers.

Statufié dans le hall, il se repassa en boucle les paroles d'Elsa en se demandant s'il n'était pas temps de tout arrêter.

Pour leur bien réciproque.

*

À trois heures du matin, Adam cherchait encore le sommeil. Elsa, son parfum, sa voix douce, son rire, sa spontanéité dansaient dans sa tête. La savoir si proche, juste derrière la porte de communication, à sa merci, le rendait fou. Il avait besoin d'elle, tout de suite.

Il se leva sans bruit et entra dans la chambre voisine. La clarté de la lune entrait à flots par les volets ouverts. Elle dormait à plat dos dans le lit gigantesque. Il la contempla de longues minutes, pesant le pour et le contre, puis avança, vaincu par l'irrépressible besoin qu'il avait d'elle.

Elle s'agita dans son sommeil quand il s'assit au bord du matelas.

— Elsa ?

Son front se plissa, elle détourna le visage.

— Elsa, réveillez-vous.

Les paupières de la jeune femme battirent.

— Adam ? Quelle heure est-il ? murmura-t-elle d'une voix endormie.

— Beaucoup trop tôt. Mais comme vous êtes à mes ordres…
— Demain…

Elle referma les paupières. Il approcha sa bouche de son oreille.

— Vous n'avez rien à faire. Laissez-vous aller.

Chapitre 37

À demi endormie, Elsa sentit le drap se relever dans une bouffée fraîche, révélant ses jambes. Des mains chaudes saisirent ses chevilles et les écartèrent. Le matelas s'affaissa entre ses cuisses. Le long T-shirt qu'elle portait fut repoussé jusqu'à ses hanches. Quand une haleine tiède caressa son intimité, elle tressaillit et protesta :

— Que faites-vous ?
— Je vous goûte, Elsa.
— Je…
— Chut !

Les lèvres d'Adam effleurèrent son aine, comme pour mieux en savourer la suavité, puis se dirigèrent lentement vers le cœur de sa féminité. Elle retint son souffle à la paresseuse progression. Ses doigts se refermèrent sur les draps. Elle oscillait entre l'envie de le chasser de là, effarouchée par l'intimité de son acte, et celle de s'abandonner au plaisir qu'il lui promettait. Elle tressaillit lorsque Adam saisit son bourgeon entre ses lèvres, le relâcha, le lécha d'un rapide coup de langue. Ses hanches se soulevèrent pour prolonger le contact fugace, mais il les plaqua sur le matelas. Elle gémit, frustrée.

Alors, il souffla sur son sexe offert comme pour attiser les flammes qui la consumaient et elle écarta davantage les jambes.

Les cheveux d'Adam chatouillaient ses cuisses. Elle se mordit les lèvres pour ne pas le supplier de mettre fin à cette insupportable attente. Quand il plongea soudain sa langue loin en elle, elle feula de contentement. Il entreprit de lui faire l'amour avec sa bouche. Son souffle, ses dents, sa langue l'entraînaient vers la jouissance dans un tourbillon de sensations. Elle se cambra, offerte. Il la lapa, la but, la tourmenta jusqu'à ce qu'un plaisir brutal la fauche dans un cri étouffé.

Le premier qu'elle poussait entre ses mains.

༄ · ༅

Adam s'était gorgé de son parfum fruité, délecté de son goût de sel et de plaisir, enivré de ses soupirs jusqu'à ce qu'elle jouisse contre ses lèvres. Le cri d'Elsa, proche de la plainte, déclencha des picotements électriques dans ses reins.

Elle haletait, perdue dans les brumes de la volupté, et il écouta ce son érotique, respira sa peau échauffée, cueillit du bout de la langue une perle de sueur sur son aine.

Il aurait dû se relever, s'éloigner, mais d'elles-mêmes, ses mains se posèrent sur les hanches d'Elsa et remontèrent jusqu'à sa taille.

Comme brûlé par sa peau veloutée, il la relâcha, posa les paumes sur le matelas, de part et d'autre de son corps, et se souleva. Leurs épidermes se frôlèrent ; il tressaillit, muscles bandés. Ses bras tremblaient alors qu'il la dominait, séparé d'elle par quelques malheureux centimètres.

Elsa, lèvres et paupières mi-closes, ne pouvait se rendre compte à quel point il avait envie d'elle. Il serra les poings. S'il faisait le moindre mouvement, si leurs corps s'effleuraient encore, le voyage serait sans retour. Adam serra les dents quand elle soupira et, électrisé, se rejeta en arrière. S'il avait attendu ne serait-ce que quelques secondes de plus, il l'aurait embrassée à en perdre le souffle avant de la pénétrer sans douceur.

Lorsqu'il descendit du lit, Elsa souleva ses paupières lourdes pour le contempler, debout devant elle.

— Rendormez-vous, chuchota-t-il en reculant.

Elle esquissa un sourire, pivota sur le côté et cala un oreiller contre son ventre. Quelques instants plus tard, son souffle s'approfondit.

Adam, lui, partit prendre une douche glacée.

℘ · ℭ

Quand Elsa s'éveilla, le souvenir de la visite nocturne d'Adam teinta ses pommettes d'écarlate. Elle se leva et frappa timidement à la porte de communication. N'obtenant pas de réponse, elle se décida à pousser le battant.

Il ne s'y trouvait pas. Sur le lit défait trônait une enveloppe crème. Son cœur se serra : il était parti. Elle déchira le rabat de ses doigts tremblants.

Chère Elsa,

Pardonnez-moi d'avoir fui comme un voleur. Je pensais vraiment passer la journée avec vous et vous ramener en personne à Genève.

Mais c'était sans compter la tentation que vous représentez : je m'avoue vaincu par vos charmes. En homme obstiné, je préfère vous quitter plutôt que d'échouer à respecter ma planification.

Un chauffeur passera vous chercher à onze heures.

Bien à vous,

Adam

Elle relut le texte trois fois, puis sourit comme une adolescente : elle avait triomphé du sang-froid d'Adam.

CHAPITRE 38

Genève, mercredi 3 juin

Elsa grimaça en enfourchant son vélo ; les exercices concoctés par un Eduardo taciturne avaient laissé leur empreinte douloureuse dans ses muscles. Victoire ou pas sur le sang-froid de son drogué préféré, le quotidien avait repris ses droits à la vitesse d'un TGV : révisions, préparation de sa soutenance et séances de sport pour décompresser. Et dans le fond, cela l'arrangeait ; ainsi, elle fantasmait moins sur Adam.

Elle pédala lentement en direction de la ville. Ses pensées revinrent à Eduardo. Elle lui donnait jusqu'à vendredi pour lui parler enfin de ses soucis, sinon elle l'enchaînerait à la cave et le torturerait jusqu'à ce qu'il craque. L'image du bel Hispanique à sa merci lui fit monter le rouge aux joues. Surtout quand Adam, torse nu, bras en croix, prit sa place dans son imagination débordante. Elle accéléra l'allure pour s'aérer un coup.

Après cinq minutes de trajet en faux plat, elle bénit l'interminable route en pente qui soulagerait ses jambes. Comme d'habitude, elle laissa le vélo prendre de la vitesse. Le vent fouettait son visage et s'insinuait par les fentes de son casque. Son sentiment de liberté se doublait de la satisfaction de l'achèvement : son oral de la veille s'était merveilleusement bien déroulé. Il ne lui restait plus que la fameuse soutenance et elle serait officiellement en vacances, quel que soit le résultat.

Alors que la pente s'accentuait et que les feux – pour une fois coordonnés – passaient au vert les uns après les autres sur l'avenue rectiligne, elle entonna la chanson de *La Reine des neiges* à pleins poumons. Les piétons regardèrent d'un œil sidéré cette tornade blonde qui fonçait sur son vélo en braillant : « Libérée, délivrée, désormais plus rien ne m'arrête ! »

Arrivée à la moitié de la descente, elle franchit une intersection à l'orange et plissa le nez. Fin du miracle des feux verts : le prochain serait rouge. Peu tentée par une rencontre avec un bus, elle se résigna à ralentir avant le carrefour ; tant pis pour le « rien ne m'arrête ». Elle serra les poignées de frein. Quelque chose tressauta sous ses mains. Le vélo ne ralentit pas. Elle serra plus fort, encore et encore, sans résultat. Le câble avait lâché ! La panique la paralysa.

À cinquante mètres devant elle, le feu passa au rouge. Le croisement se rapprochait dangereusement tandis que son cerveau se remettait à fonctionner.

Trente mètres. Soit elle tentait la traversée du carrefour à pleine vitesse, entre les voitures et les bus, soit elle se couchait sur la route. Dans les deux cas, ça ferait mal.

Vingt mètres. Son cœur cognait pour s'échapper de sa cage thoracique, sa gorge serrée laissait à peine passer l'air. Oh, mon Dieu ! Quatre voies encombrées de véhicules roulant à cinquante à l'heure ou chute volontaire ? Carrosseries ou goudron ?

Dix mètres. Goudron !

Mon Dieu, protégez-moi !

Elle serra les dents, tourna le guidon et ferma les yeux. Son corps heurta le sol à pleine vitesse, rebondit, glissa. Crissements de freins, bruits de ferraille. Ses bras et ses jambes se tordirent. La douleur se réverbéra dans ses muscles, dans ses os. Son casque ricocha contre l'asphalte. Le monde explosa et elle perdit connaissance.

Des mains se glissaient autour de son cou, y refermaient un carcan rigide.

Des lumières transperçaient l'abri de ses paupières.

Des sons étranges, déformés, lointains blessaient ses oreilles.

Une voix masculine émergea de la cacophonie :

— Mademoiselle, est-ce que vous m'entendez ?

Elle plissa le front.

— Mademoiselle, ouvrez les yeux.

Ses paupières étaient si lourdes ! Au prix d'un effort surhumain, elle les souleva à moitié pour se heurter à des yeux verts perçants.

— Adam, murmura-t-elle.

— Comment vous appelez-vous ?

Comme s'il ne le savait pas.

— Adam, protesta-t-elle faiblement.

— Dites-moi votre nom, répéta « Adam » avec une infinie patience.

Quelque chose ne collait pas. Cette voix. Différente.

Elle capitula :

— Elsa.

— Quel jour sommes-nous, Elsa ?

Quelle drôle de question ! Elle fouilla dans sa mémoire vacillante, pendant que des silhouettes floues s'agitaient autour d'elle.

— Mercredi.

Sa voix pâteuse trébucha sur les syllabes. Il lui sourit.

— Très bien. Quel âge avez-vous ?

Elle voulut lui rappeler qu'on ne posait pas cette question aux femmes, mais les mots la fuyaient. Elle balbutia :

— Vingt-trois ans.

— C'est parfait. Écoutez-moi, Elsa : vous avez eu un accident de vélo. On va vous conduire à l'hôpital.

Les images dansaient dans sa tête. Le carrefour, les freins, la chute...

— Non, protesta-t-elle. Adam.

— Vous le verrez bientôt.

Épuisée, elle referma les yeux. Son corps fut soulevé, puis déposé sur une civière. Une piqûre à la saignée de son coude la fit à peine tressaillir. Sa tête, ses bras, ses jambes, son dos la noyaient dans un océan de douleur. Elle gémit.

— Ne vous inquiétez pas. Tout va bien se passer.

— Adam.

— On va le prévenir. Son numéro est dans votre téléphone ?

La question mit un temps infini à faire sens. Adam ne le lui avait jamais donné...

— Non... Nier & ...clert, articula-t-elle avec difficulté.

— Je n'ai pas compris. Qui voulez-vous que j'appelle ?

Elle inspira et répéta plus distinctement :

— Varnier & Sinclert... Jérôme Varnier, avocat.

— Je m'en occupe. Reposez-vous.

Des portes claquèrent ; le véhicule se mit en route. La nausée monta en elle, puis les ténèbres. Elle les accueillit avec soulagement, ravie de ne pas vomir sur l'ambulancier.

Les heures suivantes s'étirèrent dans un brouillard confus. Elsa fut conduite de chambres obscures en salles d'examen. Cerveau, foie, reins et rate furent examinés attentivement. Pas un os de son corps n'échappa à l'attention des radiologues, médecins et infirmières. Les lumières envoyaient des pics chauffés à blanc dans son cerveau malmené, une fatigue terrible l'écrasait. Ses membres lui paraissaient peser un poids impossible à soulever. Quand elle cherchait à s'asseoir, perdue, on la recouchait avec des gestes doux et des paroles rassurantes. Au fil des heures, ses idées s'éclaircirent.

Lorsqu'enfin elle se retrouva dans une chambre seule, le soleil se couchait. Son avant-bras gauche disparaissait dans une attelle bleu vif d'où jaillissaient son annulaire et son majeur saucissonnés de blanc. Un médecin grassouillet passa la voir.

— Comment vous sentez-vous ? demanda-t-il.

— Comme si j'étais passée sous un bus.

— Ce qui n'est heureusement pas le cas. Vous avez eu une chance incroyable.

— Vous trouvez ? grimaça-t-elle en désignant son avant-bras du menton.

— Plutôt oui. Pas de saignement intracérébral, pas d'organe abîmé. Alors que d'après les témoins, la chute a été terrible.

Quelque chose titilla sa mémoire. Le vélo.

— Les freins ! s'exclama-t-elle, envoyant un poignard en plein dans sa propre tempe.

Le médecin fronça les sourcils.

— Les freins ? répéta-t-il.

— Ils ne fonctionnaient plus.

— D'où votre accident.

Elle ouvrit la bouche pour ajouter quelque chose, mais ses pensées lui échappaient aussi vite qu'elles survenaient. L'une d'elles surnagea, angoissante :

— Je pourrai passer ma soutenance la semaine prochaine ?

— Je pense que oui, affirma-t-il avec un sourire. Comme je vous l'ai dit, vous avez eu une chance incroyable. Une entorse bénigne du genou, sévère du poignet, et deux phalanges fracturées. Le tout à gauche. Pour le reste, des hématomes et des brûlures légères dues au frottement avec l'asphalte. Sans compter une belle commotion cérébrale.

Elle grimaça un sourire teinté d'amertume.

— Vous appelez ça de la chance ? Faudra que j'en touche deux mots à mon ange gardien !

— Vous devriez surtout le remercier. Vous restez sous surveillance cette nuit et on avisera demain. Un infirmier viendra vous réveiller régulièrement pour contrôler votre état cognitif et vos pupilles.

— Pourquoi ? s'inquiéta-t-elle.

— Pour s'assurer qu'aucun symptôme neurologique n'apparaît.

— Et si c'est le cas ?

— Cela indiquerait un saignement cérébral secondaire. Mais vous n'avez pas à vous tracasser : vous êtes entre de très bonnes mains.

C'est ce qu'ils affirmaient tous ! Frankenstein aussi était médecin. Elle ne protesta cependant pas. Elle s'imaginait mal rentrer chez elle avec son crâne farci au coton.

Une torpeur médicamenteuse l'emporta bientôt.

Chapitre 39

— Bonjour, mademoiselle Carazzone.

La voix féminine, vaguement familière, dissipa les brumes dans lesquelles Elsa flottait. Elle souleva ses paupières ensablées. Sans ses lunettes, miraculeusement rescapées de la chute, elle peinait à distinguer les traits de la femme debout à côté du lit. Elle tâtonna sur la table de nuit sans les trouver. En plissant les paupières, elle réussit à distinguer de longs cheveux bruns ondulés et un foulard rouge vif.

Après avoir déposé un bouquet de fleurs sur le drap, l'inconnue se pencha à son oreille :

— J'aurais préféré une couronne mortuaire. Ne le revoyez plus jamais.

Le ton venimeux autant que les mots la glacèrent jusqu'aux os. La harceleuse, ici ! Celle-ci tourna les talons pendant qu'Elsa bataillait pour saisir la sonnette, que l'autre avait déplacée hors de portée. Quand elle y parvint enfin, deux bonnes minutes s'étaient écoulées. Trop tard pour que l'infirmière la rattrape.

Elle s'empara de son téléphone et composa fébrilement le numéro de Varnier & Sinclert. D'ailleurs, pourquoi Apollon n'était-il pas déjà arrivé ?

Et Marion ? Comment avait-elle pu oublier de la prévenir ?

Maudite cervelle en capilotade !

*

— J'étais à Zurich, expliqua Varnier, assis au chevet d'Elsa. J'ai laissé un message à l'infirmière, mais il semble que vous ne l'ayez pas reçu.

— Et que vous ayez oublié de m'avertir ! protesta Marion avec véhémence, debout devant la fenêtre, bras croisés.

Ses yeux lançaient des éclairs.

— Je n'avais pas votre numéro.

— Votre fin limier ne pouvait pas le trouver ?

L'avocat eut la bonne grâce d'arborer un sourire contrit. Décidément, ces deux-là s'appréciaient autant que des coqs de combat. Elsa leva sa main valide pour attirer leur attention.

— Si vous pouviez baisser d'un ton, ma tête apprécierait, râla-t-elle.

— Pardon, murmura Marion.

— Vous avez mis Adam au courant, au moins ? demanda Elsa en regardant le gigantesque bouquet de roses blanches déposé sur un chariot.

Certes, la carte était à son nom, mais rien ne lui assurait qu'Apollon ne s'en était pas chargé lui-même.

— Il est dans l'avion en ce moment même. Il me charge de vous embrasser.

— Sans façon, merci.

— Qu'allez-vous faire pour la dingue ? intervint Marion.

— J'ai averti la police. Il faudra qu'Elsa passe au poste pour la déclaration. Cependant, je me suis renseigné. Votre vélo est bon pour la casse. Du coup, on ne peut pas prouver son sabotage.

— Votre basset artésien n'a rien trouvé ? s'enquit Elsa.

— Non, *monsieur Fradival* n'a rien découvert de probant, dit-il en insistant sur le nom de famille du détective.

— En bref, la police ne fera rien ! coupa Marion.

— Pas exactement, tempéra Apollon. Elle continuera l'enquête déjà ouverte.

— Ce qui ne mènera à rien ! C'est de la faute de votre patron, tout ça, alors qu'il se remue les miches, et vous aussi, pour qu'Elsa n'ait pas un nouvel « accident » !

Varnier grimaça à son langage imagé.

— Je vous promets que nous allons retrouver cette femme et qu'elle ne nuira plus.

— Paroles, paroles, paroles, chantonna Marion d'un air narquois.

Elsa envisagea de se recouvrir la tête d'un oreiller pour ne plus les entendre. À ce moment, la porte s'ouvrit sur Eduardo qui portait un bouquet de fleurs des champs, talonné par une infirmière au visage revêche. Tous deux parurent surpris de les trouver là. Et voilà, il ne manquait plus qu'Adam pour que la fête batte son plein.

L'infirmière intervint aussitôt en découvrant autant de visiteurs dans la chambre :

— Je vous octroie dix minutes. Ensuite, il faudra laisser la patiente se reposer. Et évitez toute conversation qui pourrait intensifier ses maux de tête.

Autant demander à un éléphant de jouer de la clarinette.

— Ils seront partis dans les temps, je vous le promets, murmura Elsa.

— Parfait. N'hésitez pas à sonner si vous avez besoin de quoi que ce soit.

Sous-entendu : « Je me ferai un plaisir de les expulser à coups de pied bien placés. »

— Je n'y manquerai pas.

L'infirmière referma la porte, non sans avoir lancé un regard d'avertissement à ceux qu'elle considérait visiblement comme des intrus. Eduardo se remit le premier et embrassa la joue d'Elsa.

— *Querida*, tu n'es pas belle à voir.

— C'est comme ça que tu parles à tes clientes ? répliqua-t-elle avec un sourire.

— Seulement celles que j'apprécie.

Comme il semblait emprunté avec son bouquet, elle désigna le chariot.

— Elles sont magnifiques, merci. Tu peux les déposer là, les infirmières leur trouveront un vase.

Marion fixa Varnier avec l'air d'un dragon noir et violet sur le point de cracher un jet de flammes.

— Vous avez averti son entraîneur et vous m'avez oubliée ?!

— Eduardo m'a téléphoné hier soir, inquiet de ne pas trouver Elsa à la maison.

Elle eut un reniflement outragé et pinça les lèvres.

— Raconte-moi ce qui t'est arrivé, *querida*, demanda Eduardo en s'asseyant au bord du lit.

Avant que Varnier n'émette un veto, elle balbutia :

— Une folle a saboté mes freins.

— J'aimerais bien entendre l'histoire complète.

Apollon soupira.

— Au point où nous en sommes, racontez-lui donc.

Elsa, interrompue par Marion qui intervenait pour ajouter des détails insignifiants du type « et au lieu d'avertir son millionnaire chéri, elle a gardé le silence ! », relata les évènements, depuis le coup de fil anonyme jusqu'au sabotage de son vélo. Eduardo se tendait au fur et à mesure de son récit.

— Pourquoi ne m'as-tu rien dit ? dit-il d'un ton navré.

— Parce qu'un avocat à la manque le lui a interdit ! ronchonna Marion.

L'avocat à la manque ravala son air, consulta sa montre et se leva.

— Je dois quitter votre charmante compagnie. (Il tendit une carte de visite à Elsa, qui s'en saisit.) Appelez ce numéro dès que vous aurez obtenu le bon de sortie du médecin. Un chauffeur viendra vous chercher.

Il se tourna ensuite vers Marion.

— Pourrez-vous passer la soirée avec elle ?

— C'était déjà prévu. La nuit aussi.

Varnier ouvrit la bouche comme pour protester, puis la referma. Eduardo se leva à son tour.

— Je te quitte, *querida*. Sinon ton cerbère va nous sortir de ta chambre par la peau des fesses. Je passerai te voir demain.

— Je crains de ne pas être en forme pour un footing.

— Tu le seras assez pour un thé.

Il se pencha et déposa un baiser sur son front.

— Sois sage, d'ici là.

— Comme si je pouvais faire autrement, grommela-t-elle en agitant son attelle.

Chapitre 40

L'odeur familière de sa maison rasséréna Elsa.

— Allonge-toi sur le canapé, ordonna Marion. Je vais nous préparer à dîner.

Elsa grimaça. Elle tenait encore un peu à la vie.

— Et si on se faisait livrer des sushis ? proposa-t-elle à la terreur des fourneaux. C'est moi qui régale.

— Je ne vais pas dire non.

— Commande depuis mon ordinateur. J'ai interdiction de regarder un écran tant que j'ai des maux de tête. Makis thon, saumon et avocat pour moi. Et des nigiris crevette. Prends aussi du coca, je n'en ai plus.

Marion pianota quelques minutes sur le clavier, puis vint s'asseoir dans le fauteuil.

— Livraison prévue à dix-neuf heures. On se regarde un film en attendant ?

— Toi, tu ne m'écoutes pas.

L'air déconfit de son amie valait son pesant de cacahuètes. Elsa répéta en détachant chaque mot :

— Pas de télévision, pas d'ordinateur, pas de téléphone portable, pas de musique, pas de lecture… Repos complet du cerveau et du corps.

— Retour à l'âge de pierre, surtout ! s'horrifia Marion. En clair, on se cale dans nos fauteuils avec une couverture sur les genoux et on discute à voix basse ?

— C'est ça.

— Bon, je vais nous faire du thé, alors, poulette.

Elsa éclata de rire, ce qui lui valut une aiguille de douleur en plein dans la nuque.

Elle somnolait quand la sonnette retentit.

— Prends des sous dans mon porte-monnaie, marmonna-t-elle à l'intention de Marion, plongée dans *Scarlett*.

Celle-ci rejeta le roman avec une grimace de dégoût et se dirigea vers la porte en grommelant :

— Je ne sais pas comment tu peux avaler des mièvreries pareilles.

— Peut-être parce que Scarlett te ressemble un peu quand tu es en mode « peste » ?

— La bave de la blonde couverte de bleus n'atteint pas la sublime noiraude ! lança son amie en se dirigeant vers la porte.

Elsa entendit la serrure cliqueter.

— Bonsoir, Marion. Je suis ravi de faire enfin votre connaissance, annonça une voix reconnaissable entre toutes.

Adam. Elle se redressa d'un bond dans le canapé et y retomba aussitôt avec un grognement de douleur.

— Ce n'est pas le livreur, mais ton patron ! brailla Marion depuis l'entrée.

Comme si je ne l'avais pas reconnu, songea Elsa en ramenant son bras valide sur ses yeux.

— Je le laisse passer ou pas ? Après tout, tu es en arrêt accident !

Le ton de Marion trahissait sa colère contre celui qu'elle tenait pour responsable de son état. Après sa joute contre Varnier, elle s'apprêtait à démolir le millionnaire qu'elle considérait comme le coupable idéal. La soirée s'annonçait tendue.

— Laisse-le entrer, dit Elsa, assez fort pour être entendue.

℘ · ℘

La fameuse Marion s'écarta de mauvaise grâce devant Adam. Son regard torve lui indiquait qu'il n'avait pas terminé d'entendre ses reproches. Mais il comprenait sa réaction. Il s'en voulait d'ailleurs terriblement, même s'il n'aurait rien pu faire pour empêcher l'accident.

Il s'avança jusqu'au salon, le cerbère en jupe multicolore sur les talons. Quand il découvrit Elsa allongée sur le canapé, vêtue d'un short et d'un T-shirt qui exposaient les hématomes sur ses bras et ses jambes, inquiétude et colère montèrent en lui. Si le genou bandé ne le préoccupait pas trop – Jérôme lui avait dit qu'elle boitait, mais pouvait marcher –, l'avant-bras qui disparaissait dans l'attelle et les doigts maintenus en extension l'ébranlaient plus qu'il ne voulait se l'avouer. Elle paraissait si fragile, avec ses cheveux en désordre et ses pansements qu'il eut envie de l'emmener loin de Genève, dans un lieu paradisiaque où elle oublierait les dernières heures.

Lorsqu'elle fit mine de se redresser, il l'arrêta d'un geste et vint s'accroupir à hauteur de sa tête.

— Bonsoir, Elsa, murmura-t-il.

Il se retint de replacer une mèche rebelle derrière son oreille.

— Bonsoir, Adam.

Le silence tomba. Il ne savait que dire. Jérôme lui avait fait promettre de garder le silence et il regrettait à présent d'avoir accepté. Il aurait aimé lui annoncer que Fradival était sur une piste.

— Merci d'être venu, souffla-t-elle.

Marion les rejoignit et les observa un court moment avant de déclarer :

— Zut, j'avais oublié que je devais réviser avec Katarina ce soir !

— Tu ne restes pas manger ? réagit Elsa.

— Non. Mais je suis certaine que ma part ne sera pas perdue.

Elle jeta un regard entendu à Adam, puis poursuivit :

— Au fait, vous pouvez dormir ici cette nuit ? Les médecins ont dit qu'une présence était nécessaire, au cas où.

— Marion ! protesta Elsa.

— Je peux, assura-t-il, amusé par son revirement et sa manœuvre aussi discrète qu'une charge de rhinocéros. Partez tranquille, je prendrai soin d'elle.

— Là-dessus, je n'ai aucun doute, affirma Marion en s'approchant du canapé.

Il lui céda la place. Elle se pencha, déposa un baiser sur le front d'Elsa et murmura :

— Profite bien de ton chevalier servant.

— Tu renonces à lui énumérer tes griefs ? la taquina Elsa.

— Vu le regard avec lequel il te couve, je pense qu'en rajouter serait inutile.

Marion se releva, fixa Adam droit dans les yeux et affirma d'une voix très douce :

— À mon avis, votre désintox court à l'échec.

Il se raidit, puis haussa intérieurement les épaules. La vérité sortait parfois de la bouche des extraverties à mèches violettes.

Chapitre 41

Adam et Elsa dînèrent en conversant à mi-voix. Il ne cessait de s'inquiéter de son bien-être. Sentiment de culpabilité ou inquiétude sincère ? Elle se serait volontiers cassé un doigt de plus pour le savoir.

Parfois, elle fermait les yeux et somnolait quelques minutes. Quand elle les rouvrait, il n'avait pas bougé d'un cil. Son regard attentif l'observait, la couvait, pour reprendre le terme employé par Marion.

Lorsqu'elle bâilla à s'en décrocher la mâchoire et fit mine de se lever, il se déchaussa et la souleva dans ses bras pour l'emmener à l'étage. Blottie dans sa chaleur, dans son odeur, elle se sentit si bien que l'idée de le perdre bientôt lui coupa presque le souffle. Elle garda cependant ses réflexions pour elle. Parce que lui révéler son attachement ne réussirait qu'à installer un malaise entre eux. Voire pire : de conduire Adam à la licencier séance tenante. Or le temps qu'il leur restait était consigné dans un contrat dont elle comptait bien respecter les termes à la lettre.

Arrivé dans la salle de bain, il la déposa sur un tabouret le temps qu'elle se brosse les dents et effectue un brin de toilette. Elle le voyait dans le miroir, adossé au mur, mains dans les poches. Ses iris calmes et attentifs scrutaient ses gestes. Soudain, la conscience de l'intimité qu'ils partageaient la troubla.

— Pourriez-vous sortir une minute ? bafouilla-t-elle, la bouche pleine de dentifrice.

Il sembla lui aussi réaliser l'incongruité de la situation et passa sur le palier.

— Appelez-moi quand vous avez terminé.

Un peu plus tard, il la porta jusqu'à sa chambre. L'attention avec laquelle il détailla les murs, les meubles et le dragon en peluche n'échappa pas à Elsa. Il découvrait son univers et elle était plutôt soulagée d'avoir fait le ménage à fond. Il n'aurait plus manqué qu'il trébuche sur un soutien-gorge oublié ou se heurte au calendrier sexy des Dieux du stade, que Marion lui avait offert deux ans plus tôt et qu'elle avait enfin remplacé par un autre, illustré d'œuvres de Klimt.

Adam la déposa en douceur sur le matelas.

— Vous pouvez me dire où trouver une couette et un oreiller ? s'enquit-il. Je dormirai au salon.

Le voir ainsi debout devant elle, avec ses mèches brunes en bataille et sa mâchoire ombrée de barbe la poussa à franchir la frontière de l'effronterie. Elle lâcha d'une traite :

— Le médecin a dit que je ne devais pas rester seule. Vous êtes donc condamné à partager mon lit.

Il la regarda d'un air sceptique.

— Le médecin a vraiment dit ça ?

— Absolument. Au cas où des dommages cérébraux tertiaires apparaîtraient.

— Alors, je me vois contraint d'obéir.

Quand il déboucla la ceinture de son pantalon cargo et s'en débarrassa, elle retint son souffle. Son audace transformait son cœur en tambour de guerre dont les battements ravivaient son mal de tête. Mais le jeu en valait la chandelle : il se déshabillait avec un naturel désarmant, et elle profitait du spectacle.

Seulement vêtu de son T-shirt et de son boxer noir, Adam éteignit la lumière et se glissa dans le lit. Elle regrettait de ne pas avoir eu le temps de le contempler plus longtemps.

— J'ai peur de vous faire mal, murmura-t-il.

— Je crierai si c'est le cas.

Elle aurait aimé poser la tête au creux de son épaule, se pelotonner contre lui, mais elle savait que ni son genou, ni son bras, ni son crâne ne seraient d'accord. Alors, elle se contenta de sa chaleur diffuse et de son odeur pour s'endormir d'un sommeil paisible.

ఞ · ఆ

Allongé aux côtés d'Elsa, Adam réalisa qu'il s'agissait de l'occasion idéale de vérifier si Marion avait raison quant à la réussite de sa cure. Seule une trentaine de centimètres les séparait. À peine la longueur d'une règle d'écolier.

Un gouffre infranchissable.

Il aurait voulu attirer Elsa contre lui, l'envelopper de ses bras pour la protéger. Il approcha sa main, renonça. Elle somnolait déjà, et il ne voulait pas raviver ses douleurs. Elle avait un immense besoin de repos. Les minutes s'étirèrent. Relevé sur un coude, il l'observait sans être assailli de pensées lubriques ou bander comme un âne. Peut-être sa désintoxication fonctionnait-elle, au final ? Dans son sommeil, les traits d'Elsa acquéraient une vulnérabilité touchante. Le sabotage de son vélo aurait pu lui coûter la vie, et il ne s'en serait pas remis.

La coupable allait payer très cher.

Ses pensées cheminèrent dans une direction plus pragmatique. Il lui fallait déplacer leur week-end. Elsa ne pourrait pas endurer son toucher dans cet état.

Ne devrait-il pas plutôt l'annuler, en y réfléchissant ? Non. Il ne renoncerait pas à sa compagnie. Il était trop égoïste. Sans compter qu'il détestait ne pas en avoir pour son argent.

Croyait-il vraiment à son dernier argument ? Il grimaça et chercha le sommeil.

Chapitre 42

Au matin, Elsa s'éveilla seule dans son lit. Avait-elle rêvé ? Elle tira à elle l'oreiller voisin et y plongea le visage. Les effluves du parfum et de l'après-rasage d'Adam se mêlèrent. Il avait bel et bien dormi à ses côtés. Mais où se trouvait-il donc ? Elle reposa le coussin à regret, se leva prudemment et sourit. Sa tête ne résonnait plus comme une grosse caisse en plein concert. Même son genou semblait plus enclin à la soutenir. Ravie de ce petit prodige, elle essaya de tendre ses doigts bandés et glapit de douleur. Adam déboula dans la chambre.

— À quoi jouez-vous ?
— À celle qui se rend compte que les miracles n'existent pas.

Il se radoucit devant ses traits tendus.

— Venez, j'ai préparé le petit déjeuner.
— Ça devient presque une habitude, le taquina-t-elle.

Alors qu'il s'approchait pour la soulever, elle secoua la tête.

— Aidez-moi seulement à marcher, je me sens beaucoup mieux.

Il glissa un bras autour de sa taille et la soutint jusqu'à la cuisine. Son genou, conciliant, grinça à peine. Sur le plan de travail trônait une imposante machine à café.

— Qu'est-ce que ça fait là ? demanda-t-elle en s'asseyant à table.

— C'est pour assurer ma survie.

Elle haussa un sourcil et il poursuivit d'un ton sérieux :

— Vous avez déjà tenté de m'empoisonner, alors je me protège.

— Elle est arrivée quand ?

— À l'aube, par coursier.

— Vous obtenez toujours ce que vous voulez, n'est-ce pas ?

— Presque. Celle-ci ne fait pas les lattes macchiatos, dit-il en mettant l'appareil sous tension.

— Au lieu de dire des bêtises, préparez-moi plutôt une tasse de thé. Du Lady Grey.

Il mit de l'eau à chauffer, puis appuya sur le bouton « expresso » de son nouveau jouet. Elle le regardait faire, fascinée. Il évoluait dans sa cuisine aussi naturellement que s'il s'agissait de la sienne. La machine moulut les grains dans un ronronnement, puis émit une série de cliquetis. Bientôt, un café odorant coula dans la tasse décorée de chiots roses qu'il avait dénichée dans le placard. Il lui tendit son thé et prit place à ses côtés. Comme n'importe quel couple.

ஜ · ಜ

Adam porta la tasse à ses lèvres et dégusta une gorgée du nectar. Rien à voir avec les horreurs en capsules. Son regard s'égara un instant sur les silhouettes canines couleur framboise qui ornaient la porcelaine blanche. Elsa avait un goût déplorable en matière de vaisselle.

Elle sirotait son thé avec un plaisir évident. Elle avait meilleure mine, ce matin. Il consulta sa montre. Le kinésithérapeute qu'il avait engagé arriverait dans une heure. L'acupuncteur passerait en fin de journée et l'infirmière viendrait le lendemain changer les pansements. Cet accident ne laisserait pas la moindre séquelle chez Elsa.

Jérôme l'aurait mis sous tutelle rien qu'à suivre le cours de ses pensées. Il grimaça dans sa tasse.

— J'ai décidé d'annuler notre prochain week-end, annonça-t-il brusquement.

Elsa leva un regard surpris.

— Pourquoi ?

Il eut soudain envie de jouer au chat et à la souris avec elle.

— Ne vous inquiétez surtout pas, vous serez payée.

Elle se raidit comme si elle s'était assise sur un porc-épic et scruta ses traits impassibles.

— Je vous jetterais volontiers mon thé à la figure, mais ce serait le gâcher, grommela-t-elle. Plus sérieusement, vous annulez ou vous reportez ?

— Serez-vous disponible le week-end du 20 juin ?

— Je serai à vos ordres, monsieur Garamont, susurra-t-elle en injectant une once de malice sensuelle dans son contralto.

Sa voix fit courir un frisson dans le dos d'Adam. Il devait garder les idées claires pour la suite.

— C'est parfait, déclara-t-il en reposant sa tasse un peu trop brusquement sur le bois. Je dois vous abandonner.

— Déjà ? J'aurais pourtant besoin d'aide pour la douche, le provoqua-t-elle.

Il retint un juron. L'image d'Elsa nue, à sa merci, le tenta au-delà du raisonnable. Sauf qu'elle souffrait d'une commotion cérébrale, d'une entorse et de deux doigts cassés. Il aurait volontiers plongé la tête, ainsi qu'une autre partie de son anatomie, dans un seau rempli de glaçons.

— Rassurez-vous, grogna-t-il, une infirmière passera demain matin pour vous aider. Un kiné et un acupuncteur viendront s'occuper de vous tout à l'heure.

Elsa le regarda comme s'il était tombé sur la tête.

— Vous êtes vraiment un maniaque du contrôle.

— Et encore, vous n'avez pas tout vu, murmura-t-il en se levant.

Quant à lui, il avait rendez-vous avec Jérôme.

Chapitre 43

Les jours s'écoulèrent dans une agréable tranquillité, rythmée par les visites de Marion et des professionnels engagés par Adam. Elle protesta pour la forme à leur intrusion, puis se laissa porter par le bien-être qu'ils lui procuraient. Après tout, elle serait stupide de décliner des soins à domicile.

Le lundi, Apollon l'accompagna au commissariat. L'attitude blasée du lieutenant qui prit sa déposition la découragea. Aucune avancée dans l'enquête, impossible de confirmer le sabotage du vélo. Quant à la femme de l'hôpital, aucune image de caméra de sécurité n'était exploitable. De plus, si la police la retrouvait, ce serait la parole d'Elsa contre la sienne. Sans preuve tangible, elle ne serait jamais inquiétée.

— Fradival travaille d'arrache-pied pour retrouver votre agresseuse, lui assura Varnier sur le trottoir.

— À quoi bon ? grommela-t-elle. Vous l'avez entendu : sans preuve, cela ne servira à rien.

— Pour autant que l'on passe par la police. Mais nous avons d'autres moyens.

Elsa plissa les yeux. La remarque lui évoquait les séries Z. Envisageait-il d'engager un tueur à gages ?

— Vous pouvez préciser votre pensée ?

— Peut-être acceptera-t-elle de vous laisser en paix contre une certaine somme d'argent.

Elle se redressa de toute sa taille et le fusilla du regard.

— Je refuse qu'Adam paie quoi que ce soit en plus pour moi. Qui plus est, cette femme souffre d'une obsession pathologique. Elle n'arrêtera pas de me harceler en échange d'une poignée de billets.

Varnier lui prit le bras et l'entraîna vers la voiture. Elsa hésita à se dégager, puis renonça à se rendre ridicule.

— Oubliez mes paroles, déclara-t-il en lui ouvrant la portière. Nous trouverons des preuves.

Tant qu'il ne les fabriquait pas !

Le lendemain, elle eut la surprise de trouver Danièle Viatone sur son perron, des housses à vêtements dans les bras.

— Que faites-vous là ?

— Moi aussi, je suis ravie de vous revoir, déclara la visiteuse avec un air pincé.

Elsa rougit, gênée.

— Veuillez m'excuser. Je ne vous attendais pas.

— Je sais, mais Adam m'a garanti que vous vous trouveriez à la maison.

Sans blague. Entre les suites de l'accident, les séances avec le kiné et la préparation de sa soutenance, elle avait à peine eu le temps de prendre l'air dans le jardin. La styliste désigna les housses du menton.

— Ceci est pour vous.

Prenant conscience de son impolitesse, Elsa s'écarta pour la laisser entrer.

— Je vous offre un thé ? proposa-t-elle en la menant au salon.

— Un café, plutôt, si vous avez, répondit-elle en posant avec délicatesse son fardeau sur le dossier du canapé.
— J'ai.

À condition de réussir à faire fonctionner la super-machine d'Adam.

Après quelques essais infructueux, elle rapporta un expresso à Danièle Viatone qui le huma longuement. Elle-même savoura une gorgée de son Oolong infusé à la perfection avant de poser la question qui la turlupinait :

— Que m'avez-vous apporté ?

La styliste désigna la première housse du doigt.

— Votre robe de soirée, réparée. Adam a pensé que cela vous ferait plaisir.

Il avait raison. Cette robe était la première dans laquelle elle s'était sentie séduisante depuis fort longtemps. Mais elle avait prévu de ne rien garder de lui. Peut-être ferait-elle une exception ?

— Dans celle-ci… surprise, dit Danièle Viatone en lui tendant la deuxième housse.

Elsa tira sur la fermeture-éclair, révélant un chemisier en mousseline bleu-gris et un pantalon noir.

— C'est pour votre soutenance, précisa la styliste. Les escarpins à bride iront parfaitement avec. Pouvez-vous passer l'ensemble afin que je vérifie que tout est en ordre ?

Satané Adam ! Décidément, il ne pouvait s'empêcher de placer ses gros grains de sel dans son quotidien. Mais il lui tirait aussi une épine du pied : elle serait impeccable.

— Je reviens, annonça-t-elle en emportant les vêtements dans sa chambre.

Elle se changea en bataillant avec son attelle, puis se regarda dans le miroir. Si le chemisier lui allait à la perfection, le pantalon bâillait un peu à la taille et était trop large aux hanches. Quand elle redescendit, Danièle Viatone marmonna d'un ton réprobateur :

— Vous avez minci. Il va falloir que je reprenne ça.

Comme par enchantement, des épingles se matérialisèrent dans sa bouche, et elle se mit au travail.

Ensuite, elle recula pour vérifier son œuvre et sourit.

— Parfait ! Je vous le rapporterai demain, en fin de journée.

— J'aimerais vous payer.

— Adam ne serait pas d'accord, affirma-t-elle avant de s'éclipser.

Quant à Elsa, elle n'avait retenu que trois mots : « Vous avez minci. » Plairait-elle autant à Adam avec ses centimètres en moins ?

Le lendemain, à neuf heures trente, un coup de sonnette insistant l'arracha au peaufinage de son diaporama PowerPoint. Cette fois-ci, ce fut une Anya Petrof vêtue de vert et de rouge, à la manière d'un feu de signalisation dysfonctionnel, qu'elle découvrit sous son porche.

— Elsaaaaa ! s'écria-t-elle. Vous êtes ravissante.

En l'occurrence, elle avait enfilé un pantalon de jogging informe rose vif et un T-shirt détendu, car elle n'attendait personne avant l'après-midi.

— Que faites-vous là ? grogna-t-elle.

— Je viens vous faire répéter votre présentation, ma chère ! Allez, au travail ! lança Anya en forçant le passage.

Résignée, Elsa referma la porte derrière le bulldozer roux et l'accompagna au salon.

Ses souffrances commencèrent.

Elle dut répéter cent fois chaque phrase, travailler ses intonations, revoir sa gestuelle. Quand elle pensait avoir atteint l'objectif fixé par la coach, celle-ci fronçait les sourcils, agitait ses ongles de tigresse et lui intimait de recommencer. À onze heures, un mal de tête commença à poindre.

Le premier depuis dimanche. À onze heures trente, elle envisageait de poignarder sa tortionnaire à coups de fourchette. Sans oublier que le médecin avait été très clair : pas d'excès. Or, après réflexion, deux heures avec Anya représentaient une contre-indication formelle à sa récupération.

— Il faut que je me repose, annonça-t-elle en se laissant tomber dans le fauteuil.

La coach n'insista pas. Adam avait dû la briefer.

— Très bien. Je reviendrai demain matin pour une dernière répétition.

En la raccompagnant à la porte, Elsa se sentit aussi soulagée qu'angoissée : serait-elle prête à temps ? Elle avala un gramme de paracétamol, s'octroya deux heures de sieste et se remit au travail avec une bassine de thé à portée de main. À quinze heures, ses séances de kiné et d'acupuncture lui redonnèrent assez d'énergie pour répéter une dernière fois sa présentation. Ensuite, Danièle Viatone rapporta le pantalon et insista pour qu'elle l'enfile. Son claquement de langue satisfait résonna dans le salon.

— Avec un maquillage léger et vos cheveux relevés, vous serez parfaite, affirma-t-elle.

Pour la première fois depuis trois jours, Elsa se sentit confiante.

Ce qui ne l'empêcha pas de souffrir d'insomnie jusqu'à deux heures du matin.

Chapitre 44

Anya Petrof sonna à neuf heures, alors qu'Elsa bondissait comme un pois sauteur dans son salon depuis l'aube. Trop peu de sommeil, beaucoup trop de stress et de théine. Comme la soutenance n'aurait lieu qu'à quatorze heures, elle avait dix mille fois le temps de mourir d'une crise cardiaque d'ici là. La coach la força à avaler les deux croissants qu'elle avait apportés et lui fit subir une interminable séance de relaxation qui eut pour seul effet de donner envie à Elsa de s'entraîner au cri qui tue.

Alertée par son vingtième soupir, Anya abdiqua :

— Elsa chérie, montez vous préparer.

— Je croyais que je devais répéter une dernière fois ?

— Dès que vous serez prête.

— Mais…

— Douchez-vous, habillez-vous, maquillez-vous et cessez de protester.

Elle frappa dans ses mains avant de lui désigner l'escalier d'un index impérieux. Elsa abdiqua. Anya avait raison : il fallait répéter en tenue, comme les acteurs de théâtre, histoire d'être certaine que le costume ne se déchirerait pas au mauvais endroit ou qu'elle ne trébucherait pas sur ses talons hauts.

Depuis la salle de bain, il lui sembla entendre des sons étouffés et des grincements, et elle se demanda ce que la coach fabriquait.

Quand celle-ci se mit à chanter une opérette en italien, Elsa oublia les bruits suspects pour savourer les harmoniques complexes. Anya Petrof avait une très belle voix. Peut-être Adam devrait-il lui présenter Danièle Viatone, histoire que l'apparence suive ? Elle ricana intérieurement, puis se concentra sur son reflet dans le miroir, histoire de ne pas se retrouver avec une tête de clown.

Une demi-heure plus tard, elle redescendit, pomponnée et parfumée, presque sereine. Ce sentiment perdura jusqu'à ce qu'elle découvre son salon transformé en auditorium. Un demi-cercle de chaises sur lesquelles avaient pris place Adam, Apollon, Marion, Eduardo et Anya faisait face à un écran blanc sur pied. Un rétroprojecteur ronronnait sur la table. À cet instant précis, Elsa manqua de trébucher et dévaler les dernières marches, tête la première.

— Mais qu'est-ce que vous fabriquez là ? s'exclama-t-elle, cramponnée à la main courante.

Marion prit la parole :

— Comme tu as décidé de passer ta soutenance à huis clos, alors que nous tenions à y assister, nous voilà. Et sois contente : nous, nous ne te poserons aucune question.

— Je suppose que tu es à l'origine de cette idée géniale ?

— Je plaide coupable, avec l'aide de maître Varnier.

Pour que Marion donne du « maître » à Apollon, il avait dû vraiment l'aider. Comment l'avait-elle convaincu ? Cela faisait un mystère de plus à élucider, après celui des baguettes chinoises de Katarina.

Adam l'avait rejointe. Il lui offrit son bras pour la conduire jusqu'à l'espace dégagé. Elle s'en saisit avec gratitude, soudain aussi à l'aise sur ses talons qu'une girafe sur des patins à roulettes.

— Je suis ravie que vous soyez là, lui dit-elle.

Il lui sourit, tandis que Marion protestait :

— Nous, on compte pour beurre ? Gare au mauvais karma, poulette !

Elsa leva les mains en un geste apaisant.

— Ça me fait aussi plaisir, bien sûr.

— Mais on n'a ni d'envoûtants yeux verts ni des abdominaux à damner une sainte, n'est-ce pas ? compléta Marion, reprenant, non sans malice, certaines de ses expressions classées confidentielles.

— Marion ! protesta Elsa en rougissant jusqu'aux cheveux sous les regards amusés.

— Comme convenu, maintenant que je l'ai mise mal à l'aise, il est temps de commencer, continua la traîtresse. Mademoiselle Carazzone, nous vous écoutons.

Un jour, Elsa se vengerait. Pour l'instant, il était temps de présenter son mémoire, « *The true hero in the work of John Ronald Reuel Tolkien* », en espérant que son public soit bilingue. Après une profonde inspiration, elle se lança d'une voix timide. Le regard meurtrier d'Anya la secoua suffisamment pour qu'elle retrouve ses moyens.

Vingt-cinq minutes plus tard, un torrent d'applaudissements salua sa prestation. La coach se leva pour venir la prendre dans ses bras. Elsa se sentit l'âme d'une patineuse artistique attendant l'appréciation des juges, assise sur le banc du « *Kiss and Cry* ». Il ne manquait plus que le bouquet de fleurs géant et les nounours en peluche.

— C'était presque parfait, Elsa chérie, ronronna Anya en lançant un regard appuyé à Adam.

Un regard qui signifiait : « Admirez mon œuvre ! »

— Non ! protesta Marion. C'était parfait tout court.

— J'approuve, murmura Adam à l'oreille d'Elsa, alors qu'Anya la libérait enfin. Vos examinateurs seront bluffés.

— Pour autant que je parvienne à répondre à leurs questions.

— *Querida*, déclara Eduardo, tu maîtrises ton sujet et tu captives ton auditoire. Tout ira bien.

Apollon intervint :

— Je partage cet avis. Quels changements après l'impression désastreuse que vous m'avez faite à notre première rencontre !

Étonnamment, ce compliment insolite la toucha plus que les autres.

Quatre heures plus tard, elle dansait presque en rejoignant Marion au Blue Moon. Le reste de son public n'avait malheureusement pas pu se libérer pour la féliciter ou la consoler au terme de sa soutenance.

— Réussi ?

— Cinq et demi sur six.

— Chapeau bas ! On débouche le champagne ce soir ?

Elsa secoua la tête.

— Un, j'ai mal à la tête, et deux, on l'ouvrira mercredi prochain, quand tu seras diplômée de l'école d'avocature.

Marion grimaça.

— Je pense que ta bouteille attendra jusqu'à la prochaine session d'examens. Je la sens plutôt mal.

— Dit celle qui m'a mille et une fois seriné d'avoir davantage confiance en moi.

— O.K., je me tais.

Quand Elsa entendit le sifflotement de son téléphone, elle se raidit. À chaque fois qu'elle recevait un message, elle ne pouvait s'empêcher de penser qu'il s'agissait de sa harceleuse. Elle tira son portable de son sac, déverrouilla l'écran et pâlit au numéro inconnu. Marion lui arracha presque l'appareil des mains.

— Alors ? murmura Elsa devant le visage impénétrable de son amie.

— C'est une catastrophe.

— Quoi ? demanda-t-elle en cherchant à déchiffrer le texte.

Marion l'en empêcha en retournant le téléphone.

— Tu ne devrais pas lire ça.

— Donne-moi ça, réclama Elsa, rassurée par son ton taquin.

— Exclu. Tu ne vas pas t'en remettre.

— Marion ! s'exclama-t-elle en se penchant pour récupérer l'appareil.

Celle-ci l'agita hors de portée.

— Il t'a envoyé un message.

— Qui ?

— Devine.

Non, ce ne pouvait pas être…

— Adam ?

— Gagné !

— Il m'a donné son numéro de portable, murmura-t-elle d'un ton aussi étonné que ravi.

Marion lui rendit enfin son téléphone et la fixa d'un regard narquois tandis qu'elle découvrait les mots d'Adam :

« J'ai pensé à vous. »

Elle pianota en retour : « C'est peut-être pour ça que je n'ai eu que 5.5. Vous m'avez déconcentrée. »

Quelques secondes plus tard, un nouveau sifflotement retentit : « Et je ne compte pas m'arrêter là. »

— On n'est pas dans la merde, annonça sobrement Marion qui lisait par-dessus son épaule.

Chapitre 45

Une fois rentrée, Elsa lut et relut les messages d'Adam. Il lui avait donné son numéro. Il lui avait donné son numéro ! Elle avait envie d'ouvrir les fenêtres en grand et de crier ces mots à tue-tête pour que tous les voisins les entendent. Elle souriait encore telle une demeurée en se brossant les cheveux. Ensuite, elle se replongea dans le SMS une dernière fois. Juste une toute petite dernière fois.

Oh, mon Dieu ! Elle se comportait comme une ado de seize ans. Elle courait à la catastrophe ! Adam et elle finiraient enfermés dans la même chambre en cure de désintoxication. Une moitié de son cerveau lui construisait des histoires d'amour digne de Barbara Cartland, tandis que la seconde lui parlait contrat, échéance et rénovation de la maison.

Elle finit par avaler un gramme de paracétamol pour calmer la migraine qui touchait équitablement les deux hémisphères.

Le matin la trouva entortillée dans ses draps après une nuit agitée. Un peu plus tard, elle sirotait un thé à sa table de cuisine, l'œil morne et les cheveux en bataille, quand la sonnette retentit. Elle rassembla les morceaux épars de sa cervelle et arriva à la conclusion qu'elle n'attendait personne. Cette maison était un vrai hall de gare.

Elle traîna son corps fatigué dans l'entrée pour regarder par l'œilleton. Eduardo.

— On avait rendez-vous ? demanda-t-elle en lui ouvrant.

— Bonjour, *querida*. Absolument pas.

— Alors que fais-tu ici ?

Hermétique à sa mauvaise humeur, il répondit d'un ton guilleret :

— J'ai pensé que tu aurais besoin de prendre l'air après tes examens. Partante pour une balade au bord du Rhône ?

Elle émit un grognement fort peu féminin.

— Ton enthousiasme fait plaisir à entendre, s'amusa-t-il. Pour rappel, je suis payé pour prendre soin de toi, et là, c'est indispensable.

Il la saisit par les épaules, la retourna et la poussa en direction de l'escalier.

— Allez, *querida*. Douche, vêtements propres, coup de peigne, et on y va.

Nouveau grognement.

— Tu me remercieras après, je te le promets. Grimpe, maintenant. Si tu es sage, on s'arrêtera au tea-room à côté de l'église.

Dernier grognement, plus enthousiaste : la limonade maison de « Chez Rose » valait un détour de dix kilomètres. De plus, Eduardo avait raison : elle avait besoin de s'aérer. Peut-être réussirait-elle à le faire parler de ce qui le perturbait ?

Elle lutta pour enfiler son bras dans le manchon de protection en plastique et fonça sous la douche. Peu après, elle avait repris figure humaine.

Ils s'engagèrent sur le chemin qu'ils empruntaient d'ordinaire pour leur jogging, puis gagnèrent les bords du Rhône. Le fleuve coulait paresseusement, apportant une touche de fraîcheur à cette matinée déjà chaude. Quand Eduardo consulta sa montre pour la quatrième fois, Elsa demanda, exaspérée :

— Tu as rendez-vous ?

Il secoua la tête.

— J'ai l'impression qu'elle retarde. Quelle heure as-tu ?

Ses paroles sonnaient faux ; elle le sentait tendu, mais différemment de ces dernières semaines.

— Dix heures trente. Eduardo, qu'est-ce qui ne va pas ?

— Tout va bien, *querida*, je t'assure.

— Bien sûr, grommela-t-elle. Et la marmotte, elle met le chocolat dans le papier...

Son compagnon soupira.

— Je te promets que je te dirai tout, mais pas ce matin.

— J'ai ta parole ?

— Tu l'as.

Rassurée par son ton sincère, elle cessa de s'inquiéter de ses bizarreries et profita de la promenade. Les insectes bourdonnaient, le soleil jouait à cache-cache entre les branches touffues et des parfums de sous-bois les enveloppaient. Une matinée idéale pour se ressourcer.

Ils longèrent le fleuve, puis remontèrent en direction de l'église qui se dressait, solitaire dans son cadre verdoyant. En approchant de l'édifice, Eduardo lui prit la main et entrelaça ses doigts aux siens. Gênée, elle s'arrêta net.

— À quoi joues-tu ?

— Je m'assure que tu ne trébucheras pas.

— Sur une pelouse ?

— Simple précaution.

Ces bizarreries la mettaient de plus en plus mal à l'aise et elle ignorait comment réagir. Se dégager ? Le laisser faire pour comprendre enfin ce qui le perturbait ? Pendant qu'elle tergiversait, le regard d'Eduardo balayait l'esplanade. Soudain, il l'attira dans ses bras. Elle se raidit contre lui. C'en était trop ! À l'instant où il avançait le visage comme pour l'embrasser et qu'elle se préparait à le repousser de toutes ses forces, des mains l'empoignèrent par-derrière, l'arrachèrent à l'étreinte d'Eduardo et la projetèrent au sol. Elle heurta l'asphalte dans un cri de surprise ; le choc qui envoya une onde de douleur dans son bras blessé lui en arracha un second, de souffrance.

Une femme la dominait. La quarantaine, belle, des cheveux bruns ondulés, un foulard rouge vif autour du cou et des traits déformés par la haine.

Chapitre 46

Trois heures plus tard, fulminante, Elsa jaillissait littéralement du commissariat, talonnée par Eduardo et Varnier. Fradival avait quant à lui eu l'excellente idée de s'éclipser après sa déposition. À peine sur le trottoir, elle pivota face à l'avocat et martela sa cravate de son index au rythme de ses paroles :

— Vous vous êtes servi de moi. Vous avez tendu un piège à la folle et vous m'avez utilisée comme appât !

— Venez, nous en discuterons ailleurs, dit Apollon.

Selon ses mauvaises habitudes, il s'empara de son bras et l'entraîna en direction de sa voiture. Elle pila net.

— Si je retournais là-dedans pour leur dire que c'était un coup monté, qu'est-ce qu'ils en penseraient ? demanda-t-elle en désignant le commissariat du pouce.

— Vous tenez vraiment à ce que cette charmante personne soit libre de ses mouvements ?

Oh que non ! Mais elle aurait aimé qu'on l'informe de son rôle avant de se retrouver les fesses par terre face à une timbrée ! Un peu plus, et elle lui crevait les yeux. Tout cela à cause d'Eduardo ! Parce qu'en fin de compte, l'histoire n'avait rien à voir avec Adam, d'où les vaines recherches de Fradival.

— Tu aurais dû m'en parler ! aboya-t-elle à son entraîneur.

Il eut la décence de paraître gêné.

— Je ne croyais pas Christelle aussi déséquilibrée, lâcha-t-il.

Quel doux euphémisme ! Elsa, elle, aurait utilisé cinglée, dingue ou siphonnée.

Nom d'une pipe ! Quand Eduardo avait mis un terme à leur relation qui durait depuis deux ans, cette décérébrée avait pété un câble. Elle voulait le récupérer à n'importe quel prix et le harcelait continuellement. Il s'était tu pour une bonne raison : on ne couchait pas avec ses clientes ! Si cela s'ébruitait, sa carrière serait fichue. Pas de bol, cette tarée avait pris Elsa pour sa nouvelle conquête ! La faute à sa prévenance durant leurs entraînements.

Varnier reprit la parole :

— Puis-je vous ramener chez vous ?

— Excellente idée ! Sur le trajet, je pose les questions et vous répondez.

— Si cela peut vous calmer.

Elle refoula l'envie de lui arracher les yeux et la langue qui la submergeait. Il devait d'abord parler. Eduardo ouvrit la portière passager et voulut l'aider à s'installer.

— Ne me touche pas, siffla-t-elle d'un ton si bas qu'il recula comme si elle l'avait giflé.

Sans insister, il embarqua à l'arrière de la voiture. Elsa batailla pour boucler la ceinture de sa main valide, puis fixa la route, les dents serrées à s'en fissurer l'émail.

Au premier feu rouge, elle parvint à articuler :

— Depuis quand saviez-vous que cette femme était ma harceleuse ?

Ce fut Eduardo qui répondit :

— Je l'ai compris quand tu l'as décrite à l'hôpital.

— Pourquoi ne pas me l'avoir dit ?

— Parce que nous avions besoin de preuves, expliqua Varnier. Sans cela, ç'aurait été votre parole contre la sienne. Or, madame Dumontet a de l'argent et des relations.

Elsa secoua la tête, écœurée. Elle, elle n'était rien.

Stop ! Pas d'autoapitoiement !

— D'où votre génialissime idée d'un coup monté, continua-t-elle. Vous auriez pu m'avertir !

Je me serais offert une cotte de mailles ! continua-t-elle in petto.

— Pour être valables, les preuves ne doivent pas résulter d'une tromperie, lui indiqua Varnier. C'est pour cela que nous ne vous avons pas mise au courant. Ainsi, votre déposition respirait la sincérité.

L'hystérie, aussi. Comme le témoignage de Christelle Dumontet. Quand celle-ci avait compris qu'Elsa était une simple cliente d'Eduardo et qu'il n'y avait rien entre eux… Mon Dieu !

Elsa frissonna au souvenir du rire grinçant qui avait secoué la pauvre folle avant qu'elle ne fonde en larmes et se mette à les supplier de lui pardonner… de manière à repartir sur de bonnes bases avec Eduardo.

Elle aurait besoin d'une psychothérapie intensive pour s'en sortir, voire d'un long séjour nourrie logée dans une jolie chambre capitonnée.

Et pendant ce temps, Varnier s'était arrangé pour que jamais le nom de Garamont ne soit cité. D'ailleurs, en parlant du loup…

— Adam est déjà au courant ?

L'avocat se racla la gorge avant de répondre :

— Je l'informerai de l'issue de l'affaire dès mon retour au bureau.

La stupeur figea Elsa une fraction de seconde, puis elle murmura :

— Il ignore ce que vous avez fait.

— Il aurait émis son veto.
— Je n'aimerais pas être à votre place.

L'espace d'un instant, elle plaignit Apollon. Adam n'apprécierait pas d'être mis devant le fait accompli. Puis sa colère revint en force au souvenir de la furie qui l'avait jetée à terre en vomissant un torrent d'injures. D'Eduardo qui luttait pour la retenir. De Fradival qui observait, simple témoin qui passait par là « par hasard ». De Châtaigne, victime innocente de cette folie.

Après réflexion, elle espérait que le chef d'orchestre du guet-apens en prendrait pour son grade. Quelques détails lui manquaient encore.

— Comment a-t-elle su où nous trouver ? demanda-t-elle à Eduardo.
— Je lui avais laissé entendre que nous avions rendez-vous à l'église à onze heures.

D'où ses incessants coups d'œil à sa montre. Un soupçon lui vint :

— Pourquoi à l'église ?
— Nous devions rencontrer le prêtre pour préparer notre mariage, marmonna-t-il en rougissant.
— Quoi ?!

À la manière d'un torero, Eduardo avait agité une irrésistible muleta devant le museau de son ex, jusqu'à ce qu'elle fonce droit dans le piège, malade à en crever de jalousie. Ce qui expliquait sa métamorphose en furie prête à tuer.

— J'espère que vous êtes conscients que je vous en veux terriblement, annonça-t-elle aux deux hommes.
— J'espère que vous êtes consciente que cette femme ne nuira plus, répondit Varnier du tac au tac.

Elsa pinça les lèvres et garda le silence.

∽ · ⌘

Après avoir déposé Eduardo et Elsa au chemin de l'Étang, Jérôme redémarra. La circulation dense le força à prendre son temps pour rejoindre l'étude, ce qui n'était pas pour lui déplaire. Il redoutait la réaction d'Adam. Mais il se devait de lui annoncer de vive voix les derniers évènements.

Une fois dans son bureau, il se servit un verre de whisky, se cala dans son fauteuil et composa le numéro de son ami.

Quelques minutes plus tard, il écartait le téléphone de son oreille pour que son tympan survive au rugissement furieux qui en jaillissait. Il patienta jusqu'à ce que la logorrhée d'Adam s'épuise, puis demanda :

— Tu as fini ?

— Tu n'as rien écouté, c'est ça ?

— Si, j'ai tout entendu, de même que les quarante collaborateurs de mon étude.

— Tu aurais dû m'avertir.

— Je sais. Mais tu serais intervenu, ce qui aurait tout gâché. Là, l'affaire est réglée et ton nom n'apparaît nulle part… si cela t'importe toujours.

— Qu'est-ce que tu insinues ? lâcha Adam sur un ton lourd de menaces.

— Qu'il me semble que tu as tendance à afficher ta chère petite réceptionniste à ton bras, alors que tu comptais la cacher au fond d'un placard.

Comme Adam ne répliquait rien, Jérôme continua :

— Ça ne me dérange pas que tu changes d'avis, mais es-tu certain que c'est vraiment ce que tu désires ?

Il n'obtint aucune réponse.

∽ · ⌘

À vingt et une heures, un SMS fit vibrer le portable d'Elsa sur la table basse. Elle s'en empara à la vitesse de la lumière. Le nom « Adam G. » s'affichait sur l'écran. Son cœur tambourinait quand elle déchiffra le message.

« Jérôme m'a tout raconté. Je suis heureux que vous alliez bien. »

Elle répondit dans la foulée : « Merci. Il est encore vivant ? »

« Je crois. Peut-être souffrira-t-il d'acouphènes durant quelque temps. »

Elle sourit. Elle hésitait à poursuivre cette conversation, de crainte de trop montrer le besoin qu'elle avait de lui. Elle entama un nouveau message, l'effaça, patienta. Une minute plus tard, l'appareil vibrait.

« Vous êtes toujours là ? »

« Oui. »

« Comment vous sentez-vous ? »

Ainsi, il s'inquiétait pour elle.

« Ma colère est retombée, et je suis soulagée que tout soit terminé. Par contre, Marion envisage de scalper votre avocat. »

« Je n'oserai pas m'interposer. Marion tient à vous comme à la prunelle de ses yeux. »

« Et vous ? »

Le message partit avant qu'Elsa ait réalisé ce qu'elle venait d'écrire. Les secondes s'écoulèrent, puis les minutes. Qu'avait-elle fait ? Quelle idiote ! Elle donnerait n'importe quoi pour effacer ce SMS. Fallait-il en envoyer un autre ? Pour dire quoi ?

Enfin, un nouveau message arriva : « Je ne serai pas atteignable avant notre prochain week-end. Prenez bien soin de vous dans l'intervalle. »

Elsa le relut dix fois, l'interpréta dans tous les sens possibles, puis jeta l'éponge. Il ne voulait plus lui parler. Mais au moins, il n'annulait pas leur dernière rencontre.

Chapitre 47

Les sept jours suivants, Elsa se sentit l'âme d'une prisonnière condamnée à perpétuité. Pour un peu, elle aurait gravé une encoche dans le mur de sa chambre chaque matin.

Marion, sa joie explosive et sa bouteille de champagne la tirèrent de son marasme : elle aussi avait réussi ses examens. Il ne lui restait plus qu'à trouver une place de stage dans une étude d'avocat.

— Pourquoi pas Varnier & Sinclert ? proposa Elsa, pompette après le troisième verre.

— Pour me heurter à môssieur Apollon tous les jours ?

— Ça lui ferait les pieds.

— Pas faux. En plus, leur étude est réputée : mes gentils camarades tueraient pour entrer chez eux.

— Alors postule ! Je peux lui en toucher un mot si tu veux.

— En plus, il a une dette envers toi.

— Tu veux que je lui en parle ?

Marion réfléchit, puis secoua ses mèches violettes.

— Non. Je préfère qu'on m'engage pour mes qualités, pas parce que ma meilleure amie a manqué de se faire arracher les yeux par une vieille peau.

Elsa la salua de sa flûte.

— D'ac'. C'est tout à ton honneur, mais si tu changes d'avis…

— Je garde ta proposition en tête. En attendant, bois un peu et imite-moi encore Anya Petrof !

Le mal de tête qui perdura jusqu'au vendredi matin lui tint compagnie, à défaut de la fameuse « enveloppe aux instructions » dont elle guettait désespérément l'arrivée.
Rien.
Rien de rien.
Adam avait-il changé d'avis ? Leur week-end était-il annulé ? Recevrait-elle une lettre de licenciement ?
En début d'après-midi, la visite de l'infirmière lui changea les idées. Dès que celle-ci lui eut ôté attelle et bandage, Elsa remua légèrement son poignet et ses doigts sans ressentir la moindre douleur.
— Je suis libre ? demanda-t-elle sans vraiment y croire.
— Presque.
L'infirmière piocha de minces bandes Velcro blanches dans sa sacoche et attacha chaque doigt lésé à un doigt sain.
— Vous porterez encore ces bagues de syndactylie pendant quinze jours. Ça vous évitera de faire des bêtises.
Elle lui tendit ensuite une petite attelle en plastique perforé couleur chair et un rouleau de bandage autoadhésif.
— La nuit, vous protégerez vos doigts avec ceci. Pour le poignet, a priori il n'y a plus rien à faire, sauf si vous recommencez à avoir mal. Continuez vos exercices de mobilisation et tout devrait rentrer dans l'ordre.
Elle commença à ranger son matériel.
— Avez-vous des questions ? s'enquit-elle après avoir terminé.
— Non, c'est tout bon. Merci d'avoir si bien pris soin de moi.
— Ce fut un plaisir, dit-elle en se levant. Oh ! J'allais oublier…

Quand elle tira l'enveloppe tant attendue de son sac, Elsa sentit son cœur s'arrêter.

— Maître Varnier m'a chargée de vous remettre ceci.

— Pourquoi passer par vous ? s'étonna Elsa.

— Je ne devais vous la remettre que si je vous jugeais suffisamment rétablie, ce qui est le cas. Soyez quand même encore sage avec votre main.

Les joues d'Elsa prirent une teinte coquelicot tout à fait de saison.

Elle se jeta sur l'enveloppe dès que l'infirmière fut partie.

Madame,

Veuillez excuser cette missive tardive.

Une voiture passera vous chercher samedi 20 juin, à dix heures. Comme à l'ordinaire, vous laisserez votre téléphone portable à votre domicile.

Pensez à emporter une tenue de ville, une de sport, un maillot de bain et une robe élégante.

Veuillez agréer, Madame, mes salutations distinguées.

Maître Jérôme Varnier

La prose toujours compassée de l'avocat lui tira un soupir.

Le lendemain, levée à sept heures, elle prépara sa valise avec un sentiment doux-amer. Le dernier week-end. La dernière escapade hors du temps. Elle regretterait ces moments, mais au fond, elle se sentait aussi soulagée qu'ils s'achèvent ; elle tournerait plusieurs pages en même temps : celle de ses études, celle de sa relation avec Adam et celle des galères. Curieuse coïncidence.

Terminés, les savants calculs pour ne pas dépasser la limite de sa carte de crédit ; oubliés, les paquets de pâtes empilés dans le placard parce qu'elle ne pouvait rien acheter d'autre ; envolés, les exposés rédigés à deux heures du matin après son travail au Belle-Rive.

Elle pourrait enfin offrir un cadeau d'anniversaire digne de ce nom à Marion, voire un resto gastronomique et un ciné de temps à autre. Et changer le four qui avait tendance à jouer les incinérateurs avec ses tartes aux pommes. Et s'offrir des vêtements à ses nouvelles mesures, se rendit-elle compte quand elle dut resserrer sa ceinture de deux crans. Son jean tombait comme un sac. Danièle Viatone en aurait fait une attaque.

Pour la première fois depuis des mois, elle osa monter sur sa balance, qui indiqua moins trois kilos. Elle aurait pensé avoir perdu plus, mais cela se comprenait : elle avait troqué de la graisse contre du muscle, en conservant les rondeurs si chères à Adam. Merci, Eduardo.

En parlant de lui... Elle n'avait reçu aucune nouvelle depuis leur retour de cette mémorable journée. Sans doute n'osait-il pas la contacter. Le moment était également venu de tourner la page de la rancœur.

Elle lui envoya un SMS : « *Querido*, maintenant que je ne suis plus ta cliente, peut-être pourrions-nous sortir boire un verre ? Je serai libre comme l'air dès lundi. »

Et sans doute déprimée, mais il s'en doutait déjà.

Ensuite, elle éteignit son portable et le déposa sur la table de la cuisine. Dehors, une berline noire s'arrêtait au bord du trottoir.

Il était temps de partir.

Chapitre 48

Genève, samedi 20 juin

Quand Elsa s'installa à sa place habituelle dans le jet privé, elle grava chaque détail de la cabine cossue dans sa mémoire.
L'avant-dernier trajet.
L'hôtesse à la peau noire et aux yeux de biche, Charline selon son badge, lui apporta le verre d'eau pétillante qu'elle avait demandé.
— Pouvez-vous me dire où nous allons ? s'enquit Elsa.
— Malheureusement non. Nous devions partir sur Marrakech, mais nous avons reçu un contrordre ce matin. Le nouveau plan de vol devrait nous parvenir sous peu.
Elsa fronça les sourcils. À quoi jouait Adam ? Annulerait-il au dernier moment ? Elle s'agita nerveusement dans son siège et, pour s'occuper, feuilleta l'un des magazines mis à sa disposition. Un titre, « Gala à l'Opéra Garnier », attira son attention. Sous quelques lignes évoquant la version controversée de *Manon Lescaut* s'alignait une série de photographies de personnes en tenue de soirée. Sur l'avant-dernière, en arrière-plan, elle reconnut la haute stature d'Adam, une blonde pulpeuse à son bras. Étonnée, elle constata que malgré leur dissemblance, ils formaient un beau couple. Faux, mais beau.
Elle déchira la page, la plia soigneusement et la glissa dans son

sac à main. Il s'agissait peut-être du seul et unique cliché qui lui rappellerait leur relation.

Au bout d'une demi-heure, l'hôtesse revint vers elle.

— Nous allons décoller, mademoiselle.

Elsa soupira intérieurement de soulagement.

— Quelle est notre nouvelle destination ?

— Zurich.

Là où habitait Adam ! Il l'emmenait dans sa ville. Il l'emmenait chez lui.

Elle oscillait entre euphorie et pragmatisme : peut-être était-il simplement submergé par le travail ? Il la parquerait alors dans un palace et s'octroierait quelques heures pour achever sa désintoxication en couchant avec elle jusqu'à s'en lasser.

Elle échafauda une centaine de scénarios durant les trois quarts d'heure de vol, au point d'en ressentir des vertiges. Au moment où l'hôtesse annonça la descente de l'appareil, Elsa l'appela d'un geste de la main.

— Auriez-vous une aspirine ? J'ai un début de mal de tête.

De cœur aussi, mais contre cela, l'aspirine ne pouvait rien.

— Je vous apporte un comprimé.

Et c'est avec l'esprit en capilotade et l'impression d'étouffer qu'elle descendit de l'avion pour embarquer dans une voiture bleu nuit. C'était la première fois qu'elle mettait les pieds à Zurich et chaque nom qu'elle lisait lui donnait le sentiment d'errer en terre inconnue, surtout au vu de sa piètre maîtrise de la langue de Goethe.

À la sortie de l'aéroport, ils s'engagèrent sur l'autoroute, puis empruntèrent une bretelle annonçant « Zürich-City ». L'association germano-anglaise la fit sourire. À sa demande, le chauffeur lui fournit quelques indications dans un anglais mâtiné d'accent allemand : ils longèrent Irchelpark et l'université de Zurich, puis la Limmat qui se jetait dans le lac. Après un court trajet sur les quais, la voiture obliqua pour se garer dans une rue perpendiculaire, au pied d'un immeuble en pierre de taille blanche.

Il ne s'agissait pas d'un hôtel.

Le chauffeur l'accompagna sous l'auvent qui protégeait l'entrée et lui désigna un bouton jouxtant une plaque indiquant « *Wohnung A2* ». Adam ne souhaitait visiblement pas que son nom apparaisse. Elle le remercia d'un « *Danke schön* » tremblotant, inspira et appuya sur la sonnette. La voix d'Adam, légèrement déformée, s'éleva de l'interphone :

— Bonjour Elsa, prenez l'ascenseur jusqu'au quatrième étage.

Presque aussitôt, un bourdonnement sourd lui indiqua qu'elle pouvait entrer. Elle traversa le hall et appela l'ascenseur. Quand les portes coulissantes se refermèrent, elle s'appuya contre la paroi pour soulager ses jambes flageolantes. Elle se sentait aussi nerveuse qu'une midinette à son premier rendez-vous.

Adam l'attendait sur le palier, vêtu d'un pantalon noir et d'un T-shirt blanc qui flattait ses épaules. Elle sortit timidement de la cabine. Il s'empara aussitôt de sa valise et l'emmena par le coude. Le contact de sa paume produisit une sorte de décharge électrique dans son bras.

— Bienvenue chez moi, murmura-t-il à son oreille en verrouillant la porte derrière eux.

Elle frissonna contre lui et eut envie d'ôter d'un baiser le demi-sourire satisfait qu'il arborait.

L'appartement ancien rappelait celui de Paris par ses hauts plafonds, ses parquets cirés et ses moulures. La ressemblance s'arrêtait cependant là. Ici, pas de meubles de style, mais du contemporain assez froid, dans les tons blancs, noirs et gris. Des toiles abstraites apportaient des notes de couleurs çà et là, sans réussir à casser l'impression d'austérité moderne. Il manquait clairement une touche féminine à cet intérieur.

Le soleil pénétrait à flots dans le salon. Une porte-fenêtre donnait sur un balcon juste assez large pour accueillir une minuscule table ronde et deux chaises. Elle s'approcha pour admirer la vue dégagée sur lac de Zurich et comprit enfin pourquoi Adam appréciait sa suite au Belle-Rive. Les mêmes eaux sombres, les mêmes reflets lumineux dansants s'offraient sous des balcons situés à près de trois cents kilomètres l'un de l'autre.

— Vous voulez visiter ? proposa-t-il.

Si elle désirait découvrir davantage son univers ? Question stupide.

— Avec plaisir.

Après quelques minutes, elle constata que sa propre maison tenait largement dans l'appartement décoré avec un goût aussi sûr que froid. Pas un gramme de poussière, pas un poil de chat, pas le moindre objet qui traînait. On aurait pu manger par terre.

— Soit vous êtes un extraordinaire homme de ménage, soit vous employez quelqu'un à temps complet !

Il croisa les bras et appuya une épaule contre le mur.

— Oseriez-vous mettre mes talents domestiques en doute ? demanda-t-il avec sérieux.

— Tout à fait.

Il rit, et ce son chaud et grave provoqua l'envol d'une nuée de papillons dans le ventre d'Elsa.

— Vous avez raison de douter, reconnut-il. Angelina vient tous les matins en semaine. En sus d'être une fée du logis, elle cuisine comme un chef.

— Et vous ne l'avez pas encore épousée ?

— Elle refuse de divorcer de son mari pour moi.

— Il ne vous reste plus qu'à vous rabattre sur une riche héritière.

— Mes parents en rêvent depuis des années.

— Et ? demanda-t-elle, le cœur battant.

Il haussa les épaules.

— Le mariage n'est pas fait pour moi. Venez, la visite n'est pas terminée.

Elle le suivit dans le dernier couloir sans piper mot.

— Voici ma chambre, annonça-t-il en ouvrant la porte.

Un lit king size occupait presque tout l'espace. La parure de lit en satin chocolat parsemée d'une poignée de coussins beiges luisait doucement dans la lumière.

— Vous pouvez poser votre valise ici, dit-il en désignant un coin de moquette côté fenêtre.

Un vertige la saisit. Elle dormirait avec lui ?

— Vous ne préférez pas que je prenne la chambre d'amis ? demanda-t-elle pour s'assurer qu'elle n'avait pas les oreilles ensablées.

Il laissa son pouce courir sur la joue d'Elsa.

— Je veux que tu dormes dans mon lit, avec moi. Pas à l'autre bout de l'appartement.

Le cœur d'Elsa s'emballa. En passant du « vous » au « tu », il abolissait la dernière barrière qui retenait ses sentiments et ses espoirs. Elle était perdue.

— Pourquoi m'avoir fait venir ici ? murmura-t-elle. Dans l'avion, l'hôtesse m'a dit que vous…

— Tu…

— … tu avais prévu de m'emmener à Marrakech.

— J'ai changé d'avis.

— Pourquoi ?

— Parce que je te voulais dans mon lit, nue et suppliante. Mais ça, ce sera pour ce soir. J'ai d'autres projets pour l'après-midi.

Les jambes d'Elsa menacèrent de céder sous elle et sa bouche s'assécha.

Nue et suppliante ? Elle ne rêvait que de cela.

Chapitre 49

« Je veux que tu dormes dans mon lit, avec moi. » Les mots s'étaient échappés de la bouche d'Adam avant qu'il ait pu les retenir. Il avait tutoyé Elsa, alors qu'il s'était juré de maintenir l'ultime garde-fou du vouvoiement entre eux. Trop tard. Il avait l'impression étrange d'avoir à la fois perdu et gagné quelque chose de précieux. Restait à savoir quoi.

Refusant de cogiter davantage, il annonça :

— Allons-y.

— Quel est le programme ?

— Prends ton maillot de bain.

— Tant que tu ne me plonges pas dans le lac, dit-elle en plissant le nez.

— Je n'y avais même pas pensé.

— Tant mieux !

Une fois de retour en bas de l'immeuble, Adam conduisit Elsa à une cour intérieure située dans une ruelle voisine. La porte automatique d'un garage se souleva, révélant une Lotus Elise décapotable gris acier.

— Monte, dit-il en lui ouvrant la portière.

Elle prit précautionneusement place dans le siège baquet, comme si ses fesses avaient pu abîmer le cuir. Il s'installa au volant. Le moteur rugit. Adam s'inséra en douceur dans la circulation dense. Le vent faisait voleter les cheveux d'Elsa, la nimbant d'or.

Il s'engagea dans un dédale de petites rues et trouva une place là où il l'espérait. Elle regarda fixement les boutiques côté passager, puis le regarda, lui. Il avait l'impression qu'elle hésitait entre incrédulité et hilarité. Qu'est-ce qui lui prenait ?

— C'est une plaisanterie, Adam ? finit-elle par demander.

— De quoi parles-tu ?

— De ça, dit-elle en désignant une vitrine située à une dizaine de mètres.

Il se pencha pour mieux voir l'arcade baptisée « *Himmelslehm, Töpferwerkstatt* » soit « Argile du ciel, atelier de poterie ».

— Je ne comprends pas.

Elle leva les yeux au ciel.

— Tu veux faire un remake de *Ghost* ?

Il activa les rouages de sa mémoire. Elle faisait référence à une comédie romantique des années 1990. Quel rapport ? Devant sa perplexité, elle enchaîna :

— Je parle du film avec Patrick Swayze.

— J'avais compris.

En réalité, il ne comprenait pas. Face à son silence, elle monta d'un ton :

— Adam, fais un effort ! LA scène culte du film ! Quand ils sculptent de l'argile sur un tour de potier, ensemble, que leurs mains se caressent, et qu'ils finissent par faire l'amour au son de *Unchained Melody*.

Il imaginait sans mal la sensualité d'un contact avec la terre humide, peau contre peau, doigts entremêlés, sauf que...

— Je n'ai pas vu *Ghost*.

Elle lui jeta un regard incrédule sous lequel il ne flancha pas. Il détestait les comédies romantiques. Ces niaiseries lui donnaient envie de balancer la télévision par la fenêtre.

— Alors c'est un pur hasard ? demanda-t-elle, soupçonneuse.

Amusé, il secoua la tête et désigna un institut de beauté Clarins situé de l'autre côté de la rue.

— Tu as rendez-vous là, déclara-t-il d'un ton neutre.

Avant qu'elle ait pu réagir, il s'empara de sa main, la porta à sa bouche et mordilla la pulpe de son majeur. Le doux soupir d'Elsa crispa douloureusement son ventre. Il se pencha vers elle et murmura :

— Mais j'avoue que je ne refuserais pas un stage de poterie.

Il rit quand elle bondit de la voiture pour traverser l'asphalte, les joues empourprées.

Une demi-heure plus tard, Elsa ressortait de l'institut délestée d'une partie de sa pilosité à laquelle elle n'avait encore jamais touché. Et Dieu que ça faisait mal !

Elle oscillait entre gêne et colère. Visiblement sa toison dérangeait Adam. Il devrait être satisfait : il ne lui restait qu'un minuscule triangle aux arêtes bien nettes qui couvrait à peine son pubis ! Le plus dérangeant était qu'en se regardant dans la glace du vestiaire, elle avait trouvé sa féminité révélée d'un incroyable érotisme.

Elle le rejoignit avec les joues aussi cramoisies qu'en entrant. Il l'attendait, appuyé contre la Lotus, lunettes de soleil sur le nez. Une vision à se relever la nuit. Plus d'une femme avait dû se déplacer une cervicale en passant sur le trottoir. Et il l'attendait, elle.

— Tout s'est bien passé ? demanda-t-il avec une pointe de malice en lui ouvrant la portière.

— Cela dépend de ta définition de « bien passé ».

Il la fixa jusqu'à ce qu'elle développe sa pensée.

— L'esthéticienne a sans doute suivi une formation en dessin technique, dit-elle d'un ton malicieux.

Son air perplexe manqua de la faire rire.

— Elle est capable de réaliser un parfait triangle isocèle avec de la cire chaude, précisa-t-elle. Ce n'est pas donné à tout le monde !

Un sourire lascif étira les lèvres d'Adam, et il murmura :

— Je me réjouis de découvrir ça.

Après une vingtaine de minutes de trajet, ils se garèrent sur un parking public encombré de voitures, dans une zone industrielle. Ils se dirigèrent ensuite vers un immense bâtiment qui évoquait une usine surmontée d'une haute cheminée. La partie inférieure, tout en longueur, offrait des murs en briques beiges et ocre. Sur la partie supérieure peinte en blanc s'étiraient les mots « *Thermalbad Hürlimann Areal* ».

— J'ignorais qu'il y avait des bains thermaux à Zurich, s'étonna Elsa.

— Ils ont ouvert en 2011. Ce bâtiment est une ancienne brasserie ; on se baigne dans les caves et sur le toit, expliqua-t-il pendant qu'ils avançaient en direction du comptoir d'accueil.

Adam ne prit pas place dans la file d'attente interminable, mais se dirigea vers une hôtesse devant laquelle trônait un panneau « *Aufnahme VIP* ». Le contraire aurait étonné Elsa.

L'hôtesse les accompagna à une entrée secondaire.

— Où allons-nous ? s'enquit Elsa.

— Dans la partie spa, répondit Adam. Les bains sont pris d'assaut le samedi et je n'avais pas envie de me mêler à la foule. À moins que tu ne veuilles tester la piscine sur le toit ? La vue est magnifique.

Elle n'hésita pas un instant.

— Pas aujourd'hui.

Aujourd'hui, elle ne voulait que lui.

Ils empruntèrent l'ascenseur en direction du sous-sol et émergèrent dans un large couloir aux murs en pierres apparentes. Des poutres de béton récentes et des arches centenaires soutenaient le plafond à intervalles réguliers.

— Nous sommes à quinze mètres sous terre, dans les anciennes caves, expliqua Adam devant le regard étonné d'Elsa. Ici, pas de fenêtres, pas d'horloges, pas de réseau.

— Un moment hors du temps.

L'un des derniers en ta compagnie, continua-t-elle intérieurement avant de se gourmander. Hors de question de gâcher ces instants ! Elle les savourerait jusqu'à la dernière goutte, sans plus penser à la fin de leur contrat.

L'hôtesse les conduisit à des vestiaires.

— Vous y trouverez des peignoirs et des chaussons, dit-elle dans un anglais parfait. Vos masseuses vous attendront de l'autre côté, pour vous conduire à votre espace bien-être privatif. Je vous souhaite une agréable détente.

Elsa entra dans la partie réservée aux femmes. Les voûtes de pierre culminaient à plus de cinq mètres de hauteur. Des cabines et des armoires en bois sombre apportaient une touche de luxe intimiste. Un léger parfum mentholé flottait dans l'air tiède.

Elle enfila deux-pièces et peignoir, rangea ses affaires dans un casier et emprunta la seconde porte. Adam l'attendait déjà dans le couloir, en compagnie de deux jeunes femmes en uniforme noir.

Celles-ci les emmenèrent jusqu'à une salle qu'Elsa découvrit avec émerveillement. Sous l'omniprésent plafond voûté, deux tables de massage côtoyaient une cabine de douche et des lits de repos. Sur une table basse, une bouteille de champagne patientait dans un seau à glace embué jouxté de deux flûtes. Trois marches d'escalier menaient à un bassin long et étroit, empli d'une eau laiteuse. Partout, des bougies aux flammes tremblotantes diffusaient leur chaude lumière. Les employées leur retirèrent les peignoirs et les invitèrent à se rincer avant de s'immerger. Elles reviendraient dans une heure pour les massages.

Adam lui laissa la primeur de la douche. Il ne tenait à l'évidence pas à partager l'espace exigu avec elle.

Quand elle se coula dans le bain brûlant et parfumé, elle en feula presque de bonheur. Il la rejoignit bientôt. Elle contempla sans vergogne les muscles jouer sous sa peau hâlée quand il s'étendit à l'autre extrémité du bassin, face à elle. Ses cuisses, ses hanches, son ventre disparurent dans la blancheur liquide. Il posa les bras sur les rebords. Les flammes des bougies allumaient des reflets dansants à la surface de l'eau et creusaient des ombres sur ses traits harmonieux. Il ferma les yeux.

Elle appuya son crâne contre un coussin moelleux et l'imita pour mieux s'imprégner des vapeurs parfumées. Lait, miel, fleurs et herbes aromatiques. Un délice. Bercée par une légère musique évoquant la mer et le vent, elle sentit une profonde sérénité l'envahir.

Soudain, deux mains empoignèrent ses chevilles, et elle poussa une exclamation étouffée. Adam l'attira à lui. Dès qu'elle fut assez proche, il la fit pivoter. Ses bras s'enroulèrent autour de sa taille pour la plaquer contre son torse. Elle sentait la preuve de son désir contre ses reins et ne put s'empêcher de se raidir.

— Détends-toi et profite du bain, chuchota-t-il.

Les doigts d'Adam allaient et venaient contre sa taille comme pour l'apprivoiser. Elle se laissa aller contre lui et nicha sa tête au creux de son épaule, en un geste d'une déconcertante intimité.

ೞ · ೧೩

Adam ignorait ce qui lui avait pris. Il n'avait pas planifié de se retrouver avec Elsa collée contre son érection. Étrangement, il ne ressentait pas l'envie de la caresser ou de la faire sienne. Il savourait simplement le contact de leurs peaux, l'élasticité de sa chair sous ses doigts, la douceur de ses cheveux dans son cou.

À chacune de leurs inspirations, leurs corps glissaient l'un contre l'autre, en un sensuel effleurement. Il avait prévu de la toucher de ses mains. À la place, son épiderme entier se saturait de sa présence alanguie. Il resserra sa prise autour de sa taille, comme s'il craignait qu'elle ne disparaisse dans l'eau laiteuse.

Il avait partagé des dizaines de baignoires avec des créatures plus sublimes les unes que les autres. Pourtant, jamais encore il n'avait ressenti cette plénitude paresseuse.

Le temps suspendit son vol jusqu'à ce qu'un regard à sa montre le pousse à murmurer :

— Il faudrait sortir, Elsa.

Lorsqu'il relâcha son étreinte, elle s'avança pour le laisser émerger en premier. Une fois dehors, il enfila son peignoir, puis enveloppa Elsa dans le second dès qu'elle se hissa hors du bassin.

— Installe-toi, proposa-t-il en saisissant la bouteille de champagne.

Elle s'allongea sur un lit de repos, tandis qu'il lui versait une demi-flûte. Elle haussa un sourcil lorsqu'il la lui tendit.

— Tu me rationnes ?

— Je m'assure que tu restes consciente.

Le rire d'Elsa se réverbéra contre les parois de pierre. Ils trinquèrent, les yeux dans les yeux, puis devisèrent paisiblement.

꧁ · ꧂

Les masseuses revinrent trop vite au goût d'Elsa, qui se régalait des mille et une anecdotes qu'Adam lui racontait sur sa vie à

Zurich. Elle se glissa la première derrière un paravent, le temps de troquer son deux-pièces contre un sous-vêtement jetable aussi sexy qu'une gaine de contention, puis s'allongea sur la table de massage, le visage dans le trou de la têtière, un drap de bain la couvrant des pieds aux fesses.

Des pas, des froissements, des bruits indéterminés.

Des paumes chaudes se posèrent sur ses poignets, suivirent ses bras jusqu'à ses épaules. Un délicat parfum de jasmin et de verveine l'enveloppa. Alors le massage débuta. Des doigts puissants pétrirent son dos, glissèrent contre ses côtes, remontèrent le long de sa colonne vertébrale. Elle n'était plus que chair soumise à ces mains impérieuses. Son esprit dériva au cœur d'un rêve éveillé d'une sensualité torride.

Dans ses fantaisies, c'étaient les mains d'Adam qui modelaient son corps. Avec une lenteur aguicheuse, elles s'insinuaient sous le drap de bain, caressaient ses cuisses, ses fesses. Lui écartaient les jambes pour accéder à son intimité humide, la taquinaient avant de s'y glisser et…

— Tourne-toi, Elsa.

Elle tressaillit, surprise par la voix masculine et rauque. Mon Dieu ! Adam la massait ! Elle s'empourpra violemment.

ಸಂ · ಲ

Comme convenu, les masseuses s'étaient éclipsées sans qu'Elsa s'en rende compte. Adam regrettait à présent le document qu'il avait signé pour garantir au spa qu'il se contenterait de la masser. Son érection luttait contre le pantalon de survêtement qu'il avait enfilé. Il n'avait qu'une envie : arracher le bout de tissu qui couvrait Elsa, lui écarter les jambes et la pénétrer.

Bon sang ! Quelle idée il avait eue ! Allez, il pouvait y arriver.

Lorsqu'elle s'assit pour se retourner, retenant sa serviette sur ses seins, et qu'il rencontra ses iris gris noyés de désir, il recula d'un pas. Jamais il ne pourrait continuer sans la prendre sur cette table. Son sexe se cabra ; le regard magnétique d'Elsa se fixa sur son entrejambe.

Il s'éclaircit la voix avant d'articuler avec difficulté :

— Si cela te convient, je vais demander à ta masseuse de poursuivre. Je t'attendrai dehors.

Il sortit sur-le-champ et fila au vestiaire en priant pour que l'eau froide lui remette la tête à l'endroit.

Chapitre 50

Adam ignorait comment il avait fait pour les ramener à son appartement sans percuter une voiture ou un trottoir. La présence d'Elsa à ses côtés l'obnubilait tant qu'il accélérait et freinait brusquement, impatient de regagner l'endroit où il pourrait enfin se rassasier d'elle.

Une fois dans l'ascenseur, il ne se contint plus. Il s'avança comme un prédateur et la plaqua contre la paroi. Un instant, il eut peur de lui avoir fait mal, puis le regard noyé et les mains d'Elsa qui s'agrippaient à ses épaules chassèrent toute pensée cohérente. Il se pencha ; leurs lèvres se rejoignirent, leurs langues s'affrontèrent. Il chercha à soulager la tension douloureuse de sa verge emprisonnée dans son jean en frottant son bassin contre le ventre d'Elsa, sans autre résultat que d'aiguillonner son désir. Il voulait plonger en elle. Se soulager. Maintenant.

Elle répondait à ses baisers, se collait contre son corps, frémissante, haletante. Son parfum, son goût affolaient les sens d'Adam. Quand les portes les libérèrent, il sortit ses clés de sa poche et maltraita la serrure sans la lâcher.

Ils entrèrent, enlacés, titubants. Adam referma le battant du pied. Les mains d'Elsa s'insinuèrent sous son T-shirt, le remontèrent jusqu'à ce qu'il passe par-dessus sa tête. Il réussit à se débarrasser de son pantalon et de son caleçon sans cesser de l'embrasser. Elle se débattait avec son propre chemisier. Impatient, il en écarta brutalement les pans. Les boutons sautèrent, révélant un sage soutien-gorge blanc. Adam repoussa bretelles et bonnets ; sa bouche se referma sur un mamelon érigé. Il le lécha, le mordilla. Elle se cambra contre lui, soupira :

— Je t'en prie…

Réalisant qu'ils se trouvaient toujours dans le couloir, il l'entraîna dans sa chambre et l'aida à se déshabiller ; les vêtements s'envolèrent. Quand elle fut nue, il la fit basculer sur le lit et la contempla, abandonnée sur les draps, les membres alanguis, la bouche rougie par les baisers, la chevelure en désordre, puis il la couvrit de son corps. Elle écarta les jambes et soupira en sentant son membre appuyer contre sa féminité. Il s'enfonça un peu, s'immobilisa. Ses bras tremblaient sous l'effort. Il ne voulait pas la prendre ainsi, dans l'urgence. Il voulait… Elle le fixa de ses iris embués de désir et ordonna :

— Viens.

Alors, il céda à ses exigences.

ஓ · ୡ

Elsa feula lorsque la verge d'Adam se fraya un chemin dans son intimité trempée. L'inexorable progression la caressait de l'intérieur, soulageait sa tension et en créait une nouvelle. Il l'envahissait, la comblait.

Elle soupira de contentement contre sa bouche lorsque leurs bassins se rejoignirent. Adam resta fiché en elle, puis entama un va-et-vient nonchalant qui attisa son désir jusqu'à la douleur. En guise de protestation, elle détourna la tête et planta les dents dans son épaule. Le rire d'Adam se réverbéra dans sa poitrine, et il accéléra le rythme. Elle accompagnait ses mouvements, s'agrippait à son dos, s'étirait comme une corde de harpe prête à se rompre. La tension entre ses cuisses s'intensifia, lancinante. Il accéléra encore et un sourd gémissement naquit dans la gorge d'Elsa. Une lame de fond montait dans son corps, prête à déferler. Tenir encore. Savourer ces sensations, les faire durer, les… Quand il mordilla le lobe de son oreille, son corps se contracta avant de se fragmenter. L'orgasme l'emporta dans un cri rauque. Ce cri qu'il avait promis de lui faire pousser.

Il se retira presque entièrement avant de donner un dernier coup de reins qui arracha un soupir à Elsa. Adam se tendit, frissonna et se répandit en elle, les traits crispés.

Les doigts enroulés dans ses cheveux, il prit sa bouche en un long baiser avant de basculer sur le côté, l'entraînant avec lui. Elle se lova dans sa chaleur. Le cœur d'Adam tambourinait sous ses doigts. Elle sourit, comblée. Elle aurait pu rester ainsi une éternité. Pas lui, à l'évidence.

Après quelques minutes, il se releva et glissa un bras sous ses genoux, l'autre dans son dos pour la soulever comme si elle ne pesait pas plus lourd qu'une plume. Il l'emmena jusque dans la douche à l'italienne, la remit sur ses pieds et ouvrit le robinet. Une pluie brûlante cascada sur leurs têtes et leurs épaules. Elsa regardait l'eau ruisseler sur la peau d'Adam, redessiner ses muscles, le caresser de ses milliers de gouttes et la tension renaquit dans son ventre. Il la plaqua contre lui et l'embrassa longuement. Elle se sentait devenir liquide. Quand la vapeur eut envahi la pièce, il coupa l'eau et la tourna face au mur.

— Appuie tes mains contre la paroi et écarte les jambes.

Elle obéit, émoustillée par l'érotisme de la position provocante qui mettait en valeur sa chute de reins autant que ses jambes. Elle se sentait belle, désirable. Un regard à l'entrejambe d'Adam lui confirma ses impressions. Il s'agenouilla et versa un gel douche à l'odeur ambrée dans ses paumes, les posa sur ses chevilles et remonta avec une terrible lenteur le long de ses jambes. Ses mains allaient et venaient sur son épiderme sensible, s'approchant de sa féminité pour mieux s'éloigner, laissant derrière elles un sillage incendiaire. Elle se cambra davantage pour l'inciter à explorer cette région humide, palpitante, qui n'attendait que lui. Les doigts d'Adam parcoururent paresseusement l'extérieur de ses cuisses, s'arrêtèrent sur ses hanches, les empoignèrent.

Soudain, sa bouche fondit sur son intimité.

℘ · ☙

Il avait prévu de la toucher, pas de la goûter. Mais à la voir aussi impudiquement offerte, le désir le submergea. De la pointe de la langue, il parcourut les replis du sexe qui répandait des parfums d'océan et de plaisir, sauvages et salés. Puis il ne se contint plus. Il la lécha, plongea la langue loin en elle, la dégusta, la dévora. Elsa haletait, gémissait, tremblait sous ses assauts. Tout à coup, elle se raidit ; une plainte animale lui échappa et ses jambes cédèrent. Il la retint, accompagna sa chute, la recueillit dans ses bras. Elle était si belle, abandonnée à la jouissance. Sa verge palpita douloureusement.

Il était loin d'avoir assouvi sa faim.

℘ · ☙

Des heures plus tard, quand Adam fut enfin rassasié de la bouche d'Elsa, de sa peau, de ses seins, de son sexe, de ses cris, il l'enferma dans le cercle de ses bras et s'assoupit. Elle garda les yeux ouverts. Une délicieuse langueur avait envahi ses membres lourds, mais elle refusait de s'abandonner au sommeil.

Dans la pénombre, elle contemplait le nez droit de son amant, ses lèvres pleines, sa mâchoire décidée, gravant chaque détail dans sa mémoire. Elle traça du bout des doigts les plats et les courbes dures de son torse, huma son odeur musquée, goûta le sel de sa peau. Sa voix, elle ne l'oublierait jamais.

Elle l'aimait, et son cœur saignait.

Chapitre 51

Zurich, dimanche 21 juin

À l'aube, Adam se dégagea en douceur de l'étreinte d'Elsa. Rien qu'à la regarder, abandonnée au sommeil, son désir se ralluma. Mais elle dormait si profondément qu'il n'eut pas le cœur de l'éveiller. Ils auraient tout le temps de refaire l'amour plus tard.

Il écrivit quelques mots sur un bloc-notes qu'il déposa sur l'oreiller pour la prévenir qu'il sortait courir. Son corps et sa tête réclamaient de s'aérer.

Sur le quai encore désert, ses foulées régulières rythmaient ses pensées. Même si elle ne l'obsédait plus comme avant, ses sens n'étaient pas assouvis. La poignée d'heures qui restaient suffirait-elle ? Sans doute. Quoique ? Au fond de lui, il n'avait pas envie de la laisser partir. Peut-être pourraient-ils prolonger le contrat ? L'idée le séduisait. Ainsi, il profiterait encore de sa présence, jusqu'à se lasser d'elle. Et elle serait certainement ravie de l'aubaine. Il appellerait Jérôme demain.

Sur le chemin du retour, il s'arrêta dans une boulangerie pour acheter des croissants. Sourire aux lèvres, il imaginait déjà Elsa grignoter du bout des dents la pâte feuilletée et cueillir les dernières miettes de la pulpe du doigt. Cette simple image raviva son ardeur, et il se hâta en direction de son immeuble.

Le silence qui régnait dans l'appartement ne l'étonna pas après leur courte nuit. Aussi furtif qu'un jaguar, il déposa le sachet à la cuisine, puis se rendit dans la chambre.

Il se figea sur le seuil, glacé.

Vide.

Elsa était partie. Elle avait fait le lit et placé le bloc-notes en évidence sur les draps chocolat froissés. Il repoussa ses cheveux en arrière d'un geste nerveux et s'en empara.

Adam, je ne sais comment commencer… C'est à mon tour de t'abandonner comme une voleuse. Quand tu liras ces lignes, je serai en route pour Genève.

Aujourd'hui, je résilie notre contrat de manière anticipée, ainsi que j'y suis autorisée. Je m'estime en effet incapable de te revoir.

Avec le recul, je réalise que j'aurais dû mettre un terme à tout ceci plus tôt… mais je n'en avais ni l'envie ni le courage, comme je ne l'ai pas de te quitter d'une autre façon.

Ne t'inquiète pas, je respecterai autant notre accord que la clause de confidentialité : tu n'entendras plus parler de moi.

Je te remercie pour ces week-ends hors du temps.

Elsa

P.-S. : Si tu venais à me verser ne serait-ce qu'un centime pour ces dernières heures, j'aurais l'impression de… je ne sais comment l'écrire, tant ces mots me semblent laids. En bref, s'il te plaît, je ne veux pas de ton argent.

La mâchoire crispée, le regard empli d'orage, Adam arracha la page et la froissa dans son poing serré, avant de la laisser tomber sur le lit. Une tempête de sentiments contradictoires se déchaîna dans son esprit. D'un pas rageur, il se dirigea vers la salle de bain.

Chapitre 52

Genève, dimanche 21 juin

Vautrée dans son canapé, Elsa noyait son chagrin dans une tasse de thé, en regardant *Love Actually*, une boîte de mouchoirs à portée de main. Elle n'avait pas eu le courage d'annoncer son retour anticipé à Marion. Celle-ci n'avait pas encore téléphoné, mais connaissant la bête, son sempiternel appel du retour de week-end ne tarderait plus. Elsa le redoutait : elle n'avait pas envie de parler. Elle doutait même d'en être capable. Elle voulait juste se rouler en boule et pleurer.

Il était vingt heures quand deux brefs coups de sonnette la tirèrent de son abattement. Elle se redressa d'un bond, le cœur tambourinant. Adam !

Elle tirailla son pantalon de survêtement trop large et son gilet en laine usé jusqu'à la trame. Impossible d'ouvrir dans cette tenue ! Que faire ?

D'abord t'assurer de l'identité du visiteur, patate ! grinça une voix moqueuse dans son esprit.

Un nouveau coup de sonnette, plus appuyé, l'électrisa.

— J'arrive ! cria-t-elle en se précipitant vers l'entrée.

Quand elle coula un regard à travers l'œilleton, la déception l'étreignit si fort qu'elle vacilla.

Ce n'était que Marion, qui beugla :

— Bon, tu l'ouvres, cette porte ?

Elle obéit comme une automate. Son amie embrassa d'un coup d'œil ses paupières bouffies, son nez rougi, sa tenue froissée et la prit dans ses bras sans un mot. Elsa lui rendit son étreinte. L'émotion la submergea et les larmes se remirent à rouler sur ses joues. Elle se sentait si fatiguée, si vide. Elle avait un gouffre à la place du cœur et rien pour le combler.

— S'il t'a fait du mal, je… s'indigna Marion.

Incapable de prononcer un son, Elsa secoua la tête. Elle s'était fait du mal toute seule. Marion l'entraîna en douceur vers le salon.

— Allez, assieds-toi, poulette. Je vais me faire un café et tu me raconteras tout.

Alors, Elsa raconta les mains d'Adam, les yeux d'Adam, la voix d'Adam. Son odeur sur elle, le goût de ses baisers, les étincelles qui s'allumaient dans son regard, et Marion écouta. Parce qu'il n'y avait rien d'autre à faire. Pas de conseil à donner, pas de stratégie à mettre en place. Le contrat était rompu, point final.

Alors pourquoi se sentait-elle aussi mal ?

— Je suis là, murmura Marion.

— Je sais.

— Ça ira.

— Je sais aussi.

Elle finirait bien par s'en remettre. Elle s'était déjà remise de tant de choses. Elle ferma les yeux pour ravaler ses larmes.

— On pourrait partir quelques jours, proposa Marion. Les parents de Katarina ont une immense baraque près de Nice et elle m'y a invitée, avec d'autres copines de la fac. Ça te changerait les idées.

Sans doute… Mais si Adam venait sonner et qu'elle n'était pas là ?

— C'est gentil, mais j'ai plein de choses à faire…

— Comme te gaver de comédies romantiques nunuches et remplir ta poubelle de mouchoirs trempés ?

Marion avait un don certain pour choisir ses mots. L'étude qui l'engagerait n'avait qu'à bien se tenir.

— Tu oublies traîner dans des vêtements que personne d'autre n'oserait porter, compléta Elsa en désignant sa tenue d'intérieur distendue.

— Danièle Viatone en ferait une attaque… O.K. Si tu ne veux pas de la Côte d'Azur, on reste ici. Ensemble.

— Tu n'es pas obligée.

Marion haussa les épaules.

— Ça me permettra d'avancer dans mes recherches de stage. D'ailleurs, en parlant d'avocat, il faudrait quand même que tu appelles Varnier.

— Pourquoi ? Le contrat est rompu, nous n'avons plus rien à nous dire.

— Il t'a promis une place dans un hôtel de même catégorie que le Belle-Rive.

Elsa eut un geste de dénégation.

— Je suis comme toi, je veux trouver seule, et prendre le temps de réfléchir.

— À quoi, précisément ?

— À la suite de mes études, à ma vie. J'ai envie de changement.

Marion la contempla quelques instants avant de déclarer :

— Je pense que tu n'as pas l'esprit assez clair pour réfléchir à quoi que ce soit ce soir, et que ton film guimauve préféré est tout juste bon à te rendre dépressive.

Elle se leva et parcourut les tranches des DVD sur l'étagère pour s'arrêter sur *Intouchables*, l'introduisit dans le lecteur et se blottit contre Elsa.

— Allez, poulette, on se fait un petit film et on file au dodo, d'accord ?

∞ · ∞

Une brise tiède venue du lac de Zurich entrait par la porte-fenêtre entrouverte. Un air de jazz s'échappait des enceintes invisibles. Les verres se heurtèrent dans un tintement cristallin. Adam huma le whisky, le même Yamazaki qu'il avait dégusté avant qu'Elsa ne monte dans sa chambre, au Belle-Rive, puis en avala une gorgée. Comme ce soir-là, il ne parvint pas à l'apprécier à sa juste valeur. À cause d'elle.

Ce qui ne semblait pas être le cas de Jérôme, qui laissa tournoyer le précieux nectar dans sa bouche avant de déglutir. Adam reposa le verre un peu trop brutalement sur la table. Le choc fit sourire son invité qui se pencha en avant pour déclarer :

— Tu sais qu'elle m'aura étonné jusqu'au bout ?

Puisqu'Adam gardait les lèvres scellées, il continua :

— À sa décharge, je dois avouer qu'elle n'est pas la grue vénale que je croyais.

— Tu l'avais déjà découvert à l'opéra, non ?

— Certes, mais c'est bien la première à te planter au saut du lit en refusant ton argent.

D'un geste brusque, Adam reprit son verre et en descendit la moitié d'une traite. Définitivement, le whisky aurait mérité plus de prévenance. Le sourire moqueur de son ami ne l'aidait pas. Il avait encore le départ d'Elsa en travers de la gorge.

— Je me demande une chose, poursuivit Jérôme. Qu'est-ce qui t'agace le plus ? Qu'elle t'ait abandonné après une incroyable nuit de baise ou qu'elle t'ait damé le pion ? Parce qu'elle n'a fait qu'anticiper ta manière de procéder habituelle.

Le sarcasme attisa la rage d'Adam.

— Un jour, tu prendras mon poing dans ta face enfarinée.

Mais pas aujourd'hui. Pas quand Jérôme n'énonçait que la vérité, malgré un piètre choix de mots.

— On en a déjà discuté : pas le visage. C'est mon meilleur atout.

Plus pour longtemps s'il insistait.

Jérôme savoura une nouvelle gorgée, puis poursuivit d'un ton plus sérieux :

— Qu'est-ce qui te dérange vraiment, à part le fait qu'elle soit partie sans te dire au revoir ? Tu as eu tout ce que tu voulais, et elle a respecté à la lettre les termes du contrat. Elsa est tellement honnête que tu n'entendras plus jamais parler d'elle.

Adam aurait dû s'en réjouir ; il ne ressentait que le vide de son absence.

— C'est ce qui t'ennuie, n'est-ce pas ? continua Jérôme, impitoyable. Toi qui n'as d'habitude qu'à te baisser pour cueillir les fleurs aux longues jambes et aux petits seins, tu vas devoir agir si tu veux la revoir.

Adam grimaça. Ce démon qui lisait en lui depuis leur enfance avait le don d'appuyer là où ça faisait mal ! Jérôme leva son verre en un toast ironique.

— Eh bien, mon vieux, je bois à la santé de cette fille qui a su te démonter la tête !

Chapitre 53

— Tu sais que tu n'es pas dans mes moyens ? plaisanta Elsa quand Eduardo débarqua à l'improviste, trois semaines plus tard.
— Arrête de débiter des bêtises, *querida*.
— Tu sais aussi que tu ne me dois rien ? insista-t-elle. L'épisode « Christelle Dumontet » est oublié.
— Et toi, est-ce que tu sais qu'on peut simplement avoir envie de te voir ? répliqua Eduardo.

Elsa secoua la tête. À moins d'être masochiste, il n'y avait rien de plaisant à sa compagnie en ce moment. Elle se sentait l'âme d'une pleureuse, même si sa consommation de mouchoirs diminuait peu à peu. Il fallait dire que Marion et Eduardo se donnaient beaucoup de mal pour lui changer les idées. Comme son ex-entraîneur bénéficiait de temps libre avec la migration de ses clientes fortunées en direction d'îles paradisiaques pour l'été, il venait souvent boire un verre dans le jardin ou courir avec elle. Il avait même réussi à convaincre Marion de les accompagner deux fois, ce qui représentait une prouesse de taille : il n'était pas donné au premier venu de lui faire troquer ses jupes et ses talons contre un short et des baskets.

Eduardo lui souleva le menton du bout des doigts.

— Je ne viens pas parce que je me sens coupable. Je viens parce que tu es mon amie.

La gorge d'Elsa se contracta et ses yeux s'embuèrent.

— Merci, murmura-t-elle, touchée.

— En plus, je t'ai apporté de quoi te remonter le moral, annonça-t-il en désignant sa voiture du pouce.

Quand elle découvrit le trésor lové dans sa boîte, elle sourit jusqu'aux oreilles. Marion lui avait offert presque le même deux jours plus tôt. Émue aux larmes, et tant pis pour sa surconsommation de mouchoirs, elle serra Eduardo sur son cœur.

*

À la fin juillet, lorsque Genève se vida, elle fit le ménage dans son intérieur et dans sa tête.

D'un doigt tremblant, elle effaça les messages et le numéro d'Adam, même si elle les connaissait par cœur. Un jour, elle finirait bien par les oublier. Elle jeta ensuite les lettres sans les relire. Lorsqu'elle se surprit à rôder autour de la poubelle, elle les récupéra sous une pile d'épluchures et les réduisit en confettis. Impossible de les reconstituer, à moins d'engager un champion de puzzle. Puis vint le tour des vêtements et accessoires. Elle plia soigneusement les robes, les déposa dans un carton, ajouta sacs et chaussures. Elle ne put résister au plaisir sensuel de laisser courir une dernière fois ses mains sur le velours, la soie et le cuir. Quand sa poitrine se serra au point de lui couper le souffle, elle ferma les rabats d'un geste sec, les scotcha et posta le paquet à l'attention de Danièle Viatone avant de changer d'avis.

Ne sachant que faire de la machine à café, elle la monta au grenier et la recouvrit d'une couverture. Incapable de se séparer des parfums de Marguerite, elle les enfouit au fond d'une armoire. Un jour, peut-être, les porterait-elle à nouveau. Elle s'acheta aussi une nouvelle paire de lunettes. Celles offertes par Adam atterrirent dans un tiroir qu'elle n'ouvrait jamais.

Alors seulement, elle respira mieux.

Soulagée, elle profita du calme estival pour réfléchir à son avenir professionnel. Elle ne s'imaginait plus faire face à une horde d'adolescents boutonneux aussi investis que des amibes. Elle avait envie de voyages, de stimulus, de défis. *Exit*, donc, « *Mrs Carazzone, english teacher* ».

Après avoir épluché les possibilités, comparé les cursus, étudié les débouchés, elle opta pour une maîtrise universitaire en interprétation de conférence. Congrès aux quatre coins du monde, multiculturalisme et beaux diplomates : exactement ce qu'il lui fallait pour changer d'air.

Marion, peu fan du « gardiennage de fauves dangereux », selon sa conception de l'enseignement, l'encouragea sur cette voie. Eduardo aussi. Il l'aurait même poussée à devenir strip-teaseuse ou nonne si elle en avait émis le souhait. Tout pour qu'elle retrouve sa joie de vivre.

Quelques jours après avoir envoyé son dossier, une lettre lui confirma son inscription aux examens d'admission du mois de mars suivant. Afin de s'y préparer, elle s'expatrierait jusque-là en Italie et en Angleterre.

Elle était consciente de fuir Genève et tout ce qui pouvait lui rappeler Adam, y compris Marion et Eduardo. Mais si la guérison passait par là… De toute manière, Marion serait bientôt exploitée par une armée d'avocats qui ne lui laisseraient plus une minute à elle, et Eduardo verrait son planning surchargé de clientes avides de perdre les kilos accumulés en vacances.

Elsa consacra les jours suivants à son projet de séjour en Italie. Elle téléphona aux quatre coins de la botte et passa d'interminables heures sur Internet jusqu'à ce que les lettres se brouillent sur l'écran. C'était bien beau de changer ses plans sur un coup de tête, mais cela impliquait une organisation démentielle !

Elle se ressaisit. Non, pas un coup de tête : une décision mûrement réfléchie, qu'elle n'aurait pas prise sans Adam. Stop ! Règle numéro un : ne plus penser à lui. Elle avait définitivement quitté son univers, auquel elle n'appartiendrait jamais.

Elle replongea dans les méandres de la Toile. Quand deux coups de sonnette rapprochés l'en extirpèrent, un regard à sa montre lui apprit qu'elle avait oublié l'heure de son jogging avec Eduardo. Elle se précipita à la porte et l'ouvrit en grand sur Apollon, tiré à quatre épingles, un carton mince, de grande taille, appuyé contre sa jambe. Eduardo se tenait en retrait, le visage neutre.

La surprise la cloua un instant sur place, puis elle articula d'une voix sourde :

— Que faites-vous là ?

— Adam m'a demandé de vous apporter ceci, répondit-il en désignant le carton.

— Vous jouez les livreurs pour lui, maintenant ?

Elle avait juste envie de lui claquer la porte au nez, d'oublier.

— Il voulait être certain que son paquet vous arrive en mains propres. Si j'avais su que ma visite vous importunerait autant, j'aurais envoyé un stagiaire.

Elsa secoua la tête.

— Je m'en remettrai. Qu'est-ce que c'est ?

— Je n'en ai pas la moindre idée, mais le contenu est fragile, dit-il en désignant une étiquette rouge vif.

— Ne bougez pas. Eduardo, tu peux attendre cinq minutes ?

— Sans souci, *querida*, prends ton temps.

Elle fila à la cuisine et en rapporta une paire de ciseaux.

Varnier pianotait sur son téléphone avec un air absorbé. Elle incisa avec précaution les épaisseurs de rouleau adhésif et écarta les rabats du carton pour dévoiler un tableau enveloppé dans du papier bulle. Il ne pouvait s'agir que de la toile peinte par Christopher Davidsen.

— Je reviens, annonça-t-elle en l'emportant.

Car elle ne comptait pas exposer ses courbes dénudées aux deux hommes et aux passants. Au salon, elle déballa prestement le tableau et se heurta à elle-même. Alors qu'elle ne voyait dans son miroir que des chairs trop pâles et trop grasses, l'artiste avait sublimé ses rondeurs. Ses yeux mi-clos et ses traits rêveurs recelaient une subtile sensualité, renforcée par sa pose languide sur les draps froissés. On aurait dit qu'elle venait de faire l'amour et qu'elle observait son amant, repue. Elle se trouva belle. Cependant, Adam ne voulait pas du tableau qu'il avait commandé. L'abandonnant sur la table basse, elle retourna à la porte :

— Pourquoi me le donne-t-il ? aboya-t-elle.

Apollon releva le nez de son téléphone pour dire d'un ton las :

— J'ignore toujours ce que contient ce carton.

À l'évidence, elle le fatiguait. La réciproque était d'ailleurs vraie.

— Vous voulez que le reprenne ? proposa-t-il.

Elle hésitait franchement à le frapper avec, mais percer cette toile aurait été criminel.

— Je le garde, capitula-t-elle.

— Alors je m'en vais, lança-t-il en s'éloignant.

Une minute ! Puisqu'il était là, autant en profiter :

— Maître Varnier !

Il se crispa et tourna la tête vers elle.

— Ça n'a rien à voir, mais avez-vous déjà engagé vos stagiaires pour l'année prochaine ?

— Je n'en ai pas la moindre idée, pourquoi ?

Elle avait préparé son mensonge :

— Une amie, Katarina, cherche une place et elle aimerait postuler dans votre étude.

— Qu'elle envoie sa lettre de motivation et son CV à l'attention de maître Raphaël Sinclert.

— Vous ne vous en occupez pas ?

Il eut un sourire goguenard :

— Vous plaisantez ? Pour moi, un stagiaire est juste bon à servir les cafés en silence.

Voilà qui ravirait Marion !

— Dites-lui de mentionner votre nom dans sa lettre de motivation, poursuivit-il. J'en toucherai un mot à Raphaël.

— Je le lui dirai.

Ou pas. Vu ce qui s'était passé, son nom risquait surtout d'envoyer la candidature de Marion droit dans la poubelle.

Après une courte hésitation, Apollon déclara :

— Prenez soin de vous, Elsa. Et trouvez-vous quelqu'un de bien.

Waouh ! C'était presque une gentillesse ! Elle en ramassa sa mâchoire par terre. Cela méritait un magnum de champagne. Après le jogging, bien sûr.

Chapitre 54

— J'ai mon staaaaage !

Elsa écarta le téléphone pour préserver son tympan de l'hystérie de Marion.

— Où ?

— Chez Varnier & Sinclert ! Katarina aussi !

Katarina ? Oups, elle y était peut-être pour quelque chose. Deux folles furieuses dans l'étude réputée ? Elle en connaissait qui se mordraient probablement les doigts de leur choix. Bien fait !

— Tu as dit que tu connaissais Jérôme Varnier, dans ta lettre ?

— Non, m'dame !

— Et pendant l'entretien ?

— Non plus.

— Tu l'as croisé dans les couloirs ?

— Niet, aucune trace de lui. J'ai été reçue par son associé, qui est méga miam, au passage !

— Rassure-moi, tu as fait quelque chose pour tes mèches ?

Parce qu'elle imaginait mal la chevelure noir et violet de son amie dans les bureaux huppés des avocats.

— Je les ai sacrifiées sur l'autel des convenances, soupira Marion. Je suis monocolore du scalp, version châtain foncé.

— Ta couleur naturelle, en somme ?

— C'est d'un triste !

— Tu t'en remettras. Entre ça et un tailleur-pantalon, Varnier ne te reconnaîtra pas en te croisant dans les couloirs.

— Que ne faut-il pas faire pour devenir membre du barreau !

— Dire de son futur patron qu'il est « méga miam », s'amusa Elsa.

— Je te jure qu'il l'est ! Grand, mince, des yeux de velours, une bouche juste… super-hyper-méga miam !

Elsa éclata de rire.

— Tu es incorrigible ! Quand il t'enverra préparer les cafés pour toute l'étude, je suis sûre que tu le trouveras moins irrésistible et en plus…

La manière de sonner typique d'Eduardo l'interrompit.

— Je dois raccrocher, mon entraîneur préféré est arrivé. On se voit demain ?

— Évidemment ! Il faut arroser ça ! Nouveau départ pour toutes les deux !

Sourire aux lèvres, Elsa alla ouvrir la porte. Et manqua de s'évanouir : Adam patientait sous le porche, plus beau que jamais. Il avait coupé ses cheveux. Ses iris de jade ressortaient dans son visage bronzé. Son T-shirt marine moulait son torse. Elle le dévora de ses yeux écarquillés, incertaine de la conduite à tenir, incertaine même de vouloir le revoir. Le plus simple serait peut-être de refermer le battant et de monter se réfugier dans son lit.

— Bonsoir, Elsa, murmura-t-il.

Sa voix rauque la fit frissonner, preuve que son emprise sur elle était toujours aussi forte. Elle se colla une claque intérieure pour se remettre la tête à l'endroit.

— Que fais-tu là ? demanda-t-elle abruptement.

— J'avais envie de te voir.

— Tu m'as vue. Et maintenant ?
— Tu me manques.

Oh, mon Dieu ! Ne me laissez pas espérer en vain !

Elle combattit son traître de corps qui crevait d'envie de se blottir dans ses bras.

— Ça t'est venu comme ça ? lâcha-t-elle entre ses dents serrées.

— Pas tout à fait. Après ton départ, j'ai essayé de reprendre ma vie d'avant.

— Avec ta liane en trikini ou une autre de tes maîtresses ?

Elle détestait s'entendre parler ainsi, mais c'était plus fort qu'elle.

— Avec personne, affirma-t-il. J'ai passé deux semaines à New York pour régler un problème dans une de nos succursales, puis j'ai rejoint mes parents aux Bahamas. Seul.

— Tu y es resté longtemps.

— J'avais des choses à régler et j'avais surtout besoin de changer d'air.

Loin d'elle. Sans lui donner aucune nouvelle.

— Tu respires mieux, maintenant ?

— À cet instant précis, oui. Tu m'as manqué. Chaque jour. Chaque nuit.

Mais bien sûr. Monsieur disparaissait, puis revenait, la bouche en cœur et les pectoraux saillants, pensant qu'un simple « tu m'as manqué » suffirait à la remettre dans son lit. C'était trop facile.

— Tu avais mon numéro, lui rappela-t-elle.

Il se passa la main dans les cheveux d'un geste nerveux.

— Je ne suis pas très à l'aise avec les sentiments.

Les sentiments ? Quels sentiments ? La gorge d'Elsa se contracta. Elle allait s'effondrer là, sur le pas de la porte, victime d'une crise cardiaque, s'il continuait avec ses mots couverts.

— Je te repose la question, Adam : que fais-tu là ?

— Je suis venu t'apporter un cadeau, déclara-t-il en désignant un carton percé de trous posé à ses pieds.

Tout à sa contemplation, elle ne l'avait pas remarqué.

Non, il n'aurait pas...

— Qu'est-ce que c'est ?

— Tu le découvriras en l'ouvrant.

Elsa s'accroupit et souleva le couvercle. Un chaton noir comme la nuit cligna des yeux à la lumière et poussa un miaulement sonore. Ses iris dorés scintillaient dans sa bouille friponne. Amusée autant qu'émue, elle le souleva et le serra contre son cœur. Il se mit aussitôt à ronronner avec la force d'un moteur diesel.

— Il te plaît ? s'assura Adam, apparemment déstabilisé par son silence.

Quand elle pinça les lèvres pour ne pas se mettre à rire, il fronça les sourcils.

— Il y a un souci ?

— Aucun. Suis-moi, et ferme bien la porte derrière toi.

Il obéit. Elsa le conduisit au salon. L'arbre à chat flambant neuf que Marion et elle avaient eu un mal de chien à assembler y étendait ses branches et ses plateaux presque jusqu'au plafond. Elle désigna du doigt les deux boules de poils tigrées, l'une grise, l'autre brune, qui dormaient dans un panier à mi-hauteur :

— Je te présente Litchi et Chaussette, cadeaux de Marion et d'Eduardo.

L'air interloqué d'Adam la fit franchement rire, ce qui réveilla les chatons en sursaut. Elle déposa le nouveau venu au pied de l'arbre. Les deux autres le rejoignirent aussitôt d'un bond maladroit. Elle les surveilla, prête à intervenir, tandis qu'ils se reniflaient, dos ronds et poils hérissés. Adam se tenait en retrait, visiblement peu désireux d'approcher. Les félins se jaugèrent, crachèrent pour la forme, se donnèrent quelques coups de patte, puis se mirent à jouer ensemble comme s'ils se connaissaient depuis toujours.

— Je suis désolé, dit Adam quand le calme fut revenu. Je pensais te faire plaisir. Si tu veux que je le reprenne…

Elsa secoua la tête. Il n'était pas question de renvoyer le chaton d'où il venait. Elle désigna les félins qui entamaient déjà une course-poursuite.

— Je crois qu'ils vont bien s'entendre. Il a un nom ?

— Pas encore. À toi de choisir.

Elle regarda le chaton effectuer un roulé-boulé avec Litchi, sous les yeux de Chaussette, prêt à se joindre à la bagarre. Sa couleur lui rappelait les bonbons en rouleaux qu'elle achetait au kiosque du quartier, enfant, avec son argent de poche.

— Réglisse, murmura-t-elle.

— Ça lui va bien.

Remarquant le soulagement d'Adam, elle se radoucit :

— Tu veux un café ? proposa-t-elle.

— Avec plaisir, si tu as gardé la machine.

— Elle est au grenier, mais j'ai du lyophilisé.

ஐ · ℜ

Adam la suivit à la cuisine. Au salon, les petits fauves faisaient un raffut d'enfer qui ne semblait pas inquiéter Elsa. Il s'adossa au mur pour la regarder s'affairer. Sa voix, son parfum, ses courbes lui avaient manqué. Elle avait d'ailleurs minci, beaucoup trop à son goût.

— Tu manges suffisamment ?

— Tu t'inquiètes ? répliqua-t-elle du tac au tac.

Bien plus qu'elle ne le croyait. Il avait pensé qu'il parviendrait à l'oublier, comme les autres. Mais au bout de deux semaines, il avait à nouveau mandaté Fradival pour la suivre. Puis les rapports factuels du détective ne lui avaient plus suffi. Alors, il avait demandé des nouvelles à Eduardo, jusqu'à ce que celui-ci l'envoie sur les roses.

Il préféra lui retourner une question :

— Je devrais ?

— Non. Je suis sur la voie de la guérison.

Pas s'il pouvait la faire rechuter. Il lui avait fallu du temps pour digérer son départ et s'avouer qu'il avait besoin d'elle. À présent qu'il s'était décidé, il ne reculerait plus.

Elle posa la tasse aux chiots roses devant lui d'un geste sec. Quelques gouttes brunâtres giclèrent sur la table.

— Tu as prévu de partir, n'est-ce pas ? s'enquit-il en avalant une gorgée de l'infâme breuvage.

Elle lui adressa un long regard.

— C'est Eduardo qui t'en a parlé ?

— En effet. Il m'a dit que tu as prévu de passer quelques mois en Italie et en Angleterre.

Une éternité, en somme. Heureusement que sa banque y avait des succursales.

— Qu'est-ce que ce cafteur a encore mouchardé ?

Comme elle ne semblait pas fâchée, il poursuivit :

— Que tu comptes entrer en faculté de traduction. C'est un beau projet.

À condition qu'il ne l'éloigne pas trop de lui.

— Comment feras-tu pour tes chats ? continua-t-il.

Pour tout avouer, il avait escompté que son cadeau l'empêcherait de partir. Ses espoirs s'étaient envolés en découvrant les autres félins. Connaissant Elsa, elle avait sans doute déjà tout prévu.

— Marion viendra habiter à la maison, dit-elle. Vu qu'elle a besoin de prendre un peu de distance avec ses parents, c'est tout bénéfice.

Pas pour lui !

— Sans doute, concéda-t-il toutefois.

Il n'avait plus le choix, et il n'en était au fond pas mécontent : il était temps de passer à la seconde stratégie. Celle qui lui plaisait le plus, même si elle l'inquiétait davantage qu'il n'acceptait de se l'avouer. Il n'avait pas fini d'entendre Jérôme… et il s'en moquait. Quant à sa mère, l'absence de pedigree d'Elsa la rendrait hystérique, mais les Bahamas étaient loin.

ಸಿ · ಆ

Elsa regardait Adam grimacer en sirotant son café. Appuyé contre le mur de sa cuisine, détendu, il semblait parfaitement à sa place. Et c'était bien là le problème : il resurgissait dans sa vie alors qu'elle la remettait enfin sur les rails. Elle ne pouvait pas le laisser tout ficher en l'air. Pourtant, malgré elle, les semaines de solitude et les tonnes de mouchoirs trempés s'estompaient au profit des mille et un moments délicieux qu'ils avaient partagés.

Sous contrat.

Il l'avait rémunérée pour un travail dont elle s'était acquittée avec soin avant de démissionner. Alors, où voulait-il en venir, avec ses questions ? Qu'espérait-il en débarquant ainsi ? Elle n'était pas certaine de supporter un second round de chaud et de froid.

— Pourquoi ne t'inscrirais-tu pas à l'université de Zurich ? proposa soudain Adam. La faculté d'interprétation est réputée.

Le cœur d'Elsa s'arrêta. Quand il daigna redémarrer, elle murmura :

— Arrête de jouer avec moi.

— Je ne joue pas, Elsa.

— Alors, pourquoi m'avoir envoyé le tableau ?

— Quel est le rapport ? fit-il, perplexe.

— Tu te débarrasses de mon portrait sans une explication, tu laisses des semaines s'écouler, puis tu débarques avec un chaton sous le bras et me proposes de te rejoindre à Zurich. Ce qui me conduit à espérer, alors que je veux des certitudes.

— Pour le tableau, je pensais te faire plaisir. Chris est en train d'en réaliser un second, pour moi.

Pour lui ? Pour contempler sa nudité chaque jour ? Elle croisa les bras en un pauvre geste de défense et demanda :

— Qu'est-ce que tu veux vraiment, Adam ? Tu n'es pas encore désintoxiqué ? Tu envisages une seconde cure ?

Il se décolla du mur et s'approcha d'elle avec un air déterminé. Elle recula d'un pas. Le plan de travail s'enfonça dans ses reins. Elle était acculée. Son cœur tambourinait dans sa poitrine prête à exploser. Adam s'immobilisa à quelques centimètres d'elle. Elle percevait sa chaleur, son odeur. Ses jambes menaçaient de lâcher sous elle. Il éleva la main, lui caressa la joue du pouce.

— Je doute de parvenir à me débarrasser de mon addiction, dit-il d'un ton tranquille. Je vais devoir vivre avec.

Elle se cramponna au comptoir. Le souffle lui manquait. Elle avait l'impression qu'elle allait s'évanouir. Il occupait tout l'espace, la dominait de toute sa taille, et elle mourait d'envie de se lover contre lui. De le retrouver, enfin. Elle était folle à lier, droguée… amoureuse !

— Alors, que fait-on ? chuchota-t-elle.

Parce qu'elle avait besoin qu'il cesse de se dérober.

— On signe un nouveau contrat, qui prendra effet dès ton retour de voyage.

Elle s'étrangla, glacée.

— Tu plaisantes ?!

— Pas du tout, affirma-t-il. Article un : plus d'argent, plus d'obligations.

Il l'embrassa sur le front.

— Article deux : plus de week-ends, mais du plein temps, ensemble, à Zurich.

Les lèvres d'Adam effleurèrent sa tempe.

— Article trois : plus de non-dits, plus de silences.

Elles descendirent paresseusement le long de sa mâchoire.

— Article quatre : durée indéterminée, aucune clause de résiliation.

Elsa frissonna et articula avec peine :

— Tu prends dangereusement la direction de la monogamie.

— Il n'y a que les imbéciles qui ne changent pas d'avis.

— Si j'accepte, il y aura trois chatons dans mes bagages.

— Je sais. Ils sont les bienvenus.

— Même s'ils font leurs griffes sur ton canapé et pulvérisent tes bibelots précieux ?

— Même s'ils grimpent aux rideaux et couvrent mes costumes de poils.

— Tu es vraiment sûr de toi ?

Parce qu'elle ne voulait plus souffrir.

— Plus que je ne l'ai jamais été, affirma-t-il d'une voix douce.

La certitude qu'elle lut dans ses iris de jade la convainquit.

— Où dois-je signer ? souffla-t-elle.

— Un baiser scellera notre accord, mademoiselle Carazzone.

Sans hésiter, elle noua les bras autour de la nuque d'Adam et le plongea son regard dans le sien.

— Vos désirs sont des ordres, monsieur Garamont !

Affamé d'elle, il la plaqua contre lui pour s'emparer de sa bouche.

Épilogue

Zurich, cinq mois plus tard

Adam referma prestement la porte de l'appartement derrière lui, afin qu'aucun des trois fauves ne se faufile entre le battant et l'encadrement. Il n'avait pas envie de galoper dans la cage d'escalier à leur poursuite comme la veille.

À peine eut-il fait trois pas dans le couloir que Litchi débeula du salon pour sauter contre sa jambe. Il l'intercepta en plein vol d'une main passée sous son ventre, avant que ses griffes fines comme des aiguilles ne déchirent une nouvelle fois le tissu de son pantalon, au grand désespoir de son tailleur.

— Pas cette fois, petit monstre, déclara-t-il d'un ton satisfait.

Pour toute réponse, le jeune chat s'appliqua à lui lécher le poignet de sa langue râpeuse. Quand Adam le cala au creux de son bras, il se mit à ronronner.

Dans le salon, ses congénères dormaient, roulés en boule dans leur panier. Comme chaque soir, Adam s'étonna de redécouvrir les lieux. Avant Elsa, rien ne changeait dans les pièces, au point qu'il avait parfois l'impression d'habiter dans un catalogue de décoration, aussi luxueux qu'impersonnel. À présent, son intérieur respirait, vivait.

Cela avait commencé en douceur, naturellement. Un plaid douillet sur le canapé, des serviettes fantaisie à table et, dans le placard, les tasses dépareillées d'Elsa, qui lui tiraient une grimace amusée chaque matin.

Puis d'autres éléments, plus intimes. Contre le mur de la chambre, face au tableau peint par Christopher Davidsen, une toile représentant des amoureux sous la pluie. Sur le buffet, une photo d'eux dans un cadre, prise en Italie quelques semaines plus tôt. Ses robes et ses chemisiers dans l'armoire, vêtements teintés de soleil et d'azur contre complets couleur de nuit.

Sa présence s'insinuait subtilement dans le moindre interstice de son intérieur comme de son être, et il adorait cela. Partout où elle passait, Elsa semait des arcs-en-ciel.

À pas feutrés, il se dirigea vers l'ancienne chambre d'ami, transformée en bureau. Casque sur les oreilles, regard rivé à l'écran de l'ordinateur, Elsa pianotait à toute vitesse sur le clavier. Une ride de concentration s'était creusée entre ses sourcils, qu'il rêvait d'effacer du pouce ou des lèvres. Plongée dans son travail, elle n'avait pas remarqué sa présence.

Il savourait ces moments volés à la contempler. Grâce aux petits plats d'Angelina, ravie de cuisiner enfin pour deux, elle avait retrouvé ses courbes, qui le rendaient fou. Déjà, il brûlait de l'emporter dans leur chambre et de la déshabiller avec une délicieuse lenteur pour les redessiner du bout des doigts.

Elle dut ressentir le poids de son attention, ou de son désir, car elle releva la tête. Elle tressaillit, surprise de le découvrir appuyé au chambranle, Litchi à demi endormi contre lui, puis son visage s'illumina.

Fasciné par la douceur de son expression, il se donna pour mission de provoquer cette réaction chaque jour à venir, et se jura qu'elle ne souffrirait plus à cause de lui.

Après avoir déposé le chat sur le parquet, il s'avança dans la pièce. Elle retira le casque de ses oreilles et se leva pour le rejoindre à mi-parcours.

Lorsqu'il l'enveloppa dans ses bras et se pencha pour s'emparer de ses lèvres, noyé dans son parfum, avide de goûter sa bouche et de l'entendre soupirer, il sut qu'il ne se désintoxiquerait jamais d'elle.

Et il s'en réjouissait.

ഉ · ര

Genève, début du printemps

Jérôme Varnier prit place aux côtés de Raphaël Sinclert, à l'extrémité de la table de conférence. Les autres membres du cabinet d'avocats s'installèrent dans les fauteuils restants.

Remarquant que l'attention de son associé et ami se focalisait sur la stagiaire qui servait les cafés, Jérôme retint un soupir aussi amusé qu'agacé. Raphaël ne pouvait s'empêcher de séduire les jolies filles qui lui tapaient dans l'œil, et les stagiaires perdaient la moindre étincelle de bon sens en leur possession devant son sourire charmeur. Au moins, il savait la jouer fine : aucune d'elle n'avait jamais porté plainte après qu'il l'ait fourrée dans son lit et oubliée aussi sec.

Jérôme observa cette nouvelle proie à la dérobée. Son pantalon gris perle mettait en valeur ses longues jambes, une ceinture violet vif attirait le regard sur sa taille étroite, et le décolleté sage de son chemisier blanc soulignait subtilement sa poitrine ronde. Ses cheveux courts lui donnaient un air garçonne que démentait sa bouche pulpeuse.

Lorsqu'elle s'approcha de lui, il fronça les sourcils. Il y avait quelque chose de familier dans sa gestuelle et sa manière de sourire.

Elle déposa délicatement une tasse sur le plateau de la table, juste à côté de ses dossiers, et chuchota, de manière à ce que lui seul entende :

— Votre café, maître Apollon.

Il sursauta, manquant de balayer la porcelaine d'un revers de la main. Cette extravertie, ici ?!

Tandis qu'elle s'éloignait d'une démarche légère, il se pinça la racine du nez.

Désastre en approche rapide : l'ouragan Marion s'apprêtait à bouleverser le quotidien de l'étude.

Remerciements

Écrire un livre, c'est passer des heures à pianoter sur un clavier, perdu dans son monde. C'est ne pas répondre quand on vous appelle, parce qu'on tient LE dialogue, LA scène. C'est oublier de faire chauffer de l'eau pour les pâtes, partir en retard parce qu'on n'a pas regardé l'heure.

Alors je remercie mon Homme et mes enfants de leur infinie patience. Surtout, ne changez pas !

Et quand enfin on croit avoir terminé son texte, les alpha-lecteurs nous rappellent qu'il n'en est rien et qu'il faut cent fois remettre son ouvrage sur le métier. Fleur et mon Homme, merci pour ce premier regard sans concession.

Ensuite vient le tour des bêta-lecteurs. Et sur ce roman, ils ont eu du travail ! Merci à vous, les filles et le seul homme : Élisabeth, Kati, Kitty, Manu, Séverine et Stéphane, pour votre aide précieuse. (Je pense particulièrement à l'opéra et à l'hélicoptère…)

Du côté du fond, merci à Montsé pour l'aspect médical et à Aless pour le policier. Votre expérience est une mine d'or !

Merci enfin à Emmanuelle de m'avoir fait transpirer sur la forme, à Jackye pour sa relecture attentive, à Valéry pour son retour sur deux scènes sensuelles et à Suzanne pour le synopsis.

Une pensée supplémentaire en direction des mille et un messages échangés sur le Forum des Jeunes écrivains, avec un clin d'œil particulier à Asyne, Coline, Delf, Molly, Zelia et Zetta. Que celles et ceux que j'ai oubliés me pardonnent.

Et enfin, merci à toi, lectrice ou lecteur,
d'avoir accompagné Elsa et Adam dans leurs aventures !

Bibliographie

Trilogie « Loren Ascott » :

Gardien enchaîné, Loren Ascott, tome 1, éditions Bookmark, Collection Infinity, 2020

Esprit Jaguar, Loren Ascott, tome 2, éditions Bookmark, Collection Infinity, 2021

Âme de sorcière, Loren Ascott, tome 3, éditions Bookmark, Collection Infinity, 2021

Duologie « Lutessa MacDougal » :

Renouveau, tome 1 : *Révélation*, éditions Au Loup, 2020

Renouveau, tome 2 : *Rébellion*, éditions Au Loup, 2020

Autres romans et recueils :

Inhumaines, éditions Hélice Hélas, 2023

Un caillou au fond de la poche, éditions Actes Sud junior, 2019

Fascinantes créatures, éditions Curiosity, 2018

Le sang de la guerrière, éditions Bookmark, Collection Infinity, 2017

La Belle et le Solitaire, autoédition, 2016

L'Auteure

Florence Cochet vit en Suisse, où elle est enseignante de français. C'est donc assez naturellement qu'elle a commencé à écrire pour les adultes, puis la jeunesse.

Fantastique, fantasy, thriller ou science-fiction, elle s'essaie à tous les genres avec bonheur !

Spécificité : aime particulièrement les sorcières et les dragons.

Point faible : ne résiste pas à une tablette de chocolat au lait.

Site internet : www.florence-cochet.com
Facebook : www.facebook.com/cochet.flo
Instagram : www.instagram.com/florencecochet_auteure